ドイツ人の村

叢書 الأطلس《エル・アトラス》

Le village de l'Allemand ou Le journal des frères Schiller

Boualem Sansal

ドイツ人の村

シラー兄弟の日記

ブアレム・サンサール

青柳悦子訳

水声社

本書は
叢書《エル・アトラス》の一冊として
刊行された

僕の本をまともなフランス語に書き直す労をとってくださった、リセ・A・Mの教諭ドミニク・G・H女史に心からの感謝を捧げます。先生の実にすばらしいお仕事のおかげで、自分の文章とは思えないほどの出来ばえとなりました。正直、読むのに骨が折れたほどです。先生がこの役目を引き受けてくださったのは、これまでで「最良の生徒」だったという、かつての教え子ラシェルへの哀悼の思いからだとのことです。

ドミニク先生の助言にしたがって、固有名詞を変えたり、説明を削除したところもあります。また逆に、僕は譲れないので、あえて元の文章を採ったところもあります。現実と微妙にからむ、物議をかもしそうな箇所がいろいろあるので、僕が厄介な目に遭うのではないかと先生は懸念されています。でも僕は全然気にしていません。言うべきことは言い切りました。脱稿。

マルリク・シラー

マルリクの日記　一九九六年一〇月

ラシェルが死んでから半年になる。三三歳だった。その二年ほど前のある日、頭のなかで何かが弾け飛んじまった男がいたんだ。そいつはそれから急に、フランス、アルジェリア、ドイツ、オーストリア、ポーランド、トルコを駆けずりまわり始めた。旅と旅の合間には、やたら読みふけり、部屋にこもってぐるぐる考え続け、書きなぐり、気が変になっていった。身体を壊した。それから仕事を失った。そして正気をなくした。オフェリーは去っていった。ある日、そいつは自殺した。それが今年、一九九六年の四月二四日、二三時頃のことだ。

その男つまりラシェルのかかえていた問題を僕はまったく知らなかった。ラシェルの頭のなかで炸裂が起きた頃、僕はまだ若くて、一七歳、悪の坂をまっさかさまに転がり落ちている最中だった。ラシェルと会うことはほとんどなかった。僕が避けていたんだ。口うるさいお説教をくらうのはうんざりだったから。自分の兄さんだから言うのもなんだけど、まったく驚いちまうくらいの、非の打ちどころのない市民だったからね。兄さんには兄さんの人生、僕にも僕の人生があったのさ。ラシェルはアメリカのでっかい会社の幹部で、自分の女がちゃんといて、すてきな家を持ってて、クルマも、クレジットカードもあって、スケジュールは分刻みだった。僕はというと、団地のボロボロの連中と二四時間ひーこら言ってた。団地は〈特別Z〉*−1つまり「特別注意市街地域《ゾーン》」の第一ランクに格付けされてた。まさに休む間もなし、やっとこっちの騒動が片づいたと思ったらすぐ別の悶着っていうような場所だ。ある朝のこと、オフェリーが僕らに電話をかけてきて、あの悲劇を告げた。別れた夫の様子をのぞきに家に寄ってみたのだという。「なんだかいやな予感がしてたのよ」とオフェリーはつぶやいた。僕はハラール肉屋の息子のモモのバイクに飛び乗って、一目散に向かった。家の前には、警察だの、救急車だの、近所の人たちだの、見物人だのの人だかりができていた。ラシェルは車庫にいた。地べたに座り、背中を壁にもたれて足を投げ出し、顎は胸の上に落ちて口が開いていた。眠りこけているみたいにも見えた。顔は煤だらけだった。一晩中、愛車の排気ガスを浴び続けたのだ。それまで見たこともない縞柄の奇妙なパジャマを着て、髪はでたらめに徒刑囚みたいな坊主頭に剃ってあった。なんなんだこれは。僕は固まって棒立ちだった。医者が「これは君の兄さん?」とたずねてきた。「ええ」と僕は答えた。さらに「何かほかに言うことは?」と訊かれた。僕は肩をすくめ、リビングに向かった。

オフェリーは、地区の警察署長のダッドといた。泣いていた。署長はメモをとっていた。僕を見ると「ちょっとこっちへ!」と言った。いくつか質問された。僕は何も知らないと答えた。ほんとに、ラシエルには全然会っていなかった。何かかかえているらしいとは薄々感じてはいたが、「兄貴には自分のキンタマがあるし、俺は俺ので生きていく」と自分に言い聞かせてきた。こんなこと言いたくはないけど、それが現実なんだから仕方がない。自殺は団地では日常茶飯事で、起きたときは大変だってことになり、一日二日は大騒ぎするけれど、一週間もすると忘れられちゃうんだ。みんな「これが人生さ」なんて思って、自分の道を歩んでいくしかない。でも今回は、僕のきょうだい、兄さんの自殺だった。どうしても訳を知りたいと思った。

一体ラシェルに何が起きていたのか僕には見当もつかなかったし、兄さんにとってそんなところにまで行く話だったなんて、そして僕自身あんなことにまでなるなんて、そのときは想像だにしなかった。あらゆる可能性を当たったつもりでいたし、実際何日も何日も、朝から晩まで考え通したんだ。恋愛問題、金銭問題、国家的事件、不治の病、このくだらない人生で起きうる最悪のこと……。でもちがった。ああ、全然、まったく全然、ちがったんだ！　世界の誰一人、こんな悲劇に遭った者はいないと思う。

埋葬がすむとオフェリーは、カナダにいるいとこのキャシーのところに引っこんだ。キャシーはあっちで、大金持ちの毛皮の猟師と結婚していた。オフェリーは兄さんの家の管理を僕に任せることに決め、「しばらくはね」とつけ足した。ラシェルの自殺の理由はなんだと思うかと訊いたら、オフェリーは「わからないわよ。あの人、私に打ち明けてくれたことなんて一度もないんだから」と答えた。その言葉に嘘はないと思った。身を震わせながらそう言う様子を見て、オフェリーが本当に何も知らないことがよくわかった。ラシェルはけっして誰にも打ち明けて話をする人間ではなかった。

兄さんのすてきな家に僕は独りきりになった。気分はどん底だった。ラシェルが鬱々と落ちこんでいたときにどうしてここに来てやらなかったのか、自分を責めた。まる一カ月、悶々としてすごした。最低最悪な状態で、泣くことさえできなかった。レイモンやモモやほかの仲間たちがそばにいてくれた。一日の終わりにやってきて、缶ビールを開けながら、たわいもないことをしゃべった。ふくろうみたいに毎晩、夜明かしをした。そしてとうとう、レイモンの父親、ヴァンサンさんの修理屋に僕はもどった。「おクルマの幸せのために」が看板文句の店だ。そこでは見習いの給料のほかチップがもらえた。独りでいるのとはちがう気分になれた。仕事ってありがたい。自分を忘れていられるから。

さらに一カ月たったころ、ダッド署長が修理屋に電話をかけてきて、僕にこう言った。「署に来なさい。君に渡すものがある」。仕事のあとで行ってみた。署長は舌を口のなかで遊ばせながら僕をしげしげと見つめ、それから抽き出しを開けてビニール袋の包みを取り出し、僕のほうに差し出した。僕はそれを受け取った。中には、ボロボロになった大きなノートが四冊入っていた。署長が言った。「君のお兄さんの日記だ。私たちにはもう必要ない」。そして指を鼻の下に当てながら、つけ加えた。「読むんだ、そしたらお前も少しはまともになるさ。君のお兄さんは立派な人物だった。それだけでなく、お兄さんは心に浮かんだいろいろなこと、たとえば、団地、未来、国家、人のあるべき道などについて書き残してくれているぞ」。僕は片方の足をもう片方の足に乗っけてゆらゆらさせながら聞いていた。署長はそんな僕を見つめ、「おしまいだ。行きなさい！」と言った。

ラシェルの日記を読み始めると、たちまち僕は具合が悪くなった。体じゅうに火がついて燃え始めた。爆発してしまわぬよう頭をしっかりと押さえなくてはならなかった。大声でわめき散らしたい衝動が何度も突きあげた。ページを繰るごとに、嘘だろ、とつぶやかないではいられなかった。そして全部を読み終わったとき、すっと炎は鎮まった。心が冷たく凍りついていた。死んでしまいたい、とひたすら思った。生きているのが恥ずかしかった。一週間ぐらいしてからわかってきた。兄さんの物語は僕の物語でもあり、僕たちのものであり、父さんの過去すべてだった。今度は僕がそれを生きなきゃいけないんだ。同じ道をたどり、同じ問いを問うて悩み、そして、父さんとラシェルが行き詰ったその地点をなんとか乗り越えて、生き続けてみせなきゃいけないんだ。そんなこと、僕にはとうてい無理そうだった。でもなぜだか、絶対にこの話を世の中のみんなに伝えなくてはいけない、という思いに駆られた。たしかにこれは全部、過去の話だ。けれど、ひとの人生なんていつの時代だって大して変わりないし、だからこんな二度とありえない悲劇だって、またいつ起こるかわからないのだから。

物語を始める前に、僕たちについて少し紹介しておこう。ラシェルと僕の故郷はアルジェリアの片田舎、地図のどこにあるんだか僕だって知らないこの世の果ての辺鄙な地方にある村だ。名前はアイン・

デーブ。ロバの泉という意味だと、昔アリーおじさんが教えてくれた。ロバが、誰にも使わせないぞとばかり、太鼓腹をさすりながら蛇口をいかめしく見張る様子が思い浮んで、笑っちゃったよ。

僕らはアルジェリア人の母親とドイツ人の父親、すなわちアーイシャとハンス・シラーの夫婦のあいだに生まれた。ラシェルは一九七〇年にフランスに来た。七歳のときだ。ファーストネームのラシードとヘルムートを合わせてラシェルって呼ばれるようになって、それが今でも呼び名になっている。僕がこっちに来たのは一九八五年、八歳のときだ。僕のほうは、名前のマレクとウルリッヒを縮めてマルリッヒだからフランス語読みでマルリクと呼ばれるようになり、同じくそれが今でも続いている。僕たちを住まわせてくれたのはアリーおじさん、七人の息子とまるでトラックみたいにでっかい心を持った男のなかの男だ。おじさんの家《うち》では、重荷が増えるのは大歓迎って方針だ。アリーおじさんは田舎の生まれで、父さんとは親密な仲、若いうちから出稼ぎに出て、あらゆる辛酸ってやつをなめ尽くしたけど、老後をすごせる終の住処をちゃんと構えたんだ。今は人生もおしまいにさしかかっていて、かわいそうだけど、ボケちゃってる。まさに口を閉ざしたまま死んでいく移民老人《シバニ》の一人だ。僕はずっと迷惑をかけてきた。なのに、おじさんは一度も叱ったりせず、いつも微笑みながら「そのうちお前もしゃんとしてくるさ」って言ってくれた。息子たちは一人また一人といなくなっていった。病気や仕事の事故で四人が亡くなり、あとの三人はどっかに出ていった。たぶんアルジェリアとか、そうじゃなければ湾岸やリビアあたりで、建築現場をまわったり、人生を模索したりしているんじゃないかな。要するに行方不明ってとこで、おそらく帰ってくることはないだろうし、手紙も電話も寄こさない。もしかしたら死んでるってことだってありえる。だから最後におじさんに残ったのは僕ってわけだ。父さんには二度と会っていない。僕はアルジェリアに帰ったことがないし、父さんがフランスに来たことも一度もない。父さんは僕らが村に戻らなくていいと思っていて、「まあ、そのうちに」なんて言うばかりだった。母さんのほうは三度来たことがあり、二週間ただ泣いてすごしていった。わかり合えないんだから仕方がない。だって困ったことに、母さんが話すのはベルベル語で、こっちができるのは郊外なまりのひどいアラビア語がほんの少しと、自分流の片言ドイツ語。どっちも母さんはちょっとしかわからなかったから、僕らが使えるのはボロ雑巾の切れっぱしみたいな言葉だけ。「はぁーい《ヤー・ヤー》」、「良好《グート》」、「元気《ラベス》」、「こんにちは《アズウル》」、「元気《サヴァ》」、「ほんと《ゲナウ》」、「ばっちり《クール》」、「で、そっちは？《エ・トワ》」なんてのを、お互いににっこり笑顔を浮かべて繰り返したものさ。ラシェルは一度だけ国に帰ったことがある。僕をフランスに連れてくるためだった。父さんの方は村を出たことがまったくない。たしかに変だけど、家にまつわる物語って変なのが普通だし、知らなくって当然、だから別に気にしないもんさ。ラシェルは高校では家庭環境からかドイツ語を、それからもちろん英語を学び、そのあとナントにある名門の工科大学に進学した。僕はそういう幸運とはてんで縁がなかった。小学五年あたりでおしまいだったんだから。先公のロッカーから盗みを働いた犯人だってことにされて、退学させられちまった。そこからは自力で道を探してここまできた。しょぼい研修をいろいろ受けたり、バイトをやってみたり、それから、横流し、モスク、裁判所。仲間《ダチ》とつるんでればぴちぴちの魚みたいで、流れに身を任せ、気の向くままにふらふらしてた。たまには網にひっかかっちまうこともあったけど、たいていすぐに釈放だった。ブタ箱入りの法定年齢未満なのを存分に活用させてもらったよ。ありとあらゆるなんとか委員会の世話になったけど、最後には、僕のことなんかきれいさっぱり忘れてくれたね。べつに文句はない。なるようになっただけさ。近所のアラブ人の年寄りの口癖どおり、運命、メクトゥーブってやつだ。仲間どうしではいつもこんなふうに言ってるんだ。逆境こそよい教師、危険が人を育てる、げんこつが根性《キンタマ》を作る、ってね。

ラシェルは二五歳のときにフランス市民権を獲得した。ぶったまげるほど盛大なパーティーを自分で開いた。オフェリーも、国民戦線*の熱烈サポーターのそのママも、結婚をこれ以上先送りする理由がこれでなくなった。お相手がどんな人か訊かれると、半分アルジェリア人で半分ドイツ人、でもフランス人で、しかもエンジニアだと答えてた。またもやパーティだ。ラシェルとオフェリーは幼いころからの恋仲で、お母様のワンダはしつこくにらみを利かせてたけど、おかげでラシェルが成長するほどにますます真面目で礼儀をわきまえた人物になっていくのをとくと見届けたってわけだ。おまけに、オフェリーが茶色の髪で黒い目なのに対して、ラシェルのほうが髪の色が薄くて、金髪で青い目だった。ラシェルが僕らの父さんからそっくり受け継いだドイツ的な面と、オフェリーのミツバチみたいに家庭的なところがばっちり合って、ほっといてもうまくいった。二人の生活はきっちり書かれた音楽みたいで、ハンドルを回しさえすれば理想の調べに包まれた。僕はそんな二人をうらやましく思ったり、こんな嘘っぱちの生活に早くケリをつけさせてやるために殺してやろうかと思ったりしてた。だから、二人との関係が悪くならないように距離をおいていたんだ。僕がうちに寄ると、まるで嵐が大切なわが家に接近、って感じで、二人は身のまわりに警戒網を張りめぐらしてたね。オフェリーは僕の行こうとするところにいちいち先回りして、ご丁寧に、僕が通りすぎたあとにまた戻ってチェックしていたものさ。

自分が市民権を取ると、ラシェルは僕に「おまえも取れるようにしてやる」と言いだした。「そんなふうに、まるで自由電子みたいに、ふらふらしていてはだめだ」とさ。僕は肩をすくめて「キョーミなぁし。したければどうぞお好きに」と答えた。ラシェルは好きにした。そしてある日、団地を訪ねて来て、いろいろ書類に署名させ、一年後にもう一度やって来て「認可が下りたぞ、これでおまえも晴れて私たちの一員だ」と告げた。それから彼の上司が上のほうに働きかけてくれたことを説明した。ラシェルはパリの、ナシオン広場近くの高級レストランでごちそうしてくれた。僕の市民権取得を祝うためなんかじゃなくて、それに伴う義務を読みあげさせるためだった。だからデザートをたいらげたら、さっさとバイバイを言ってやった。

ヴァンサンさんと交渉して僕は一カ月の有給休暇をもらうことにした。向こうにとってもそのほうがよかったのだ。僕ときたら、三日働いては休み、また思い出したように五日働いては来なくなるというふうで、手を付けた車一台仕上げることすらできずにいたからだ。ヴァンサンさんは、以前に僕の研修費でも世話になった市の社会福祉制度を利用して、休暇期間の給料をもらえるように段取りしてくれた。

僕には家に引きこもって独りでいることが必要だった。世間から隔絶して自分の苦しみのなかに全面的に溺れることでしかこの世に堪えられないという状態に至っていたのだ。ラシェルの日記を何度も何度も読み返した。日記は本当に膨大な量で、本当に真っ黒なもので、そこから何を引き出せばよいのかもまるでわからなかった。それから突然、文章なんて大っ嫌いなはずなのに、僕は書き始めたんだ。それも気がちがったみたいに。少しして、あっちこっちに夢中で出かけ始めた。僕が味わったことは、誰にも絶対に味わってほしくない。

マルリクの日記　一九九六年一一月

ラシェルの日記を読むのは大変だった。フランス語のレベルが僕とは全然ちがうんだ。辞書だって役に立たなかった。こっちを引けばさらにあっちへ回され、てな具合だもの。一番厄介なのは、単語って一つ一つが膨らみを持っていて、しかもそれがほかの単語の膨らみと切り離せないことだった。どうやって全部を覚えろっていうんだよ。ヴァンサンさんがよく言ってた台詞を思い出した。「勉強っていうのはボルトを締めるのと同じで、やりすぎてもダメ、足りなくてもダメだ」。そんなこんなだったけど僕は大いに学習したし、学ぶうちにもっと学びたくなってきた。

すべての始まりは、一九九四年四月二五日の月曜日、二〇時のことだった。一つの悲劇から別の悲劇が呼び起こされ、そこからまた第三の、前代未聞の大悲劇が露わになっていくのだ。ラシェルの日記にはこう書かれている。

アルジェリアに対して特に深い愛着はないものの、毎晩二〇時きっかりに私はテレビの前に座り、あの国のニュースを待ち構えるようになっていた。今あそこは戦争状態*にある。得体の知れない、情け容赦のない、終わりのない戦争。膨大な報道がなされ、とてもひどいものからそれほどでもないものまでいろいろな情報が伝えられていた。それらに接しているうち、私たちがどこにいて何をしていようと、いずれ何らかのかたちで、この醜悪な事態が私たちのところにまでやってくることは避けられないだろうと私は確信するようになった。かの地で暮らす両親を思って、そしてまた、こちらにいてすべてを免れているはずの私たちのことも不安で、私はこの遠い国の事態に恐怖を感じていた。

父さんから届く手紙には、変哲もない村の様子のことしかいつも書かれていなかった。あたかも時代を超越した一つの泡のなかにすっぽりと村がくるまれているかのようだった。私の頭のなかでは、アルジェリアという国が次第に縮んで村のようになっていった。私の抱くイメージはこんな具合だった。記憶の底から湧き出てくる遠い昔のおとぎ話の古びた村里、村人たちには名前も顔もなく、言葉を話しもしなければ、どこに行くこともしない。立っているか茣蓙《ござ》の上に寝転んでいるかあるいは丸い腰かけに座っていて、そして背後には閉ざされた扉か石灰で白く塗られたひびの走る壁がある。人々の動作は緩慢で、しかもこれと言って意味もない。通りは狭く、低い家々が続き、ミナレットは斜めにかしぎ、泉は涸れ、砂の波が見渡すかぎり地平線に広がっている。空には年に一度だけ、フードつきの衣をまとった巡礼者たちさながらの雲が訪れて虚空につかの間のざわめきをもたらすが、そこに留まることはなく、かなたへ去って太陽に身を捧げるか海に消えてしまう。たまにその雲が人々の頭上で懺悔をおこなうと、今度は聖書の大洪水のごとくになる。村ではあちらこちらから、犬の遠吠えが聞こえてくる。キャラバンというものがなくなってからずいぶんになるが、辺鄙な国々ではどこでもおなじみのガタピシいうバスがもうもうたる黒煙を上げて、でこぼこ道をゆらゆら走っていく。埃で真っ黒の裸の子供たちがバタバタと駆け抜けていく。何の遊びに興じて無我夢中で速く走っているのか、どんな精霊《ジン》に追い立てられているというのか。子供らの笑い声と泣き声とわめき声が光と灰の充満した大気のなかに溶けてがやがやともつれた喧噪となり、いつまでもその響きを残す。私の目に浮かぶこうした一切が空想の情景にすぎず、郷愁と無知が創り出した戯画にニュースで見た紋切り型を貼り合わせたものだと私は自分に言い聞かせるのだが、すると逆にこうした光景は抵抗して真実味を主張する。これとは反対に父さんと母さんについては、その姿を私はくっきりと見て、二人の声をはっきりと聞き、匂いまでもありありと感じたものだが、やはり一方ではそれが似非《えせ》もので、想像の産物にすぎず、一年一年思い出すたびに若返っていく、私の幼少時の大切な両親のイメージの残像にすぎないということが自分でよくわかっていた。しかも、あの国での生活の厳しさ、とりわけ地の果てのあの村での過酷な生活を考えると、美しいベールはたちまち引き裂かれ、私の目に浮かんでくるのは、半身付随の老齢の男が私を驚かせるためになんとか立ってみせようとしているところや、すっかり背中の曲がった老いた女が私に顔を向けて出迎えようと、漆喰の禿げた壁に背を当ててようやく体を起こしている姿だ。「父さんはこうなんだ、母さんはこんなふうなんだ。時の流れと過酷きわまりない生活が父さんと母さんをこんなにしてしまったんだ」と私は思うのだった。

アルジェリアについて私が知っていることは、メディアの報道や書物や、友人とのやりとりで学んだことばかりだ。団地のアリーおじさんのところに住んでいた頃に私がアルジェリアについて持っていたイメージは、現実にはありえない、いかにもといったものだった。団地の人たちは、本当だったら絶対やらないわざとらしさで、ことさらアルジェリア人ぶった暮らしにいそしんでいた。誰に命じられたわけでもないのに、みんなあらんかぎりの犠牲を払って儀礼や慣習の遂行に身を投じていた。故郷を出てきた者は、一生、出てきた故郷を求めるのだ。根っからのアルジェリア人として彼らが万感の思いを込めて語る国は、残念ながら、この世に存在しない。記憶の底で厳然と輝く本当のアルジェリアなど、なおさらだ。偶像にはその額に、これみよがしの、どれもまったく同じ印がついているものだが、それこそは、その像がバザーで売られているまがいものの土産品にすぎないこと、そしてそれに頼ることがどれだけ危ういかを証し立てている。アルジェリアは実際には別のものになっていた。それ独自の歩みを経てきたのであり、偉大な指導者たちがもたらした国の荒廃ぶりと国家の最終的な破滅に向けての彼らの精力的な働きぶりは、すでに広く世界に知れ渡っている通りだった。国の真実のありようとは、そこに暮らしている人々の経験しているものに他ならない。かの地にいるアルジェリア人はそのことをよく知っている。現在身をもって体験し、それと格闘している悲劇について、人々は一から十まで知り尽くしている。もしもこうした悲劇がアルジェリア特有のものであるなら、狼藉者たちの方がアルジェリア住民の低劣さの犠牲なのだとさえ言えるかもしれないが……。

それは、一九九四年四月二五日の二〇時のテレビニュースの冒頭だった。「またもアルジェリアで殺害事件発生！　昨晩、武装グループがアイン・デーブという名の村を襲撃し、すべての住民を刃物で殺傷しました。こうした惨劇はすでに数えきれないほど繰り返されておりますが、アルジェリアのテレビによれば、今回の大虐殺もまたＧＩＡ*のイスラーム原理主義者によるものであり……」

絶叫を上げて私は椅子から跳ね起きた。「ま、まさか、そんなばかな！」懼《おそ》れていたことが起き、野蛮行為がついに私たちのところにまでやってきたのだ。茫然として再び腰を下ろした私は、汗びっしょりで、悪寒に襲われ、ぶるぶる震えていた。オフェリーが大声を上げながらキッチンから飛び出してきた。「何？……どうしたのよ！……何か言ってよ、ねえ！……」。私はオフェリーを押しのけた。独りでいることが必要だったのだ。事態を受け止め、気を確かに取り戻すために。だが私は現実を突きつけられ、目の前に、あるいは心の奥に、歳をとってよぼよぼの、怯えきった両親の顔を見ていた。私に助けを求め、私の方に腕を差し出している。その間にも、古色蒼然とした姿の黒い亡霊どもが二人を乱暴に後ろに引き倒し、地べたにころがすと、胸を膝で押さえつけ、ぐさりとナイフを首に突き刺した。二人の脚がばたばたと震え、恐怖で動顛した生命が二人の老いた身体から飛び出して行ってしまうまでの一部始終が私にはまざまざと見えた。

　私は惨劇というものを知っているつもりでいた。世界中どこでも私たちはそれを目にしているし、毎晩その話題を耳にしており、結果も聞いているうえ、毎日のように専門家がそのおぞましい仕組みを解説してくれているのだから。しかし本当のところは、惨劇を知っているのはその犠牲者だけなのだ。ああ、まさに、私は犠牲者の一人、犠牲者たちの息子という正真正銘の犠牲者であった。その苦しみは、胸をえぐり、深く、謎めいて、言語を絶していた。破壊的であった。悲痛な問いがさらにその苦しみを膨らませた。翌日早朝、私は両親の名前が犠牲者のリストにあるか突きとめようと、パリのアルジェリア大使館に電話をかけた。電話は別の部署へと回され、私は大きく喘ぎながらもじっとがまんして待っていたが、ようやく親切そうな声が受話器の向こうに現れた。

「なんというお名前でしたっけ？」

「シラーです、s、c、h、i、lが二つ、e、r……アーイシャおよびハンス・シラーです」

　担当者が書類を繰って探している間、私は、どうか名前がありませんように、と神に祈った。しばらくしてあの親切な声が再び現れ、ほっとした調子でこう伝えた。

「ご安心ください、お二人は名簿に見当たりません……あれ……」

「あの、何か？」

「逆に、アーイシャ・マジャーリとハサン・ハンス別称シ・ムラードという名前があるのですが……心当たりはおありですか？」

「母……と父です」と私は涙をこらえながら答えた。

「心からお悔やみを申し上げます」

「でもどうしてアーイシャおよびハンス・シラーという本名で載っていないのでしょう？」

「申し訳ありませんがこちらではわかりかねます。名簿はアルジェの内務省から送られてきたものですので」


ラシェルからは何も聞いていなかった。僕はテレビなんて見ないし、仲間はそんなもんがこの世にあることすら知らないってありさまだ。じっと座って映像を追っかけたり、ご託《たく》を拝聴したりするなんて、まったく願い下げだもの。それにたとえ皆殺しの話が耳に入ったとしても、右から左で、別に気にも留めなかっただろう。アイン・デーブ村にしろ、アルジェリアにしろ、僕にはどうでもいいことだった。あの国が戦争状態になっちゃってるのは知ってたけど、遠くのことだし、僕らの話題にのぼるとしても、世界のそこいらじゅうで、たとえばアフリカや中東やカブールやボスニアなんかで起きている戦争の話をするのと変わらぬ調子だった。みんな、戦争だの飢餓だのにやられたどっかの国の出身だったから、たいてい、さしたる注意もはらってやしなかった。なにより僕らの生活はこの団地にあるのだし、僕らの日常ときたら、退屈、発砲事件、住民どうしのいざこざ、グループの対立、イスラーム主義者の襲撃騒ぎ、警察の出動、乱闘、密売人の暗躍、兄貴分たちによるいじめ、デモ、葬式なんかの連続なんだから。楽しいホームパーティーってのもなくはないけど、それは女向けで、男たちは建物の下にたむろして吹き過ぎる風の数でも勘定しているほかはない。通りがかる人があっても、やあ、なんて挨拶のあとは話すネタもない。あとはただ死ぬほど退屈しながら隅っこにじっとして、時がたつのを待つわけさ。

ときおりダッドこと、ダッディ警察署長がやってきた。ふらりと通りがかったってふうを装ってね。「おやおや君たち、こんなところにいたのかい。わからなかったよ。たまたまここをね……」なんて言ってから、近寄ってきて手すりに寄りかかり、昔から一緒にどん底暮らしを分かち合ってきた仲間に話しかけるみたいな感じで、まずはサッカーから始めて、あれやこれやしゃべるんだ。僕らが「ヤツは説教垂れにきたのかションベンたれにきたのか？」なんて言い合ってると、そのどっちもだ、弟《ブラザー》たちよ、なんて答える。僕らはダッドに情報を流して——つまりガセネタをかませて——やったり、ときにはヤツのいるところでわざと大きな声で、これから残りの一生を人類と環境のために尽くしていきたいです、なんていう嘘っぱちを言ってみたりする。みんなでひとしきり爆笑したあと、アメリカ式に拳を突き合わせて別れる。「ホシンおやじ」のカフェとか駅のスタンドとかで、ダッドにお茶をごちそうになることもある。このおバカさんは、それが僕らから直《ちょく》に話を聞き出すうまいやり方だと思っているのさ。僕らとしちゃこういう誘いに乗るのは恥なんだけど、同時に、ダッド署長を僕らが好きに操って捜査を攪乱し、逃げまわってるやつらの助けになるよう仕向けている、ってほかの連中に信じさせる効果もある。逆にダッドのほうは、招かれたら断るってことは絶対になくて、結婚、男児の割礼、女子の割礼、研修への採用、刑務所や巡礼からの帰還、資格の取得のときのほか、団地のありとあらゆる祝い事に顔を出してた。もちろん、年に一度の羊の大虐殺である犠牲祭《アイド》のときにダッドの姿がなかったことはない。埋葬のときには彼が葬送の先導役を務める。「敵を理解するには、敵と一緒に、敵と同じ生活を送ることが肝心だ」っていうのがモットーの、警察のニューウェーブってわけだ。

兄さんの家の駐車場で、僕は、『ル・モンド』、『リベラシオン』、『エル・ワタン』、『リベルテ』*など、アイン・デーブの殺戮を伝える、あれこれいろいろな新聞を見つけた。ひとまとめにしてあった。ラシエルは僕らに関係する箇所にマークをつけていた。それを読むと胸が引きちぎられるような思いがした。同時に、ひどく腹立たしくなった。新聞記者たちはあの大量殺戮事件のことをまるで三面記事みたいに扱っていたし、「ほら、言ったとおり、何が起きるかわかんないですね、この戦争では」とうそぶいている感じだった。おいおい、何が起きるかわかっている戦争なんてどこにあるんだよ、こん畜生。ほかのに比べて、これはたしかに少しだけその程度が激しいってだけじゃないか！　だからこそ、ひっでぇ仕業や最悪の事態が次から次へと頭に浮かんできて、ますます苦しみがつのるんだ。何日も何日も僕の頭のなかでは同じ映像が映しだされ、吐き気に襲われた。羽根布団に包まれて眠っている地の果ての古い村、月のない夜空、吠えだす犬たち、たくさんの狂った目が暗がりのなかを探る。あちらこちらに忍び込む亡霊、それが家々に近づき戸口で聴き耳を立てる。扉を蹴破る。動物のような叫び。まっ暗闇のなか、上のほうで命令が発せられる。半狂乱に陥った人々が広場の真ん中に引きずり出され集められる。泣き叫ぶ子供たち、うめく女たち、恐怖で顔を歪め母親にぴったり身を寄せて胸を隠そうとする娘たち、腑抜けのようになってアラーの神への懇願を繰り返したり殺し屋どもに命乞いをする老人たち、虚空のなかで相談をかわす青白い顔の男ども。弾薬帯を体に巻きつけた大仰な髭の男がアラーの名において群衆を前に演説をぶち、刀を一振りして男性の首をはねる様子が、僕の目にまざまざと見える。そのあとは大混乱だ。殺戮が始まる。泣き声、うめき声、体のばたばたいう音。そして野卑な笑い声が響き渡る。しばらくして静寂が戻る。いくらかまだ喘ぎ声が聞こえ、一人また一人死んでいく者の立てる最後の音が続いたあとは、重い、ねばつくような平穏が虚空の上から覆いかぶさる。犬たちももう吠え声をあげることなく、丸まってうめいている。夜がふたたび訪れて夜そのものを閉ざし、その秘密を封印する。そして映像がまた最初から繰り返され、さらに鮮明な細部、さらに多くの悲鳴、さらに大きな沈黙、さらなる闇を僕に突きつける。僕は喉元に死の匂いを嗅ぎ、大地に吸われていく血の匂いを嗅ぐ。僕は吐く。急に、兄さんの家にたった一人でいることに気づく。外は黒い夜で、とてつもない静寂だ。突然、犬が吠える。亡霊たちがこの街を占拠しているという想像が僕を襲う。とにかくなんとか自分を落ち着かせ、僕は死者のように眠りに落ちる。

ラシェルはこう書いている。

私はアイン・デーブに行くと決心した。それは義務であり、どうしても行かねばならない。これは私にとってダマスカスへの道*だ。どんな危険があってもかまわない。

ただ、ことはそう簡単ではない。ナンテールのアルジェリア領事館では、まるでソビエトの異端者のような扱いを受けた。担当係は、いたたまれなくなるぐらい私のことをじろじろと睨みつけ、それから何度も何度も私のパスポートをひっくり返して調べ、ビザ申請書をしつこく点検したあと、突然後ろにそっくり返って、半ば目を閉じ、その半開きの目で天井の隅をじっと見つめ続けた。あまりに長くそのままでいるので、睡眠時無呼吸症候群で死にかけているのではないかと思ったぐらいだ。私の呼ぶ声が聞こえているのか、私が心配しているのがわかっているのかすら、測りかねた。少ししてだしぬけに彼は私の方にかがみ、もごもごと、密談でもするみたいにそっと訊いた。

「シラーってのは、何です……、イギリス人？……ユダヤ人？」

「あなたが手になさっているのは、フランスのパスポートですよ」

「アルジェリアに行きたい理由は？」

「よろしいでしょうか、私の父と母はアルジェリア人で、アルジェリアのアイン・デーブ村に、今月の二四日、イスラーム主義者たちの意向によりこの村が地図上から抹消されたあの忌まわしい日まで、暮らしていたんです。私は両親の墓に参り、喪に服したいのです。おわかりいただけますでしょうか？」

「ああ、そう、アイン・デーブね……最初に言っといてくれなくては……でも無理ですよ、外国人にはビザは発給しません」

「では誰にビザを発給なさるんです？」

「もしあんたがあっちで殺されてみなさい、またもや私たちがあんたを殺したって言われることになるんですよ。そもそも、あんたの政府はアルジェリアへの渡航を禁じていますよね。知らないのかな、それとも知らないふり？」

「どうしたらいいのでしょうか？」

「あんたの両親はアルジェリア人なんだから、アルジェリアのパスポートを取ればいい」

「それにはどうすればよいのですか？」

「パスポートの窓口で相談するんですね」

　三カ月におよぶ悪夢のような奔走の末に、なんとかパスポートを、この貴重な書類一式を、手に入れることができた。アルジェリアの公的証明書類を取得することは間違いなく世界で一番困難なミッションだと言えそうだ。エッフェル塔を盗むのも、英国女王を宮殿から誘拐するのもそれに比べればお茶の子さいさいだろう。いくら呼び鈴を押しても応答なし。郵便物は地中海上で紛失するか、ビッグ・ブラザー*に没収されるか、サハラ砂漠の秘密の貯蔵施設にしまわれてしまい、その間にどんどん時間が過ぎる。父さんのアルジェリア国籍の証明を取るだけで、紹介状が五通も必要で、おまけに二カ月もやきもきしながら待たされた。だから、ついに書類がそろうと私はヒーローにでもなったような、アンナプルナの登頂を果たしたような気分になった。領事館から帰るときは駆け出さないではいられなかった。パスポートの担当係もビザの担当と負けず劣らずのひねくれぶりだったが、結局最後には法が勝ったわけだ。いやはや、フルタイムのアルジェリア人になったら、どれだけの屈辱と危険に晒されることやら！

エール・フランスの代理店では、まるで私が頭から縄をかけてやってきて従業員たちの前で首つり自殺を演じようとでもしているかのように、いぶかしがられた。女性係員は「当社は現在アルジェリアへの運航を停止しております」と言って、カウンターから立ち去るよう私に合図をした。そこで私はアルジェリア航空のドアを叩いた。女性係員は私に非難すべき点を何も見いださなかったが、私の新品のパスポートをもてあそびながら、「コンピュータの調子が悪いので、また別の日に出直すか、ほかでご購入下さい」と告げた。

それまでは伏せておいて、私はある日、オフェリーに出発することを告げた。予想していたとおりオフェリーは飛び上がって驚いた。

「バカじゃないの？　あっちで何するっていうのよ!?」

「出張なんだ、市場の調査を会社に頼まれてね」

「でもあっちは戦争なのよ」

「そうだね」

「なのに、引き受けたの？」

「仕事だから……」

「なんで今になって初めて私に言うのよ」

「はっきりしていなかったから。誰か適当な案内役がいないか、いろいろ探したらしいよ」

「行くなら行って、好きにくたばればいいんだわ！」

機嫌を損ねたらオフェリーは手のつけようがない。翌日、道路清掃人が働き始める時刻に、こそ泥みたいに私は出かけた。


　領事館や航空会社やオフェリーが言っていたのと違って、旅は平穏だった。スイスの郵便物さながら、すんなり私はアルジェに到着した。アルジェ国際空港は一九八五年に幼いマルリクを迎えに来たときに見たままで、それ以来何一つ変わっていなかった。ただ違うのは辺りを覆う雰囲気で、そこはかとなく不信が漂い、強い恐怖が蔓延していた。みなが怯えきっていた。最近も事件が起き、プラスチック爆弾が爆発して、ロビーにはその穴が今もぱっくり開いたままだし周囲の壁には血痕が残っていた。

　建物の外へ出た私は、容赦なく照りつける太陽の下でまごまごしていた。さて、どうしよう、どこに行けばいいのか？　見るからに完璧な外国人の私は人目を引かずにはいないし……と考えている間に、男たちが寄るともなく寄ってきて、空を見たり、地面を見たりしながら、唇を動かさずに「ねぇ、旦那……タクシー？……安いよ……まけとくよ」などと言ってきた。腹話術で交渉する闇タクシーだ。事態が呑み込めると私は、同じやり方で返答した。

「アイン・デーブまで、いくらだ？」

「そりゃ、どこだい？」

「セティフ*の近くだ」

周囲が一瞬、しんとなった。そりゃ遠すぎるし……危険すぎる。何も言わずに背を向けて去っていく者もあれば、非難の視線をぶつけてくる者もいた。どうやら私の旅もここまでか、と思ったところで、ひょうひょうとした若者が名乗りを上げた。距離をおいたまま小声で会話を交わす。今すぐ行ってやる、という。代金に、ゼロがいくつもつく額を要求された。キャデラックでパリからニューヨークまで行ける料金だ。まあいい、危険には相応の金がかかる、ってことか。私はそっと目くばせして同意を伝えた。篤志家は、素知らぬふりをしながら離れてついてくるように、と私に指示した。彼の車は空港構内を出たところに停めてあった。私は足を止めてよくよく眺めた。お陀仏寸前という体の車だ。「心配ないよ、邪視を避けるためさ」と彼は言った。キーを差し込むや、車はたちまち出発した。

男の名はオマルといった。あっという間に私たちは町の外に出た。私は彼にシューマッハという渾名をつけ、生きて到着したいんだが、と伝えた。

「旦那さんよ、偽の検問が出てくる夕暮れまでにセティフに到着しなきゃいけないんだよ。あんたはホテルでゆっくり寝て、朝になったらタクシーを見つけて、あんたの行きたい村まで連れてってもらいな。俺は住民の家に泊めてもらう、本物のムスリムが見つかったらの話だけど……」

「なんだって？　目の飛び出るような金額を払って車を借り上げてるというのに、別のタクシーを見つけろって？」

「旦那、俺は自分の知らない、しかも山賊どもが住民を皆殺しにしちまったところになんて、絶対行かないんだよ！　おい、わかるかい？」

「私がぺてんにかけられたってことはわかったよ。でもオーケーだ、行こう。君が死んだら気が咎めるからね、僕だけで十分だ。セティフで今生の別れってことにしよう」

恐怖で胃がきりきり痛んだ。血も凍りつくほど道路はがらあきだった。人の姿もなければ物音もない。ただ車を吹き過ぎる風の音と、蛇がつぶされたみたいなシューシューいうタイヤの音だけがしていた。途中、武装した少年たちを詰め込んで徐行して走っている軍用車の列を追い越した。車列に近づいたときオマルは速度を落とし、右を、左を、そして前、後ろを注意深く探り、大きく鼻で息をついてから、南無三とばかり一気に車線変更したかと思うと、めいっぱいに加速した。少しして、軽く笑いながら言った。「あれは本物だから安心しな」。その言葉が私を恐怖に突き落とした。私は「もし偽物に出くわしたらどうなるんだ?」と実にばかばかしい質問を口にしていた。「どうも」と彼は、片方の耳からもう片方まであごの下に沿って親指をすっと動かしながら言った。そしてにやりと笑った。ときどきガソリンやコーヒーやトイレのために休憩をとった。どの村も入り口には憲兵のバリケードが築かれていた。検問はきっちりルール化されていた。私たちは重機関銃を胸に突きつけられ、エンジンを切り、両腕を宙に上げ、ドアを開いたままにして、二人の間の距離を保ちながら四角い小屋まで行くように命じられる。それから書類の点検があり、軽い尋問がなされ、身体検査、車の臨検、と続き、最後にこの先の旅についての注意が与えられる。「これこれの場所は要注意だ……。もし、慌てた様子の男の子か女性が車を止めようとしたり、路上でのた打っている怪我人が助けを求めてきたりしたら、全速力で走り抜けろ、罠だ」。オマルはそういう手口をよく知っていて、道中私にいろいろ教えてくれた。これほどドキドキする旅行は初めてだったが、幸い出会ったのはちゃんとした憲兵たちと本当の軍人たちだけで、彼らの方もまた怯えていたようだった。私たちは、アルジェ＝セティフ間の三〇〇キロを四時間たらずで走破した。フランスならどこでも普通のことではあろうが。

セティフに入る頃、太陽は西へと傾きつつあったが、真昼同様に水圧機にかけたような強い陽射しが照りつけていた。オマルはこの上なくすてきな笑顔を私に向けて「はい、旅はつつがなく終了いたしました」と告げた。私は答えた、「どうしてあんなに払わせられたのか合点が行かないな。あの金額じゃ、せめて死体の一つや二つは見せてもらわなきゃ。夕陽だけじゃ満足できないよ」

僕の知っているラシェルとはまるで別人だった。ラシェルはいつだって四角四面で、つんとすましていて、打ち解けたことなんてない。僕に対しては兄貴ぶっていて鼻持ちならなかった。団地では、ラシェルは残念ながら浮いていた。あんな北欧人みたいな容姿のうえに、育ちがよくて、品行満点、学位を山と積み重ねた果てに多国籍企業でご活躍、地区の高級住宅地に花いっぱいの邸宅まで構えちゃってさ。団地ではそういうのは好かれないんだ。成功者ってのは嫉妬をかき立て、気持ちを逆なでして、現状への不満を噴き出させるんだよ。いやだったのは僕のことまで特権者みたいに思うやつらもいたことさ。「兄さんに頼めば？」ってよく言われたよ。ラシェルはパリに移り住めばよかったんだ。なんで僕らの地区に残ったのか、どうしても理解できない。おまけに、オフェリーは団地で一番のセクシーな女だったんだ。界隈のはな垂れ小僧どもはドダンナってあだ名をつけてた。解説すると、ロバの背っていう意味。つまり超ナイスボディってことだ。ラシェルが結婚したとき、僕はお布令《ふれ》を出した、「オフェリーをこれからドダンナって呼ぶやつは許さない」ってね。ガキどもはあだ名をラシェッラに変えた。やつらもだんだん大きくなって、団地は女に事欠かない、ってことを今ではよく知っているよ。

日記で読むラシェルは、粋で、感じがよくて、面白い。要するに、人間味があふれている。苦悩を経験したおかげで謙虚になり、人に寄り添えるようになったんだ。ほんとかどうか僕は断言できないけど、団地の人々は不幸の極みだってよく言われるだろ、けど誰もが謙虚なわけではないし、アリーおじさんと奥さんのサキーナおばさんみたいな本当に人間味にあふれた人はそういるもんじゃない。自分に問いかけるってことが大事なのかもしれない。日記では、たしかにラシェルは自分に問いかけ続けていた。それに、どんな危険があってもアイン・デーブ村に行くと決めたこと、そしてそのしっぺ返しをちゃんと喰らったことが、ラシェルを重圧から解き放ったんだと思う。ともかく義務の達成は深い満足をもたらすって言うものね。

セティフではどうしたのか、どうやってアイン・デーブ村にたどりついたのか、ラシェルは何も述べていない。たぶん闇の運転手と契約したんじゃないのかな、もちろん奥地まで行く危険料込みで。僕に対してはドけちだったけど、アルジェリアでは相手と話し合えるようになったってとこかな。両親がカビリー地方*出身のモモによれば、セティフにはなんでもあるそうだ。家、通り、カフェ、それから修理屋だってね。それに、「泉の広場」って呼ばれている、真ん中にすごく有名な泉のある広場もあるそうだ。世界で一番きれいな町だってモモは断言してる。あと、セティフの男たちは、馬から降りたとこにはお目にかかったことがないカウボーイみたいで、親子代々、みんなトラックかタクシーの運転手をやってて、それを誇りにしているし、ハンドルを握ったまま死ねば本望だそうだ。以上、聞いたまんまのことを書いておく。まったく人ってそれぞれだよね。

ラシェルはアイン・デーブ村に一五時ごろ到着した。日記にはこうある。

なんてことだ。僕が生まれたのが、こんな人里離れた辺境の地だったとは! アイン・デーブ、「ロバの泉」は、どの地図にも載っていない。人が偶然こんな場所にたどりつくとは信じがたいし、こんな地域に人間が居るとはどうひっくり返っても説明がつかない。道に迷った人とか逃亡者とかが住みつくことだって考えにくいし、ほかの者ならなおさらで、ともかくこんな場所からはとっととおさらばしようとするはずだし、一時も早くよそに抜け出したいと思うのが当然というものだ。セティフから少し行くと舗装路は途絶えて田舎道になり、ただひたすら果てしない地平線へと続く丸裸の、苦難と沈黙に覆われた一帯に入る。たちまち居心地の悪さに襲われ、自分の小ささを感じ、迷子になったような、刑罰を受けているような気がしてくる。どこもかしこも空と大地の境が消え失せ、見渡すかぎり虚空と黄土色の広がりがあるばかりだ。行けば行くほど逃げ去っていく果てしない砂の壁に向かって進んでいるような感じにとらわれていたかと思うと、突然、私たちの背後で地図がパタパタと閉じられていく気がしてあわてふためく。数学用語で簡単にたとえるなら、そうだな……、量子が非ユークリッド空間に飛び込んだみたいなものか。人間である私たちにとって目安となるものが一切ないのだ。いかなる印もなく、どんな時間の観念も、どんな安らぎも存在しない。あるのはただ、ノアの洪水が起こったあとの大混乱の残響のような、車のしつこいうなり音。暑さに困憊した私は問う。「一体どんな災禍に遭遇して最初の人々はこの地に逃れ、隔絶した生活を始めたのか？　どうして次の世代もここに留まったのか？　どんな呪術がこの土地に人々を縛りつけたのか？」　そして怖ろしいことに、四月二四日の大虐殺は理に適っていたのではないかと、ふと思ってしまった。この地は今なお空っぽであるべきものとされていたのではないか、この地に人間が存在できるのは消えてなくなる方法が見つかるまでのわずかな時間にすぎないのではないか。だがしかし、私はここで生まれ、ここで子供時代を送り、ここで遊び回ったのだ。きっとここが大好きだったはずだ。その年頃はなんでも面白くてたまらないものだし、そうでないなら退屈を夢に変えてその夢のなかで楽しく過ごすものだからだ。たしかに私はここから出て行ったわけだけれど、それを決めたのは父だった。大地の審判が下される前に、そしてアラーの狂信者たちの審判に先んじて、出て行かせたのだ。そして二五年後、狂信者たちの空っぽの頭に、最後の一人までこの村から人間を抹消するという考えが浮かんだのだ。

草木も生えぬ四つの丘のはざまに穿たれた狭い谷間のなかに、村はそっと作られた。最初にここに住みついた人々が人目を避けることを願っていたことは明らかだ。起源はどのようだったか……、たとえばその昔、先祖から代々続く部族どうしの闘いに疲れ果てた人々がいた。弱い者たちはそこから遠くに逃れて、略奪に遭わないような貧困な土地を開墾したのだ。それとも、もしかしたらこの地方は、大昔は豊穣で人々を温かく育んでいたのだが、のちに何か途方もない不幸とか忌まわしい呪いとか見知らぬ病気とか名づけようのない神秘などのせいで、人がいなくなってしまったのだ。すさまじい乾燥がそれに追い打ちをかけ、最後の幻想まで根こそぎにしてしまった。その子供たちはどこか他の場所を求め、他の空の下へと、苦難に満ちた記憶を抱えて出て行ったにちがいない。そして、なぜこのような地獄落ちの目に遭わなくてはならないのかと、自分たちで自分たちを譬える同語反復の擬人法のような空しい問いを繰り返し、その果てに、諦めに達したのか、心配がまさったのか、贖罪の必要に駆られたのか、それ以上新しい生活場を探すことをきっぱりと拒むに至ったのだろう。逃げまわる者にとってはようやく避難所を見つけたという考えこそ危険で危ない罠かもしれないのに、ついに逃走の足を止めてしまうのである。アイン・デーブは奇跡的にも命脈を保った。ここには泉があり、なんとしても生きようとするしぶとい意志があった。そして奇跡の生ずるところ必ず、その奇跡を知らしめる立派なロバがいて……。そんなわけはないか。自国の歴史に無知な生徒みたいで恥ずかしい。でも、いい加減な空想を交えて歪曲するようなこともなく最初から最後まで正確に自分の村、自分の地区、自分の家の歴史を物語れる人は世間に一体どれだけいるだろうか？　自分の家族の物語を知悉している人はきっとほんのわずかにちがいない。私はまだ知らなかった、非人間的で狂気に侵された私たち自身の物語がもうじき私の頭をこなごなに粉砕し、そして死に至らしめることを。

丘のてっぺんで私は立ち止まった。先へ進む力がもう尽きていた。吐き気とともに目がちりちり痛み、背中は滝のような汗だった。死が大気に充満し、その匂いがした。同時に、生の残り香と、それに伴う永遠の渇望とが感じられた。心臓が早鐘のように打ち、そのどん、どん、どんという音が、遠く地の奥底から聞こえてくる低い歌声に、あるいは太陽の鼓動に、あるいは石に閉じ込められた記憶が発する助けを求める叫びに、重なっていた。この不毛の美、岩石のごとき苦悩、目もくらむ光のなかでは、生と死は一体だ。生きることと死ぬこととがここでは混じり合っていて、そのどちらを選ぶべきかという問いは生じる余地もないのだった。太古の昔からの不変の時間、終わりのない静寂、言語を絶した不動性、上昇し下降する光、次々と過ぎていく兄弟姉妹のような季節、こうしたものが語るのは、永遠に繰り返される太陽の周期による変化以外にはいかなる変化もここには生じないということだ。私は岩に腰かけてハンカチを頭に乗せ、故郷の大地に戻ってきた年寄りみたいに思い出を呼び覚まし、過去の光景を発掘しようとした。すると現実がすぐさまそれを払いのけた。両者はまったくかけ離れていたのだ。私が頭の片隅から掘り起こしてきた思い出では、山の頂に優美で楽しげな大きな村がどっしりと座し、その触手を涸れ川に向かって下の方へと貪欲に伸ばしていたのに対し、今私の目の前にあるのは、見るも哀れなその真実の姿、すなわち、長い間もう少し高いどこかに拠点を築こうとあがいて果たせず、結局力尽きてしまった貧相きわまりないちっぽけな村だった。切り立った壁にはさまれて消え入りそうな村。中腹には、空へ向かっての突撃を試みたものの未完成のまま打ち捨てられて廃墟となった二、三の家が残っていた。涸れ川には昔は水が流れていて、交尾の季節にはヒキガエルを追い回して遊んだものだったが、今では、干上がった川床にほんの小さな水たまりが一つあるだけになっていて、時の摩耗を経た枯れ枝が辺りに散らばっていた。私の頭のなかには愉快な森が浮かんでいたのだが、実際にあるのは瀕死状態のまばらな木立だった。通りは活気と喧噪に満ちていたはずなのに、両手を庇にして眺めると目に入ってくるのは人気のない路地とひびの入った壁、わいたノミもろともに風にころがるパン、寂しく吊り下げられた牝鶏、瞑想しているようなロバ、そして……、ええっ！……あそこに……それからあそこにも、あの庭にも、あのテラスの上にも、モスクの影のところにも、人々の、女たちの、子供たちの姿があった！　私は跳ね起き、野生の羊《ムフロン》のようにまっしぐらに丘を駆け下りた。

ああ、生命に宿る、生き続けようとする力のなんとすばらしいことか！　少なからぬ人々が殺戮を免れ、厚い闇夜のなかに逃れ、あるいはとっさにうまく身を隠したのだ。また、どういう奇跡で命が助かったのかわからないという者もいた。一目見るなり、みんなは私が誰だかわかってくれた。「ラシードだ、シャイフ・ハサンの息子だ！」と次々に歓声を上げた。誰もかれもが駆け寄って来て私の周りを輪になって取り囲んだ。おチビさんたちなどは、町から帰ってきたおじさんを迎えるみたいに、ポケットを裏返して私におねだりをした。けれど私はまだ緊張がほぐれず、棒立ちで頭を硬直させたまま視線ばかりをふらふらとさまよわせ、儀礼的な挨拶を口ごもりながら、自分の耳に届くその場違いな響きに苛立っていた。ばかみたいに、私はひたすら「こんにちは《サラーム》、平安あれ《サラーム》」と繰り返し始めていた。ああ！　それにたいして私はどれだけ熱烈な挨拶を受け、ちやほやされ、感謝され、祝福してもらったことか。役割が転倒して、最も下層に位置づけられた者たちが特権に恵まれた者を寿《ことほ》いでくれていた。私は呆然とするばかりだった。幼友達を見分けることができずにいたのだが、それほどみなおそろしい速さで老け込んでいて、耐えようもないほどの貧しさのなかにあり、もはや、朝には陽なたに出してやり、夜になったら震える体を家のなかに運んでやらねばならない寝たきりの老人たちともさして違わないように見えた。彼らの敬うべきぼろぼろの歯やもじゃもじゃの髪や深い皺や曲がった背を前にして、私は恥じ入るような気持ちであった。手のひらは分厚くて石のように硬く、そこいらじゅうにできた瘤を見るだけで、どんな苦労をしてきたのかがたちまち了解された。あの当時すでに年寄りだった人たちは、今も同じままで、もしかしたらその子供たちよりも元気ではないかと思われた。お迎えが近づくと生命力が再び燃え上がる、ということだろうか。それから私たちは、しゃべりにしゃべり、三日間ぶっつづけに話し通した。私の使えるフランス郊外仕込みの片言のアラビア語は全然役に立たなかった。私は駆使することのできる、フランス語、英語、ドイツ語、貧弱なアラビア語、わずかなベルベル語などをごちゃまぜに総動員して話したが、それですぐに通じるようになり、完璧に理解し合うことができるようになった。実は、私たちの間には言葉で伝えなくてはならないことはほんのわずかしかなく、微笑みだけで足りたし、ちょっとしたしぐさや、心を込めて言う決まり文句で十分にわかり合えたのだ。すべては頭のなかで起こる。自分に語りかけ、自分に答える。すると、まなざしやしぐさがこの内心の声を周りの人に伝えてくれるのだ。何についてでも「大丈夫、ありがとう、アラーは偉大なり」ですんだし、言われた人は、コーヒーを飲みながら同じことをまた次の人に言う。私はいろいろな家を一軒ずつ訪ねて回った。昔の場所や匂いに出会い、蘇ってきた子供時代の神秘の力のおかげで、私は駆け出したくなり、宝を探し回ったり、ものをかっぱらったり、何かをみんなと企んだり、あるいは自分だけの大きな秘密を持って絶対に他人《ひと》には漏らさないぞと誓ったりしたい、と思った。私たちはあの運命の夜のことを語り合った。誰もが愛する人や親族、友人、隣人を亡くしていた。そうなのだ、まさに私が想像していた通りのことが起きたのだ。これが犯罪であることはあまりに明白だ。私たちが最もよく知っている最も容易に想像される通りの犯罪がおかされ、三六五日、見続け、聞き続け、読み続けよと私たちに迫っているのだ。この犯罪は、月からでも見える、大地の真ん中に突き立てられた私たちのトーテムなのだ。犯罪がこの世界の歴史そのものを作っている。そして今ここで目にするあらゆるものが、アルジェリアという国がアイン・デーブ村とその住人のために特別な一章を書き下ろしたばかりなのだということを語っていた。

空虚が支配する私たちの家族の家に、みんながひっきりなしに私を訪ねて来てくれた。私が覚えていることはごくわずかなのに、みんながこの家の思い出を分かち持っていてくれていた。子供時代の思い出はなんと強い力を持っていることか！　自分たちの分を減らしてでも私は食べ物を与えられ、私が気持ちよく過ごせるようみなが心をくだき、酷暑の昼寝の時間帯には私がすやすやと寝ているかを見守り、夜が私の肩にずっしりと降りて来始めると最後までいた来客たちが、寝入った自分たちの子供を抱いて、足音を忍ばせながら帰っていったという。父が尊敬され、母が幸せな女だったと思われていることを知って、私は嬉しくなった。得意な気持ちにすらなった。故人が遺す評判が良いか悪いかは残った者たちが情け容赦なく決定する、と言われる。どうやら私の両親は良い成績をもらえたようだ。

殺戮の犠牲者たちは石灰を塗った石で囲まれた墓場の一角に埋葬され、そこは殉教者たちの場所、神と共和国のために命を落とした者たちの場所として顕揚されていた。地面にセメントで埋められた大理石の平たい大石に刻まれた荘重なアラビア語の文章が、そうした内容を謳っている。数えてみると、一直線に並べられた墓は三八あった。こんな小さな村にとって、この喪失は甚大である。墓石には故人の名前とコーランの一節と小さな国旗が彫られていた。自治体の当局が一切を取り仕切り、資金も出したのである。葬儀の式典には県内の民間、軍、宗教界のお歴々がかき集められ、国営放送のクルーが呼ばれた。ご一行様はやって来たと思うとまたたく間に埃を立てて帰って行き、あとには元通りになった村の風景とにわか仕立てのエキストラに駆り出された人々が残った。私には、キリスト教徒だった父だけが別にのけられて埋葬されたのではないかという心配があり、そうだったらとても悲しいと思っていた。けれど父の墓は殉教者の墓所にあり、母の墓がちゃんとその隣にあった。墓石にはそれぞれ、アーイシャ・マジャーリ、ハサン・ハンス別称シ・ムラードと名前が彫られていた。またただ。どういうことなのだろう？　そこで私が教えてもらったのは、父がある日からアイン・デーブ村に住み始め、独立直後の一九六三年にこの村でイスラーム教に改宗していたということだ。村人たちはキリスト教徒のドイツ人が自分たちに交じって暮らしたいなどと考えるのは奇妙でまた不都合でさえあると思ったのだが、それまで解放戦争＊に参加していたため彼は元聖戦士《ムジャーヒデイド》という最高の肩書を持っていたし、アルジェリア国籍でもあったため、この栄えある申し出をみなは喜んで受け入れることにした。三カ月後、若くてとても美しい、村の長老《シャイフ》の娘アーイシャを見初め、彼女と結婚するためにイスラーム教に改宗してハサンという名を得たのだ。父は四五歳、母は一八歳だった。高齢だった長老が逝くと、村はごく自然に父にシャイフの称号を与えた。それは確認にすぎなかった。というのも父はすでに村人たちからシャイフ・ハサンと呼ばれていて、相談ごとや助言を求めてしょっちゅうみんなが彼のもとを訪れていたからだ。どんな問題に対してもいつも何か解決策を提示してくれるし、その発案のおかげで村がよくなることもたびたびあって、みなはとても喜んでいた。雨よりも稀だけれど、ここによその人が通りがかることがあると、出ていくときには村にすっかり魅了され、こんな場所にあるとはとても思えないという感想を漏らしたものだ。その知識、経験、統率力、おのずと漂う威厳ゆえに、みなは彼をシャイフとみなしたのであり、それにはことさらアピールも要らなかったのだ。またも、私の知らないことであった。子供の頃、いつも父がみんなからシ・ハサンと呼ばれているのをたしかに耳にしてはいたが、それは便利な呼び名みたいなものだと私は思い込んでいたし、さらに解放戦争中の抵抗運動戦士《マキ》＊としての呼称からシ・ムラードとも父は呼ばれていたということで、そのあと、年齢に応じた敬意の新たなしるしとして父はシャイフ・ハサンと呼ばれるようになっていたのである。

巡礼を成し遂げ、また、友愛に満ちた歓迎を受けたことで、私はたちまち心に平穏が戻ってくるのを感じた。呼吸は静まり、未来に向けて元気に考えを膨らませたり、気高い諦念に満ちたため息をふうっとついたりできるようになった。私が会うどの男や女も、心を鎮めてくれる言葉を口にし、人間に課されたあの太古からの悲劇的な運命にすべてを帰した。たしかにそうした運命抜きでは人間など何物でもなく、砂漠を歩くロボット、知らぬ間に錆びていくロボットにすぎぬであろう。「私たちは神のものであり、いずれは神のもとに戻る……。私たちは風に運ばれる埃にすぎない……。死んだあといずこに行くのか私たちは知らない……。神を信じること、それが生であり復活である……。アラーはけっしてその御許《みもと》にある者をお見捨てにはならない……」。黙示録の大風のように死が吹き荒れたこの地で耳にする敬虔そのもののこうした言葉は、私の心のなかで違和感を奏でた。一切から遠く隔てられた、過酷で、それでいて活力をも生むこの裸の地、緩慢に歩む時と過《あやま》つことなき記憶とにゆだねられたこの地においては、人知の及ばぬものを問うて人間に当てはめ何世紀をも経て受け継がれてきたこうした言葉が、結局人を、無限に続く頑迷な忍耐や受諾や超越に行き着かせる。このようなかたちの至福へ向かって進んでいく人々にとって自分とはもう自分ではなく、彼らは突然別人になってしまっていて、おのれの周囲の光景を、なんの疑問も発せずなんの恐れも抱かずにただ澄み切った目で眺める任意の人間にすぎなくなってしまっているのだ。それはすばらしくもあれば、怖ろしいことでもある。人々は生を拒み、生のはるか上方に身を置いているのであり、生をちっぽけな、はかない、いずれにしても人を欺くものでしかないものとみなしている。だが生は何があっても変わることがなく、雄大で不滅であり、その生が私たちを砂粒のように砕き、私たちを絨毯の下に消し去ってしまう。

ラシェルの日記の何ページも続くこういうくだりにはうんざりした。だから抜粋して、一番ましなところだけを取ってある。あとはモスクのぐだぐだした演説とおんなじだもの。ある時期僕は、同胞たちがオープン・モスクをやっている第一七棟の地下室に通ってたことがある。あぶないことだなんて思いもしなかったし、セッションに三回行けばもうメンバーだ。セッションは一日五回あって、しかも年中無休。話はもっぱら、本当の生、天国、彼らの言葉でいうジン女、天女《フーリー》、預言者さまのお供たち、黄金時代の聖人、神の文明、同胞愛なんてものばっかりで、おわりには騎士風の微笑を浮かべて、聖戦を闘ってきた大昔の戦士どうしみたいな感じで抱擁を交わし合い、エルサレム――そこの言い方ではアル・クドゥスっていうんだけど――のことを固く念じるんだ。最初のうちはうまくいってた。面白くって、愉快にやっていた。そのうち、ＧＩＡの導師《イマーム》をトップに仰ぐ人たちが新しく来て、参加自由のゆるい集まりだったのが、出口のない悪夢みたいになっていっちゃったんだ。狂気の沙汰だよ、でもその強烈さに僕らは夢中になった。もう口にすることといったらひたすら聖戦《ジハード》、真の殉教者、不信仰者、地獄、死、爆弾、血の海、世の終わり、自己犠牲、自分たち以外の連中の絶滅、なんてものばっかりになり、モスクを終えて外に出ると、なおさら夢中になって同じことをしゃべったね。呼びかけ人《ムエッジン》から集合がかかると、僕らは額に黒い鉢巻をして、決行準備いざ万端って勢いで地下室に降りて行ったものさ。小学校で僕が濡れ衣《ぎぬ》を着せられて処罰を受けると、導師《イマーム》は喝采して「学校なんてものはキリスト教徒どもの犯罪そのものであり、未来はモスクにあるのだ」とのたまわった。僕は学校を罵倒する気はなかったけど、導師の言うことに反対でもなかった。続けて導師から「これからは私が、アラーからおまえが期待され、天国の扉を開いていただけることは何かを教えてやろう」と言われた。僕は研修の準備をしなきゃいけないとかいろんな口実をつけて、うまく身を引いた。勇敢にもモモは通い続けてたんだけど、神学校生《ターリバーン》のレベルに達したところでひどい目に遭わされることになっちまった。この段階だと、足抜けは軍隊の脱走みたいにみなされるんだ。同胞たちはモモを捕まえると骨の髄まで殴り倒した。ぼこぼこなんてもんじゃない。病院でなんとか命拾いしたんだ。まるまる二週間も入院して、ベッドでのたうちまわってたよ。みんなは、あーあトラックに轢かれちゃったね、とかって冗談言ってた。やつらはベッドのモモを殺すことまで考えてたんだけど、時間がなくて、そのうち忘れてくれたんだ。もはやアウトってところで救出してくれたのはイブン・アブー・モサブって名乗ってた昔なじみのレイモンなんだけど、モモときたらとことんはまっちゃってて、カブールの死のキャンプ行きの切符とマニュアルを手にするまでになってたんだ。髭をたっぷり生やした顔写真つきの証明書では一七歳なのに一〇歳も上ってことになってた。レイモンの父親のヴァンサンさんは見回りの委員会を立ちあげ、猛烈な勢いで奮闘した。結局、不衛生を理由に地下室は閉鎖されることになった。モスクはモロッコ人の店の奥の部屋に新たに作られた。ダッド署長ときたら、ひっきりなしにそこに足を運んで顔なじみになっちゃったぐらいさ。

ラシェルは日記で、アルジェリアからもどったときには別人になっていたと言っている。小洒落たレストランで僕に昼ごはんを御馳走してくれたことが書いてある。僕には全然記憶がない。たぶんそのときにラシェルは、殺戮事件があったことも、両親が死んだことも、アルジェリアへの旅についても僕には何も言わないでおくことに決めたんだと思う。全部秘密にして、自分の頭のなかだけに悲劇を収めることにしたんだ。きっと僕は、いつも兄さんが思ってきたとおりのすれっからしの能足りんに見えたんだろうね。それとも、何があったか教えたらますます曲がった道に突っ走っちゃうんじゃないかと心配したのかもしれない。ラシェルはやさしい言葉を書き残している。とても理解できそうにないことをそれでもなんとかわからせようとするときに使う、あのとてもやさしい言葉づかいだ。

かわいそうな私のマルリク。マルリク、本当にいい呼び名だね。君はこれまで容易ではない人生を送ってきた。私は責任を感じている。君に寄り添うために私がなんにもしてこなかったことが今ではよくわかる。勉強や受験やナントの四年間、収益しか考えない多国籍企業での殺人的な仕事、頻繁にある出張、君も知っている通りけっしてうまくはいっていないオフェリーとの生活、社会から課される責務、などなどといった安易な口実に逃げようとは思わない。すでにこうした言い逃れを使って、君に対して無関心なことや、私たちを温かく迎え入れてくれたアリーおじさんにも、人生がどんなものかさえわからないうちに生を奪われてしまったその子供たちに対しても、またいつの間にか忘却の彼方に追いやっていた両親に対しても自分が無関心で来たことを、私はずっと正当化してきたのだ。さも賢そうに君に話していた自分が、単にいい気になって偉ぶっていただけだということ、自分では教え導いてやっているつもりで君を貶めることしかしていなかったことが、今ではよくわかる。たまらないのは、それでも君が私を恨んではいないことだ。君は私のことをいいやつだとさえ思っていて、私が自分の歪みをごまかすために使ったのと同じ論拠で、私のことを擁護してくれている。君は思っているよね、ラシェルはまじめなんだ、勉強に必死だ、試験を受ける、仕事に追われまくってる、会社の命令で出張だ、オフェリーの機嫌もよくとってる、それなりの決まりのある世界のなかで生きているんだ、ってね。犯してしまった過誤は取り返しがつかない。もし私に勇気があれば会いに行って、君を愛していると、君は本当に素敵だと伝えるんだが。レストランを出るとき、私は自分が、自分の沈黙が、自分が臆病であることが、恥ずかしくてたまらなかった。もうこれからは逃げ回ったりはしない。でも、あのときは、本当にあの苦しみを、父さんと母さんがあんなひどい状況で死んだなんてことを、君には知らないでいてほしかったんだ。そして今や私が知るに至った、心の奥の奥まで食い込んで私を苛《さいな》んでやまないあのことが、君に怖ろしい苦しみを与え、ついには君を壊してしまうのではないかと心配でたまらない。とにかく君を私から遠ざけておくことが何より大事だと私は思った。いつか、君が私の日記を読み、わかってくれる日がくるだろう、そしてきっと私を赦してくれることだろう。それまでには時間が経って解決していることもあるにちがいない。

オフェリーとの関係は険悪になっていった。夫のラシェルはもはや以前とは変わってしまい、いつも考えに沈んでいて、やたらに本をむさぼり読み、次から次へと旅行に出てはそのたびにぼろぼろになって戻ってきた。オフェリーって、自分の巣にはぴっかぴかのものばかりでないと気がすまないタイプの女なんだ。なんであれ自分の幸せを傷つけるもの、自分の日々をくすませるもの、自分の庭に陰をさすものに絶対がまんができない。バービー人形のおうちみたいな生活しか頭にないんだ。ちょっぴり出世亡者でもある。かわいそうなラシェルはオフェリーからいびられ続けた。さんざん質問され、罵倒され、批判を受け、ヒステリーに遭った。オフェリーは拗《す》ね、ドアをバタンと鳴らして、そのまま何度もいなくなってしまった。神経過敏なたちなんだ。二回のうち一回は、オフェリーは母親のもとに駆け込み、手を尽くしに尽くして宥《なだ》めないと戻ってこなかった。男女の愛ってばかばかしいし、危険だね。オフェリーのママはオフェリーを甘やかしすぎたんだ。それでオフェリーは、悲惨や不幸、人生の悩みや忍耐ってどういうことかを心得た一人前の女性に成長しそこねちゃったんだ。でも同時に僕はオフェリーのことも理解できる。ラシェルは彼女に何も伝えなかったし、僕にも何も教えてくれず、独りで全部かかえていた。誰だって、まるで自分が存在していないみたいに扱われるのは好きじゃないさ。とくにオフェリーはね。ラシェルが父さん母さんの虐殺を僕に隠していたことを考えると、今でも死ぬほど恨めしくなる。僕だってアイン・デーブ村に一緒に行って父さん母さんの墓にお参りしたかったよ！　そうしたら、親子みんなでやっと再会できたのに。

以上が僕らの日記の第一部だ。ラシェルはアルジェリアから別人となって帰国した。見た目だって変わっていた。あの頃ラシェルはしょっちゅう旅行に出ていたし、僕のほうだって大変なことになってて新しい委員会に呼ばれたり脅しが深刻になってきたりしていたから、ほとんど会うことはなかったけど、それでもラシェルの変化には気づいていた。一、二回、スーパーマーケットで、棚から棚へとせわしげに飛びまわるミツバチみたいなオフェリーの後ろを、辛そうにくっついていくラシェルを見かけたことがある。僕はこっそりずらかった。マーケットでのおしゃべりって大嫌いなんだ。この冷えきった迷宮のなかをモルモットよろしくカートを押してぐるぐるしながら買うべき品々について真剣に会話を交わすなんて、まったくご免こうむるね。僕はいつも、さっと風のごとく商品を手に取って、非常口からとんずらする。スーパーってほんとにクソみたいだから、金なんか払わないのが当然さ。ともかく、冗談のつもりでこんなふうに思ったことを覚えている。「ラシェルのやつ、なんか老けたなぁ。こんなに急激に消耗させて、多国籍企業さまはさぞかしご満悦だろうな」って。衰弱は始まったばかりだった。原因はすべて、アイン・デーブ村から持ち帰った剥げた小さなカバンのなかにあった。父さんの古い書類が入っていたんだ。父さんの過去が書かれている書類だ。だがそれには不十分なところがあり、その残りを知ろうと、ラシェルはたくさんの本をあたり、ドイツ、ポーランド、オーストリア、トルコ、エジプト、それからフランスのあっちこっちをさまよい歩いたわけだ。

この世の果ての僕らの故郷にある家族の古い家のなかで、カバンの中身を一つ一つ確かめているときにラシェルの頭のなかにどんなことが起きたのか、僕は理解しようとした。それは、こんなふうだったんじゃないかな。夜中だ。いったん眠りかけたのに目が覚めてしまう。そこでベッドから起きて、お茶をいれて、両親のことや、四月二四日の悲劇、あるいは仁王立ちで帰りを待っているオフェリーのことなどを考えながらそれをすする。突然、内務省が操作を加えたあの犠牲者名簿のことが気になり始める。すでにおかしいと思っていたし、それについての質問を大使館でぶつけてもいた。僕だって疑問に思う。どうして僕らの両親はリストに違う名で載っていたのか？　まるきり別の名ってわけじゃないにしても。マジャーリはたしかに母さんの旧姓だし、ハサンというファーストネームはイスラーム教に改宗したときに父さんが得た名前だ。でもどうして父さんの姓が名で置き換えられてしまったのか？　もっと簡単に言えば、どうしてシラーという苗字がどこにもないのか？　墓に刻印された文字はこの奇妙な現象をなぞっているが、一体誰がこうすることに決めたのか？　官僚の思いつきか？　ラシェルの考えたように政治的な判断だったのだろうか？　犠牲者のなかに外国人がいることがわかったら、外交上大騒ぎになるのでは、とおそれたのか？　ドイツをはじめヨーロッパのメディアがここぞとばかりに跳びつき、すでにその名が世界に轟いているアルジェリアの政府をつるしあげて、これは民族大虐殺《ジェノサイド》あるいは人類に対する犯罪と呼ぶべきものだったのではないか、拷問や組織的な略奪をはじめあれやこれやが実は隠されているのではないか、と責め寄られては困ると。この問題がラシェルの頭から離れない。立ちあがり、家のなかをうろうろし、両親の寝室に入り、探すともなく何かを探しているうち、たんすの上に置かれた、あるいはベッドの下にすべりこませたカバンを見つける。たちまち警報のサイレンが頭に鳴る。

僕も、そのカバンに手を触れた瞬間にサイレンの音を聞いた。ラシェルは、家のなかでオフェリーがけっして目をやることのない唯一の場所であるガレージの道具棚のなかに、そのカバンを隠しておいたんだ。そして、二年前にラシェルがしたのと同じ動作を僕も繰り返すことになったわけだ。

　秘密がいっぱい詰まっていることがわかっている物を前にしたとき、人は尻込みをする。だけどラシェルは特別なことがあるとは思っていなかったから気軽だった。どの家にだってそういう物があるものだ。靴箱だとか書類カバンとかアタッシュケースだとかに、いろいろな書類や写真、手紙、アクセサリー、お守りなんかがしまってある。アリーおじさんもそういうのを持ってた。ひもでぐるぐる巻きにして厳重に縛ってある、ものすごく大きい、まさに出稼ぎ移民が引きずってくるカバンで、中には、無数の労働許可証と期間限定の奴隷生活のおかげで得た行政文書一揃い、それから故郷の村にわざわざ頼んだお守りがいくつか、さらに、第一四棟のセネガル人まじない師《グリオ》から買ったアフリカ風のいろんな護符がごっそり一式入れてあった。僕のほうはラシェルの日記を読んでいたから、そのカバンがなんなのか、どんな苦悩が僕を待ち受けているのかすぐにわかった。だから長いことためらったあとで、ようやく、えいやっ、とカバンを開けた。たくさんの書類、写真、手紙、新聞の切り抜き、それから雑誌が一冊入っていた。みんな黄ばんで、角が丸くなり、染みだらけになっていた。前世紀の物だと思われる硬質ステンレスの古い腕時計があり、六時二二分で止まっていた。メダルが三つ。ラシェルはそれがなんだか調べあげてあって、一つ目はヒトラーユーゲント、つまりヒトラー崇拝の青少年たちのバッジ、二つ目は戦闘で勝ち取ったドイツ国防軍のメダル、三つ目は武装親衛隊の徽章だった。SS*の紋章だった髑髏「トーテンコップ」の絵のついた布の切れ端もあった。ヨーロッパのどこか、たぶんドイツで撮影された写真では、父さんは制服を着て、一人で、あるいはグループで写っていた。写真のなかでは父さんもスポーツ刈りにしている部隊仲間もとっても若く、自分たちの服装を誇らしげにしていて、いかにも生きる幸せに満ちあふれている。ほかにもう少し歳のいった写真もあって、ＳＳの黒い制服を身につけ、厳しい顔つきをしている。戦車に背をもたれていたり、広い中庭の真ん中に立っていたり、バラックのステップに座っていたりしている。一枚だけ私服姿の写真があり、すごく洗練されたとても美しい白い服を着込み、立派な口髭を生やしている。エジプトの大ピラミッドのふもとで撮られた写真で、歯まで見せて笑っているミイラみたいなイギリスの老婦人たちに向けて、父さんは片目の端でかすかに微笑みを投げかけている。もっと新しい写真では、アルジェリアの抵抗運動《マキ》戦士たちと一緒に写っていて、戦闘用の服を着てカウボーイハットをかぶっている。少し太って、めちゃめちゃに日焼けしているんだけど、そういうのも悪くない。ある写真では林間の空き地で、地べたに座った若いゲリラ兵たちを前にしている。毛布の上にたくさんの武器が並べてある。武器の使い方の講義をしているところだ。棒きれの竿にアルジェリア国旗が翻っている。また別の写真では、歯痛でゆがんだみたいなへんな笑い方をしている目つきの異様な、えらく痩せこけて背の高い、戦闘服に身を包んだ男の隣にいる。ラシェルにはこの男が誰だかわかった。名前はブーメディエン*、抵抗運動《マキ》の総司令官だ。新聞の切り抜きは、英語、フランス語、イタリア語のものがある。フランス語の記事は雑誌『ヒストリア』の特集記事だ。僕は読んでみた。それは、ナチスの親玉たち、ボルマン、ゲーリング、フォン・リッベントロップ、デーニッツ、ヘス、シーラッハ*などとその同類の連中を告発したニュルンベルク裁判*を扱ったものだった。記事はのちに見つかった人物たちのこともとりあげていた。アドルフ・アイヒマン、フランツ・シュタングル、グスタフ・ワーグナー、クラウス・バルビー*……。世界中に散らばり、南米、アラブ世界、アフリカなどの、世界の実にいろいろな国々に逃亡の地を見出した人たちについて記事は伝えている。挙げられているのは、ブラジル、アルゼンチン、コロンビア、ボリビア、パラグアイ、エジプト、トルコ、シリア、ナイジェリア、エチオピア、ローデシアなどなどだ。それからカバンのなかには、ドイツ語で書かれた手紙がいくつかと、フランス語で書かれたジャン92という署名のある、一九六二年一一月一一日付の手紙が一通入っている。なんだか盗品を隠し持っていたやつから古物商に送られたみたいな感じのこの手紙が一体なんなのかを理解するには、鍵が必要だ。大まかに言うと、何食わぬ調子で、ジャン92なる人物は、貴重なある物についてそれが見つけられてしまったかもしれないとか、ほかのある物についてしかるべき場所に置かれているだろうけれど、遠からず持ち去られてしまうかもしれないとかと語り、最後に、残りの物について、いくらか曖昧な情報があるのみで今どうなっているのか全然わからないけれど、もっと確実な場所に移したほうがきっとよいのだが、と述べている。手紙には、ＳＷ*という略記で示される執拗な調査員のこと、ＢＪ*と記されるグループ、それからＭと呼ばれる最高に危険な組織に属すＮという別のグループ*のことが書いてある。また手紙は、はっきりオデッサと名指されているある女性がそれらを見守りあちこちの確かな場所に移送していることも告げている。ラシェルは調べつくし、こうしたこと全部が意味することを突きとめたんだ。さて、謎の人物ジャン92はこんな挨拶で結んでいる。「HH、偉大なる日々の君の星」。思うにこの手紙こそが、ラシェルをヨーロッパの各地へ、そこからまたエジプトまでへも出向かせることになったのだ。その間のことは彼の日記に長々と書かれている。でもすべてが語られているわけではない。たとえ語られていたとしても、理解するには十分な知識が必要で、残念ながら僕はそんなものを持ち合わせてはいなかった。

カバンのなかにはアルジェリアの公式書類も二つ入っている。どちらも決定通知書だ。一つは一九五七年六月一七日付けのもので、解放戦線軍の総司令官であるブーメディエン大佐のサインがある。内容はこうだ。

シ・ムラードを、兵站《へいたん》と武装化の顧問として、EMGの養成所に配属する。
同時通知先――BE、SBLA、CFEMGの責任者、第八管区の技術・作戦担当隊（伝令、輸送、
工兵技術など）の各隊長

二つ目は、一九六三年一月八日付けの、シェルシェルの軍幹部養成学校の事務局長名の文書だ。

第一項――ムラード・ハンスに臨時の民兵養成係を命ず。
第二項――人事部門長はこの決定の履行にあずかること。

同時通知先――S／防衛省人事担当係
必要情報照会先――アルジェ軍区軍事安全局

かなり皺くちゃの小型本も入っている。父さんの軍人手帳だ。印刷の活字はゴシック体のドイツ語、ばっちりキマってる。最初のページは身分証明だ。ハンス・シラー、一九一八年六月五日、ユルツェン*生まれ、エーリッヒ・シラーとマグダ・タウンバッハの息子。住所、ユルツェン市ランドルフ、ミレン通り一二番地B。学歴、化学工学エンジニア、フランクフルト・アム・マインのヨハン・ヴォルフガング・ゲーテ大学卒。四角で囲った欄に登録番号がある。ページの下部には、この手帳を発行した責任者である親衛隊上級大隊指導者マルティン・アルフォンス・クラッツの氏名とサインと押印がある。そのあと数ページにわたって、配属、階級、表彰、勲章、負傷など軍のキャリアのあいだに受けたものが記入されたややこしい表が続く。各ページにスタンプがべたべた押されている。父さんは大尉にまで昇格していた。大物だったんだ！　まさに英雄として、数度におよぶ負傷を経験し、何度も表彰され、勲章を授与されている！　配属地はドイツ、オーストリア、フランス、ポーランドなどなどの各地で、ラシェルの解説がなかったら僕にはどこの国のどこなんだか、ほとんどわからなかったと思う。フランクフルト、リンツ、グロース・ローゼン、ザルツブルク、ダッハウ、マウトハウゼン、ロクロワ、パリ、アウシュヴィッツ、ブーヘンヴァルト、ハルトハイム、ルブリン＝マイダネク。いくつかは絶滅収容所*だ。秘密にされたこうした場所で、ナチスはユダヤ人や好ましくない人々を消し去ったのだ。ラシェルによると死者の数は数十万人、歴史雑誌『イストリア』は数百万人だと伝えている。な、なんてこった！
僕は頭を抱えて声をもらした。

僕はそれまでにラシェルの日記を何度も読み返していたので、これがそうか、と理解できたけれど、自分の手で手帳やメダルに触れ、こうした名前や書類やスタンプを直《じか》に目にすると、その衝撃はずしんときた。僕は気分が悪くなった。こうしたがらくたのいっさいは、僕の父さんがナチスの戦争犯罪者であること、もし司法の手がおよんだら絞首刑になっていたかもしれないということを語っていた。けれども一方では、こんなことは全部無意味だとも思っていた。僕は認めない、もっと真実の、もっと正しい、別の真相があるはずだ、と。だって、僕らの父さんなんだ。僕らはその子供で、その名前を受け継いでいる。父さんは、自分の村に献身し、その住民たちから愛と尊敬を受け、国の独立と人民の解放を支援したすばらしい人物なんだ。僕は思った。父さんは兵士で、命令に従っただけだ。中身を理解していない命令、自分が否認している命令に。罪があるのはトップの連中で、やつらは自分たちが企てていることがなんなのかをちゃんと認識していたし、実行者たちがみじんも気づかないように、熟慮することがないように、うまく操る術を心得ていたんだ。そのうち、どうして過去をほじくり返さなきゃいけないのか、という気持ちがこみあげてきた。父さんは虐殺され、羊みたいに喉をかき切られて死んだんだ。母さんも、近所の人たちも、みんな、この地上に現れたもっとも悪意に満ちた本物の犯罪者たちによってやられちゃったんだ。そいつらは今もアルジェリアでのうのうと生きている。そういうやつらが世界のいたるところにいて、みんなから支持を受け、応援を受け、祝福されているんだ。国連にだっているし*、テレビにも堂々と登場し、好きなときに好きな人たちを断罪している。人差し指を天に突きあげていつもみんなを恐れおののかせて考えさせないように仕向けている第一七棟の導師《イマーム》とまるで同じだ。ラシェルの苦しみようが僕にはわかる。世界が丸ごと崩壊したみたいだったろう。自分のことを汚れきった罪人だと感じ、どこかで誰かがこの罪の報いを引き受けなくてはならないという思いにとらわれる。ラシェルはまさにそれを引き受けちまった。誰にも悪いことなんかしたことのないラシェルが。

恥ずかしいけど、僕はその戦争や絶滅のことなんか、まったく知らなかった。せいぜい、導師《イマーム》がお説教のなかでユダヤ人を攻撃しながら言ってたこととか、ちらりほらりと耳にしたことなんかで、ほんのうっすらと知っていただけだった。僕の頭のなかでは、それは何世紀も前の伝説みたいなものだった。実のところ、僕はそれまでそのことを真剣に考えたことがなかったし、むしろバカにしていた。僕らは若くて、ついこのあいだこの世に登場したばかり、しかも完全な落ちこぼれなんだから、その日その日の苦労で精一杯なんだ、って。ラシェルはとても怖ろしいことを何ページも書き連ねていた。ラシェルの頭はそれで沸騰状態になってたんだ。最終解決*、ガス室、人体焼却炉、ゾンダーコマンド*、強制収容所、ショアー*、ホロコーストなど、僕が初めて聞く言葉や表現が頻繁に繰り返されていた。ドイツ語のこんな文もあった。「Vernichtung lebensunwerten Lebens」*、翻訳してくれてないのでなんていう意味なのか僕にはわからないけど、断罪の言葉のような感じがする。「Befehl ist Befehl」という表現もある。こっちはすぐにわかった。「命令は命令だ」っていう意味だ。村での子供時代、あんまりいつまでも父さんに口答えしていると、しょっちゅう父さんは、ぼそっとこの言葉を吐いていたから。そのあとで、フランス語かベルベル語で「お祭り騒ぎもいい加減にしろ！」とどなったものだ。僕がぐたぐたとご託《たく》を並べていると、ヴァンサンさんから「言われたことをやるんだ、お前の考えは後で時間があったら聞く」ってよく言われたのを思い出すね。

そのあとラシェルはきっと朝まで寝られなかったんだろうな。ラシェルが書いたことにはめまいがする。ラシェルは教養があったから、すぐさま全部理解し、ずっと先まで見通しちゃったんだ。僕は説明してもらわなきゃわからないし、頭のなかで整理するのにも時間がかかる。もし僕がラシェルの立場だったら、カバンのなかのものは別に意味も持たず、ただ、両親が殺されてしまいもう会うことができないっていう悲しい現実に浸るばかりだったろう。あるいはこう考えたかもしれない。「父さんは故郷の国で兵隊をしていた、それからこっちに来てアルジェリアの抵抗軍を育てた、以上。おしまい」って。驚きなのは、こんな経歴を積んだあとで、アイン・デーブ村に骨を埋めるつもりで住み着いたことだ。僕だったら、カリフォルニアに行ってハリウッドのスタントマンか大金を相続した女のボディガード*でもやるね。ところが父さんときたらまったく、ちょっとイカれた詩人みたいで、せっかく都会に住んでたのにある朝エレベーター付きの立派な建物を後にして山里に引っこみ、せっせと羊を育てたけれど自分らが食べる前に全部オオカミに食われちまう、っていうようなとんま野郎のまねを演じた。父さんが選んだのはアイン・デーブで、それは山里よりももっともっと奥の地なんだ。実際、アルジェリア人でさえ知らない、つまり理想的な場所だった。ほんとに、一九九四年四月二五日までは誰も知らない村だったんだから。

最後に、僕がいつも考え、頭から離れない、ラシェルの書いたこの文を記しておこう。「私の面前に立ちはだかるのは、世界の始まり以来のこの古い疑問だ。私たちは父親の罪の責任を、兄弟や子の罪の責任を負っているのか？　悲劇的なのは、私たちみなが一つの糸でつながっているということであり、その糸を断ち切るか、消え去る以外には、逃れることができないということだ」。さらにおしまいに、僕のこの決心をつけ加えておこう。手遅れになっちまう前に、第一七棟の導師《イマーム》のノドを絶対かき切ってやる。

ラシェルの日記　一九九四年九月二二日火曜日

円窓に顔をつけて雲のじゅうたんを眺めている。一面に真っ白で、雲と空ばかり。何一つ動かない。ヒューズが飛んでしまうほどのまぶしさ。目を閉じる。またいつもの考えに戻る。私を待ち構えていたように、青緑色に染まったその考えが、私を深く引きずり込もうとする。疲れに襲われる。目を開け、周りを見回す。安定したうなりを上げている飛行機は、新鮮な卵のようにぎっしり満員で、照明は柔らかく、室温はさらに心地よく保たれている。乗客は書類に没頭したり、耳元で静かに話し合ったり、うつらうつらしたりしている。ほとんどがドイツ人だ。この路線を常連にしている旅客なのだということは、ロワシー空港での搭乗手続きのときに気づいていた。大きな荷物など持っておらず、キャスター付きのサムソナイト一つきりか、大ぶりのブリーフケースを手にしているだけで、脇の下には二、三、雑誌を挟んでいたりする。目隠しをしても動けるほどみな順路を心得ている。身につけている物は何もかも清潔そのもので、まるでアジアの僧侶みたいにもの静かだ。疲れているのにそれを表に出さない。慣れのおかげ、それから仕事の真最中だから。ビジネスとはおぞましいもので、たとえばパリだったら地下鉄＝仕事＝ベッドというあのサイクルがすっかり日常生活を占領してしまうのだ。そこに飛行機や紀元後三千年紀の人間交差路である空港が入ってくると、もっと哀しいことになる。厳戒監視下の国際線、あらゆる点でガラス張りの監獄とそっくりのセールスマン向きホテル、すべてを制御するコンピュータの腹のなかで合成された反＝布告《ファトワー》を垂れ流す聞き取りにくいスピーカー放送。それからリムジンバスでの移動、乗り換え場所から一直線の地下鉄・電車・タクシーと続き、こうした世界がまるごと出現したかと思うと、無表情な壁の背後に消えていく。地球規模で匿名性が肥大化し根づいてしまっている。とくに大都市間を移動する場合はそうだ。人々は朝にやって来て、パリで仕事をして、夕方か翌朝の飛行機で再び発つ。帰り着くと、もう次のフライトが待ち構えている。こうした行ったり来たりの旅で必要な手荷物は、歯ブラシ一本だけ。私は自分の会社ために、まさにそういう旅行を重ねている。油差しと、あとはせいぜい髭剃り用コンセントがあればいい、機械人形そのものだ。飛行機で到着し、ビジネスを遂行して、ホテルに身の回り品を取りに寄り、タクシーで空港に向かう。ときどきはパーティーがあったりする。イタリア人、スペイン人、ギリシア人たちとなら、仕事の進み具合とは関係なく、ごく自然にそういう流れになる。ラテン系あるいはそれに類する人たちは、リビドーに忠実であることをみずからに許し、のべつまくなしに、息抜きしなきゃ、と繰り返す。ドイツ人、オーストリア人、スイス人、イギリス人の場合、仕事がレジャーと宗教の両方の代わりを果たす。外に出たときに、わずかな時間だけコーヒータイムをとっておしゃべりすることが唯一の息抜きだ。一番きわどいのは、官僚主義と腐敗と暴力に染まったあの独裁体制の国々だ。白黒サスペンス映画の雰囲気は、実は私の大のお気に入り。そうした国々では、かつての社会主義の最良の部分である元気のいい物言いと訳のわからぬ誤魔かしが今も健在で、平然と人を踏みつぶしていくおなじみの資本主義がそれに色を添えている。こうしてくたくたにさせられたビジネスマンたちはとぼとぼと歩くか、さもなければ、休むか死ぬかのどっちかだと責め立てる風潮に煽られて走り続けるのだ。いやはや、なんという暗黒、神秘、狂乱、そしてなんという悲哀。ところが偶然中の偶然のおかげで、予想だにしなかった天からの特派員とも言うべき誰だか伝達役あるいはどうでもいい行きずりの人から、魔術師の手品みたいな一本の電話がかかってきて、当面のところ、つまりは人の世の続くかぎり解決不能だと諦めていた公的資金調達の問題が解決したりすると、一気に歓喜の大爆発となる。そうするとお祝いが始まり、フェアーな契約の締結あるいは振替送金の奇跡的な差し止め解除なんていうケチなものを讃えてではなく、両国国民の友情と両国の偉大なる指導者たちの肝胆相照らす相互理解を讃えて、次から次への祝賀会となる。帰って来たときは同僚に話すことが山ほど溜まっていて、真実を曲げない程度の尾ひれをつけて、スパイがいたとか、妙な人物を見かけたとか、ホテルでテロ未遂があったとか、大臣が交渉の大詰めでメモにゼロを一つ書き落とした女性秘書の首を絞めたとか、別の大臣が自分の一派の人ではない懇願者たちに小水を浴びせたとか、ある国家元首が反体制派の村をガス攻撃したかと思うと、着飾ってあちこちを飛び回り懺悔の言葉と世界の新秩序をぶちあげた、などなどの話を披露して大いにはしゃぐ。実際には、目で見たことより噂に聞いたことの方が多い。いつ死ぬかもわからないこうした地域では口伝えの情報が日々の生活の中心であり、その時々の命もそこにかかっているのだ。どうしてもわからなかったのは、私たちの会社の上層部がこうした気ちがいじみた状況のなかで、自分たちの利益しか考えない彼らを相手にどうやって儲けを引き出すことに成功したのかだ。たしかに我が社は日常になくてはならないポンプとか水栓とかを扱っていて、価格はこちらの言い値であり、向こうの想定よりいつも高く落着する。社にはあらゆる好みに合わせたあらゆる色の商品が用意され、垂直のもあれば水平のもあって、手動式もリモートコントロール方式もあり、ビー玉程度の極小のものから仰《の》け反《ぞ》るほどの巨大なものまでラインナップが用意され、倉庫を建ててから設置してもよし、先に設置しておいて周りにあとから倉庫を建ててもよしで、どちらでも対応できるようになっている。我が社はこの市場では世界のトップを走っている。そのカタログはどんなうるさ型の顧客でも魅了してしまうだけのものがある。

この世で一番気難しい女性である私のオフェリーが恋しい。彼女の元に戻り、郊外育ちの人間にとって大切なのんびりした暮らしと私たちのささやかな日常生活を取り戻したいとどれだけ私が願っていることか。きっと今ごろ彼女は愛するママのところに押しかけて、ソファーの上で身を丸め、涙に暮れながら、私のことを、そして一緒くたにして世の男性すべてを、とりわけ愚行と拷問とは何かを生まれつき知っているアルジェリア人とドイツ人を、さんざんにこき下ろしていることだろう。こうしたことにかけては彼女がどれほど発想の才に長けているかを、そして義理のママはさらにその上を行くということを、私はよく知っている。ちょうど今、二人して私たちの仲にとどめを刺したところに違いない。神様だってどうしようもない、と。私たち夫婦はもはや言葉も交わさないし、オフェリーは家の隅でふてくされ、私は私で別のところに引きこもって考えにふけっている。情熱の炎の力で仲直りができる第一段階を私たちはすでに過ぎ、放っておくうちに、冷え冷えとした亀裂がおのずと拡大していっている。戦いは今や終わりに近づき、沈黙の上に築かれた偽の平和は破局段階に入っている。これでたぶんよいのだろう。もう私は普通の人間にも、なんでも頼める愛想のよい夫にもけっして戻れない。彼女には寝室とリビングを独占させておくことにした。私は中二階の隅で眠り、夜はガレージで過ごしている。そこにキャンプ用品一式と本棚を持ち込んだ。すべてが揃っている。世界の絶滅作戦とその後の凍りついた巨大な沈黙についての三〇巻にわたる書物。私は、どうして彼女を私の問題から遠ざけたのか、自分でも言うことができない。たぶん恥の意識、それから、自分でもよくはわかっていないということ、結果がどうなるかを懼れる気持ち。「私は戦争犯罪者の息子なんだ」と自分で思うことと、「あなたは戦争犯罪者の息子なんだわ！　大量虐殺の罪を負ってるなんて!!」とひとから言われるのとは全然違う。私について、私たちについて、私たち夫婦の細かい問題について、自分が引き受けるべき事柄について、いちいち説明しなくてはならない状況に身を置くのは厭わしかった。その間も、私は自分の力を超える何か、私たちの力を超え、今後もずっと私たちの力の及ばぬものであり続けるだろう何かと直面していたのだ。オフェリーは、種類や程度を度外視して、何かの問題を別の問題にすり替えるのが非常に得意だ。ニワトリからロバへ、ひょいとバッタみたいに飛び移ることができる。結局、彼女はすべてを、自己を中心にして考えている。一方私は、まったくのところ神に委ねるべき、そして私の父がその担い手である、ホロコーストと向き合っているのである。

私が仕事上のもろもろの思い出と家庭のあれこれの悩みに思いを馳せているうちに、飛行機はすでに目的地に着いていた。機体はハンブルク空港の誘導路をころがっているところだった。以前はたびたびこの空港を訪れたが、久々だ。こうして見ると、ネオンの灯で飾られたただのガラスとアルミニウムの塊にすぎない。流れのなかの私は、周りの乗客と変わりない乗客、周りのドイツ人と変わりないドイツ人として、注意を引くこともない。もし私が目に留まるとしたら、それは外国に出かけたフランス人がみなそうであるように、どこかほんのちょっと違うところがあるからだ。そうなんだから仕方がない。よそへ行くとなんだか自分が少しぐずみたいに感じられて往生する。今回は特に、私は重荷を抱え、死ぬほどの懊悩に囚われていたので、足を前に進めるのもやっとという状態だった。人々から何度もぶつかられ、非難の視線を投げつけられ、私の背後ではドイツ語や英語や日本語で文句をつぶやく声が聞こえた。なかにはおそろしく丁寧に声をかけてくる人も何人かいて、それだけ私がとても邪魔になっていたということだ。これまではいつも出張での旅行だったから、プランに従い、所定の時刻に遅れぬように急いだものだし、決められた時間と場所で出迎えを受けたりした。あるいは、なんでも起きる前からすべての対処を講じるオフェリーの後にくっついて歩くだけだった。私は今、途方に暮れていた。自分自身を探し求め、時間を遡り、暗闇をひっかきまわし、世界最大の不幸を調べ、どうして自分の肩にその重荷がのしかかっているのかを何とか理解しようとしているところなのだ。実のところは、すでに答えを知っているからこそ、苦渋で足が重たいのだ。私はけっしてこの悲劇の広大なひろがりを把握しきることはないだろうし、そこから無傷で帰ってくることもあるまい。私は、いてはならないところにいる父に会うのが、いかなる人間も人間でいつづけることができない場所で父に会うのが、とてもとても怖いのだ。私自身の人間性が賭けられていたのだ。

見るからにハンブルクは健康にあふれている。まったきゲルマン的な健康だ。整った外観、そしてそれを背後で支える堅固さと心地よい親しみ。ドイツから見れば、われらの美わしきフランス国《ライヒ》は、ごちゃごちゃのキャンプ場みたいなものだ。フランスにはフランスの健康の概念があるが、それはこちらから見ると罪のニュアンスを帯びたものであり、過剰な贅沢とか、独り占めとか、階級間の闘争とか、成金の陽気さなどと結びついている。身なりをきちんとすることにこちらの人があれほど気を遣うのは、私たちフランス人が患《かか》っているブルジョワ病を罰するためなのかもしれない。自分たちのイメージは恰幅がよく丸顔で瞳の透きとおった、フランス人に劣らぬ古い家柄の、頭脳明晰な改革精神の持ち主たちというところだろうか？　やつれた様子で土気色の顔色をし、昨日から髭を剃っていない私は自分の国名をでかでかと掲げて歩いているようなものだったが、それは私の、心身ともに完璧に健全とされる北欧人の容姿とはまったく相反するものだった。体裁を繕うこれまでの努力は水泡に帰し、疲れていても表に出さないとか、いらいらしていても感情を爆発させないとか、気おくれを感じているときでも大股で闊歩するなどということは、もはやとうていい出来そうになかった。私はレンタカーを借りて走り出した。独りになりたい、ひたすらそれだけを願っていた。この世に誰もいないかのように独りぼっちに。

どこもかしこも開け広げな《オープン》我らの哀れな国土とは違って、ドイツの奥地は本当の奥地である。海と山に囲まれているフランスには奥地と呼べそうな場所はほんのわずかしか残っておらず、それもハイキングのツアー業者と物売りたちによってとことん開発されてしまっている。ああ、観光国の哀しさよ。奥地とは孤独と静寂の場であるはずで、さもなければ野外演劇の舞台装置に堕してしまう。ドイツの奥地は本物で、広大なひろがりをもち、おまけにいかにもルター派の地域らしく、ひとを魅了する不動性があり、そして漂う不安が、石の神秘と魂の瞑想のなかにすべてが閉じ込められていた太古の時代を彷彿とさせる。一切が永遠にそのままなのではないかと思われ、私たちのように明日を思い煩う癖がついてる者を戦慄させる。私の目に映るのはじっと動かぬ郊外の町、じっと動かぬ村々、じっと動かぬ田舎の光景、そして家の戸口や畑で動かぬ道具にかがみこむ、じっと動かぬ人々の姿だ。厳かな樹々のてっぺんに凝固したように止まっているカラスたちが見え、遠くには、何本かの無人の道路が霧にかすんで、彼岸へと消えていく。動きがあるのは高速道路の上だけであり、高速道路はこの地域のものではないということを痛感させる。両サイドを塀で閉じたこの道路は外から持ち込まれた異物、よその世界にたいする譲歩、そして何より外界と距離を保つための手段に他ならない。私はじっくりとドイツを見つめようとやってきたのだったが、すでに一切が無限に遠くにあるように思え、この先も秘密であり続けるだろうと感じられた。

少し行くと、動き回り、おしゃべりに興じ、大声で笑う人々に出会った。彼らはもりもりと食べ、どしどし歩き、ふくれっつらの子供たちを叱ったり、とくに威嚇的ではないがきっぱりとした調子でものを言い聞かせたりしていた。口にされたとたんにくっきりと耳に飛び込んでくるあのフレーズ、「命令は命令だ《ベフエール・イスト・ベフエール》」もあった。すべてがなんとも生き生きとし、家庭と日常の香りにあふれ、色彩に富んでいて、この国を私が出張で頻繁に訪れて親しんできた通りの姿を見せた。しかし店舗を併設したガソリンスタンドから出たとたん、再び私は不動性と深さと沈黙のなかに置かれた。私は少しあのドイツ人たちを恨めしく思った。さきほど食事をとったとき、彼らはすべてがいかにも普通で平凡で何も変わったことはないという印象を私に抱かせたのだが、彼らの方は明らかに、ビールに大きな鼻をつっこんでいるその様子からわかるように、そうとは思っていないのだった。気取ったフランス人《フランツオーゼ》が一人っきりで、こんな遠くまで来て一体何をしてるんだと彼らはいぶかしんでいたし、一方私は、こんなにも重く意味が充満した場所でどうして彼らがまったく自然な様子でいられるのか、と自問していた。そしてすぐに合点した。もちろん私はよくわかっていたのだ。謎は私が抱えているだけだということ、私の態度には問いがつきまとっていて、私自身が一つの問い、まさにあの問いの塊となっているのだということを。他にどうできたであろう。私は傷ついた人間の目、彼らの歴史によって自分の存在が脅かされている者の目で、この国とその住民を眺めていたのだ。

ハンブルク、ハールブルク、リューネブルク、ソルタウ、ユルツェン。普通の旅行者にとっては、なんということもない四つの短い道程だが、自分の人間性を探し求めて時間をさかのぼる旅にある傷ついたゾンビにとっては、奈落のような深淵だ。ああ、前に進むのがどれだけ苦しかったか！　次第に呼吸もできなくなっていった。父さんの生まれた町ユルツェンに入ると、心臓は胸から飛び出さんばかりになった。ハンブルクを出たときからショックを受ける心の準備はしていたが、さて来てみるとどうだ、ここでもまた私は、人生においては準備をすればするほど準備は不足するということを確認する羽目になった。考えに考えておくからこそ、驚愕はとてつもないものになる。日々のルーチンから出ると私たちは杖を奪われた盲人同然なのだ。ユルツェンが、ドイツの、あるいはヨーロッパのありきたりの町にすぎないなんて。どこを訪ねてもこの既視《デジャビュ》の感覚が私につきまとい、キーンと耳を聾する。将来、世界はことごとく均一になってしまうのでは、とセールスマンの私はたしかに前々から思ってきた。勝手な妄想に酔っていたわけではないが、動揺に襲われつつ思い描いてきたものとは似ても似つかないありさまを前にして、騙されたような感じが禁じえなかった。煤と怒りに覆われ、失業に疲弊し、キリスト以前の悪魔たちがはびこる、三〇年代の古い村を私は予想していたのだ。魔王《サタン》が人間の心のなかでとぐろを巻く様さながらに、鉤十字だらけの喧伝者たちが町のなかを駆け回る光景を私は想像していた。ところが、ユルツェンはぴかぴかの町なのだ。美しく、暑い。旅行者にとっては喜ばしいことで、文句を言うべき筋合いではなく、住民も感じがよくて、みずからの運命に満足しきった善き職人たちといった風情である。父さんが生まれた町は戦争でやられ、すっかり復興されて、とうになくなっていた。私が今目にしているものが語っているのは、ここは、隅から隅まで明るく輝き、高い建物が林立する新しい世界だということだった。きっちりと設計され、時代の変化に応じて新しいものがどんどん取り入れられ、次々現れる政治家や役人たちが自分たちのすばらしい思いつきを形に残そうとするたびにきれいになっていく町だ。その郊外地域はまさによくある郊外地域で、歩行者専用とされた中心街はまさにどこでも見かけるそれで、心臓部であるオフィス街ではダークスーツ姿のビジネスマンが闊歩し、うつろな目つきの警備員たちがそこかしこにいる。私は、自分がどこにでもいるような、そしてどこにもいないような気がした。すべてがそっくり。グローバル化のおそろしい津波が、私たちが過去から受け継いできたものを呑み込み、自分たちの身近な特徴を消し去ってしまい、もうみんな、何が自分本来のもので何が他の人たちのものなのかわからなくなってしまっているのだ。この町もまさに戦後の都市化の産物で、ミレン通りはもはや存在しないし、町のなかの田舎の一角あるいは田舎のなかの町はずれだったと思われるランドルフ地区は、パリ地方の私の住んでいる界隈と見まがうほどだ。ただし大きさは二分の一、重厚さは十倍というところだけれど。二つの界隈が経てきたことは実に合わせ鏡のようで、低い木の植えられた静かな通りに瀟洒な住宅が立ち並ぶ姿はまさに瓜二つなので、自分がこの近所に住んでいるかのような気になってしまうほどだ。それから、安全ガラスと陽気な色で包まれた大規模なショッピングセンター。こうした商業施設は、私たちのような哀れな勤労者にまともな生活をしている幻想を与え、銀行への返済を完了したらばではあるが、人生の最後には富が待っていると思わせてくれるのである。ランドルフ地区は、父さんが通りを歩いて靴をすり減らしていた頃はどんな様相だったのだろう？煤と怒りに覆われていたのか、それとも牧歌的な毎日の繰り返しに硬直していたのか？　私は辺りをめぐって歩き、空気を吸って、何か本能的に感じるものはないか精一杯匂いを嗅いでみた。そして、通りやバーにいる人々に話しかけてみた。まずは、図書館のように思い出を引きずって生きているはずの年寄りたちに。だめだ。「ミレン通り？　知らないな」。シラーという名も、あの大作家シラーだと思った何人かを別にすれば、誰にも心当たりがないという。みな愛想はよいが、私の訊きたいことにはまったく関心がない。ドイツ人たちは親切すぎるほど親切で、自分が役に立てないと思うと激しい落胆に襲われる。人の助けになってあげられないことは彼らにとって屈辱なのだ。だから見捨てられることはまずなくて、さまよっている人になんとか行くべき道を教えようとやっきになってくれる。「郵便局に行ってみなさいよ、住所録があるはずだから」とか「肉屋のおばさんに聞いてみようじゃないか、あの人なら何でも知っているから」などと力説する。残念ながら手詰みで、カウンターの郵便局員は申込書をその場で提出するよう勧めてくれただけだし、界隈の肉屋の女性は警察に行くようにと熱心に説いた。当局に質問するなんて、とんでもないことだ。きっとたくさんの質問に答えなくてはならなくなるだろうし、私にはとてもそれだけの気力はない。フランスではそんな無謀なことをやる人は誰もいないし、そんな暇つぶしをしていられるほど人生は長くない。私は父を探していたが、助けになってくれる人は誰もいなかった。私は迷子だった。

ここをうろうろしていても無駄である。ドイツ中走り回っても無駄だ。私の探しているもの、私たちの怖ろしい物語は、消去され、忘却され、秘密の奥底にしまわれてしまったのだ。私はそそくさと道を引き返すことにした。この調査に必要なものを私は何も備えておらず、手引きはただ自分の苦悩と黄色くなった軍人手帳だけというありさまなのだから。それは、偶然とは考えられない出来事だった。まったく奇跡に他ならなかった。肉屋の女性にお礼の気持ちを示すために買ったサンドイッチを脇の下に抱え、ランドルフ地区の母子たちに供されている小さな公園に私は行った。ひとっ子一人いなかった。好都合であった。私には独りになることが必要だったが、その通り、すでに私はこの世に誰もいないかのように独りぼっちであった。ところが、ひょっくり、サンダル履きで野球帽《キャップ》をかぶった、あごにぼそぼそ髭の飛び出している老人が現われ、私の方に近づいてきた。誰か話し相手がほしかったのだ。老人というのはどこでも同じで、話を聞いてくれる人をいつも探していて、暇な人を目ざとく発見するのだ。「どうぞ召し上がれ《グーテン・アペティート》！」と入念に用意されたきっかけの言葉をかけられて、私は同じく陽気な口調で、内心この老人がどこかに行ってくれないかと願いながら「どうも《ダンケ》」と答えた。彼は私の右側に腰を下ろし、かたつむりさながらにゆっくりと右側から身体を丸めた。私が簡単な食事を、彼がたばこの吸いさしを終える頃には、私たちはお互いをすっかり知った。つまり何一つ知らないままだった。私たちの姿はさながら一つのベンチを分け合う二人の浮浪者というところだった。時代のこと、人生のこと、フランスとドイツの二国関係のことを私たちはいろいろ語り合った。こうした話は少しも複雑ではなく、険悪になることもけっしてない。彼にとってはフランなんて新聞紙《がみ》同然だが、母なる祖国の力を打ち立てできた至高のマルクのことは実に苦々しい思いで残念がり、ゆっくりとだが確実に祖国を侵しつつある欧州連合の到来についてはさらに激しく嘆いていた。「得をするのはうまく便乗するやつらと失業者だけさ」と老人は結論づけた。まったくの極右的主張だ。オフェリーのママは一年中私の前で、大喜びでこうした主張をふりまいている。私は人種差別主義者を装って、「それから外国人たちもですね！」と補足してやったこともある。さて、私がドイツ人でかつフランス人でかつアルジェリア人であり、それで不都合は何もないと説明すると、老人は口をぽかんとあけた。そんなカメレオンを前に一体どんな色について話せばいいんだ？という感じだ。私たちはあれやこれや、時間を気にせぬのんき者みたいに話し続けた。彼は、退職して長くなること、愛妻のヒルダは七〇歳のときに眠ったまま逝ったこと、彼の夢は死ぬ前にもう一度ベルサイユ宮殿を訪れることだということなどを話した。私は、務めている企業の用事でハンブルクに来たのだが、それを利用して私の夢であるユルツェン訪問、とりわけ私の父ハンス・シラーが七六年前に生まれたこの美しいランドルフ地区の訪問を実現したのだ、と教えた。「ハンス・シラーとおっしゃいましたかな？」　この男はまさに天から私に遣わされてきたのだ。二足す二がいくつになるかと同じくらいの確信をもってそう言える。彼は父さんを知っており、父さんの家族も、父さんの友達仲間も知っていて、彼自身その一人だったというのだ。そして何ともありがたいことに、彼ははっきりとした正確な記憶を持っていた。この男を手放してはいけない。私はバーに連れて行ってココアをふるまい、質問を浴びせかけた。実は質問を繰り出したのは彼の方であり、私はストレートに問いかけるのはまずいと思ったし、父さんの過去を明かしたくなかったので、曖昧に遠回りを続けていた。私は彼がどういう立場の人間なのか、元ナチス党員なのか、ナチスの被害者なのか、それともどちらでもないままに過ごしただけの人なのか、また現在はどんな考え方をしているのかが見えてくるのを待った。目をまん丸くしておじいちゃんの話を聞いている息子の役を演じた。もっとも単純なことから始めて、自然にそのあとが続いて出てくるようにしなくてはならない。ときどき、ちょっとつついて、彼を夢想に追い立て、みずから告白するように仕向けた。私はシラー家のこの上なく魅力的な一大絵図を描いてみせた。互いにさんざん殺し合いを演じてきたドイツとアルジェリアとフランスの間に誕生した、正真正銘の、完璧な総合としての我が一家。この三つの国が私の父を生み、私の母を生み、私の妻と私の信念のすべてをもたらしてくれたのだ。少しばかりの詩情と可能なかぎりのエキゾチスムの色付けも施した。ひと筆足して、私の住むパリ郊外地区を比類なき平和の港として描き、アイン・デーブ村を、〈南〉から吹く風の歌を聴くのが心地よく、年寄りたちがトカゲと一緒に日光に当たってこんがり日焼けを楽しみながらトンボのダンスを見て興じることができる奇跡のオアシスだと描写した。一九九四年四月二四日の殺戮事件の前まで、私の思い出のなかでは本当にこの通りだったのだ。老人は私の背中やひざを軽く叩きながら、たえず繰り返して言った。

「まったくの奇跡だ、あなたがハンスの息子さんだなんて！」

「奇跡は、あなたが父の幼なじみで、このベンチで私がお会いすることができたことです。こんなこと、誰が信じられるでしょう？」

そのあと、もう一杯、クリームをたっぷり浮かべたココアを頼み、会話の続きを始めた。

「ああ、ハンス！……。いったい彼は、どうして死んだんだい？」

「その……、まあ、歳のせい……つまり、父はとても重い病気にかかり……それはあの……すぐに亡くなってしまったのです」

「ああ、なんて可哀想に！　ドイツにいればよかったのに。こっちの良い空気を吸えば若返っただろうにねえ。それにしてもなんでアフリカなんかに行くことになったのかい？……ええと、なんていう国だっけ？」

「アルジェリアです。父は協力者として活動したんです。軍人を養成する仕事にたずさわったのです」

「ああ、そりゃよくない……ああいう国には軍人なんかいらないんだ。軍人は国の血を吸い取っちまうからね。ところで、そこは今、内戦中ではなかったかな？」

「おっしゃるとおり、まったくひどい戦争状態です。しかもその戦争は、偉大なるアラーの神と、聖なる元首閣下の名においておこなわれているのです。それを口実に、絶滅虐殺でも何でも赦されてしまっています。あのう、ランドルフ地区がその当時どんなふうだったか、父のこと、父の家族、あなたのご友人たちのことを、教えていただけませんか？」

「どの当時のこと？」

「戦争のころのことです」

「ああ、そりゃ、みんな、はるか昔のことだ。もう今じゃ何も残ってない。全然、何もだ。私が部隊の最後の生き残りで、ごらんの通り、もうその命もすっかり衰えてしまったよ」

沈黙。故意の記憶喪失の霧のなかに老人は視線をさまよわせている。もはや明らかだった。この男とその友人たちは、父さんと同じ道をたどったのだ。あるいはその逆かもしれない。他の道がありえただろうか。若者とはそういうものなのだ。流れに身を任せ、いやむしろそれを先取りし、どこへ向かう列車か見もしないで最初に来たのに飛び乗ってしまう。私たちの〈特別Z《ゾーン》〉も同じだ。駅は勝手に乗車できる無法状態で、通る列車はすべて天国行きを掲げつつ地獄へと向かっている。そこから降りるのにも何かうまいごまかしが必要だ。

「なんとおっしゃいました？」

「ハンスはしっかりしたやつだったよ、とっても熱心でね。私たちみんなと同様、自分の義務を果たしたんだ……それだけのことさ」

「父さんはその義務のことをたくさん話してくれました。ヒトラーユーゲント時代のこと、仲間どうしでやったいろんな馬鹿騒ぎとか、浴びるほど呑んだ夜の集まりとか、たいまつを抱えてのにぎやかな撤退とか、それからドイツ国防軍での勤務、戦争への出発……などなど。私自身小さい頃、アイン・デーブ村でFLN青年隊にいました、あの国のFLNユーゲントですね。義務で行ったのですが、なかなか活発に活動しましたよ。ときどき懐かしくなります。みんなすっかり虜になって、力一杯に非難の叫びを上げたり、朝な夕なに練り歩いて、上の階級を手に入れようと必死でしたし、オオカミと一緒に我らの勝利を高らかに歌ったものでした……

「オオカミ？」

「ことばの綾です」

「その、ＦＬＮってのは何だ？」

「民族解放戦線の略称です。偉大なる元首様を戴く国家社会主義政党でもあります。ご存知ありませんか？　まあそれは措いておいて、第三帝国＊の話に戻りましょう」

「何も話すことはないさ、もう過去のこと。戦争で私たちは散り散りになり、それぞれが自分の役割を担った。それだけのことだ」

「でも、その後は？」

「きみのお父さんにはもう会う機会がなくなって、パリで会ったときが最後……四一年六月だった。私たちは仲間どうしで楽しいひとときを送り、それぞれの部隊に帰って行ったんだ。戦争が終わって戻ってみるとユルツェンは一面のがれきになっていた。私の家族、君の家族、それから他の多くの家族が、爆撃でいなくなっていた」

「アイン・デーブ村と同じですね。しかもアルジェリアでは戦争はまだ始まったばかりなんです」

「ハンスはあっちで眠っているのか？」

「はい、母と、それから近所の人たちと一緒に」

沈黙。うなずき。老人は思い出のなかに浸っている。今こそ要点に触れるべき時だった。

「ドイツ国防軍のあと、父はＳＳに配属され、ダッハウ、ブーヘンヴァルト、アウシュヴィッツなどの捕虜収容所《シュタラク》＊にいたんです。ご存知でしたか？」

彼は私のことを長い間見つめていた。そして首を振った。果たしてそれは肯定のしるしなのか、それとも否定のしるしなのか。少したってから、私はそっとつぶやいた。

「あなたもいらしたことがおありですか？」

沈黙。

「それも義務の一環だったのですか？」

沈黙。

「どうか教えてください」

沈黙。ときおり興奮したしぐさをしている。

一体何に突き動かされたのか、私はポケットから父さんの軍人手帳を取り出し、彼に差し出した。彼は私の動作の意味を理解できなかったらしい。しばらく逡巡した後で、手帳を取り、何度もひっくり返し、それから眼鏡をかけるために膝の上に置いて、かたつむりのようにゆっくりとそれを繰った。両の手が震えだした。唇もだった。大失敗だ。彼はきっと、もう何も言わないだろう。私は言葉を繰り返した。

「どうか教えてください」

沈黙。

「私たちは義務のことを話していました……」

「義務……みんな、それを果たしたんだ。それだけのことだ」

「どんな状況で？」

老人は前方の青い空を見つめた。その目は、正しい返答を探すかのように、ドイツ帝国《ゲルマニア》に向けられていた。それから再び私を見据えて、こう言った。

「君のお父さんは兵士だった、それだけのことだ。それを忘れちゃいかん」

そう言うと、彼は去って行った。その歩く姿は、自分の影に怯えている老人そのものだった。見ていて胸が痛んだ。私には、彼が自分のうちに帰り、独りでベッドに就き、今夜、熱がぶり返して死んでしまうところが目に浮かんだ。世界の歩みの唯一の説明として義務を挙げた彼は、何を言いたかったのだろうか？　父にとっての義務のことを言っていたのか、それとも自分のことか？　あるいは私にとっての義務であろうか？　この義務という言葉の背後には、何でも置くことができるし、あらゆる人民をまるごと従わせ、奈落の底に突き落とすこともできる。それだけのことだ、というわけか！

私はトイレに降り、用を足して、鏡のなかの自分の顔を見つめながら長いこと手を洗った。「おまえがアイン・デーブ村に行って以来ずっと繰り返してきた台詞そのままじゃないか。父さんは命令に従っただけだ、義務を果たしただけだ、って」。義務を果たした、徹底的にだ。「マイネ・エーレ・ハイスト・トロイエ、忠誠こそ我が名誉」*。私は吐き気に襲われた。

これが人間か

暖かな家で
何ごともなく生きているきみたちよ
夕方、家に帰れば
熱い食事と友人の顔が見られるきみたちよ。

これが人間か、考えてほしい
泥にまみれて働き
平安を知らず
パンのかけらを争い
他人がうなずくだけで死に追いやられるものが。
これが女か、考えてほしい
髪は刈られ、名はなく
思い出す力も失せ

目は虚ろ、体の芯は
冬の蛙のように冷えきっているものが。

考えてほしい、こうした事実があったことを。
これは命令だ。
心に刻んでいてほしい
家にいても、外に出ていても
目覚めていても、寝ていても。
そして子供たちに話してやってほしい。

さもなくば、家は壊れ
病が体を麻痺させ
子供たちは顔をそむけるだろう。

——プリーモ・レーヴィ*

この詩に、ラシェルは以下の詩行をつけ加えている。

子供たちは知らないのだ
生き、遊び、愛している。
そして過去のできごとが
親たちが後世に残した悲劇の数々が、子供たちに訪れるとき
子供たちは　奇妙な問いに
凍りついた沈黙に
名前のない亡霊に　向かい合う。
家は壊れ、苦痛が体を麻痺させてしまった
それでも私はなぜなのかわからない。
父は何も話してくれなかったのだから。

マルリクの日記　一九九六年一〇月九日水曜日

モモとレイモンが家に寄ってくれて、とんでもない話を教えてくれた。こいつらときたらテレビでやってた娯楽ネタみたいな調子で話しだすんだから。おかげで聞き逃しちまうところだったけど、本当の悲劇的大事件だというんだ。悲劇的大事件なら僕だってかかえていて、そんなかに浸《つ》かってたとこ。ラシェルの日記を読みふけってどっぷり、って具合だった。おいおい、お前らもかよ、と僕は叫んだ。バイクがパンクしちゃってさ、と大ウソつきのモモ野郎が答えた。ほんとはナディアの話だった。一七歳のアラブ系移民《ブール》娘、近郊線の駅の近くにあるクリステルの美容室《金のハサミ》で見習いをやってる女の子だ。その娘が行方不明になった。きっと僕も会ったことがあると思うけど、髪型を別にすれば女の子たちってほんとみんな同じで、僕には名前と顔がどうしても一致しない。一人ひとりちがう恰好をさせるべきだね、そうじゃなきゃどうなるか、結果はこのとおり。「ナディアって、誰だい？」と僕は尋ねた。「ヘッ、女《めこ》だよ！」とモモの間抜け野郎が答え、レイモンがこうつけ加えた。「第二二棟に住んでる娘《こ》だよ。父親はムーサーっていう金属加工をやってるやつで、緑色のポンコツ車をころがしてる」。ムーサーだの、アブダラーだの、アレズキだの、ベンなんとかだの、またぞろ見分けのつかない連中だ。といってもどうせお見かけすることは絶対ないし、声も聞いたことないね。こいつらの地下鉄＝仕事＝ベッドのサイクルは明け方にスタートして夜遅く終わるんだ。主の日である日曜だけは別で、ノスタルジーでボロボロになった遠くの呑み屋まで出かけて、宝くじ《ロト》だとか競馬だとかで運試ししながら一日たむろす。僕らが見かけることがあるとすれば、腰の曲がった亡霊みたいになって夜中に帰ってきたときか、暗いうちから出かけるときぐらいだ。ナディアの捜索に、両親、隣人、ガキども、警察、消防まで、団地全体が一丸となって乗り出した。みんなであっちこっちくまなく捜しまわった。女たちはベランダに出て、泣いたり祈ったり男どもを指図したりしていた。家出か、それから、誘拐かと噂し、昨日あたりからは殺されたのでは、という話も出ている。テレビ局がおしかけ、もっとも危険な、僕たち団地の住人でさえ絶対に近寄らない無人地帯《ノーマンズランド》にまで入りこんだ。その娘は、髭を生やした第一一棟の青年に暴行されたということだ。そいつはカブール、ロンドン、アルジェにいたことで名を馳せた今注目株のやつで、「アラーの遺わした悪の根絶者」という肩書を自分でひけらかしているそうだ。こいつがナディアの服装や派手に染めた髪や男たちとの、しかもやつらの言う「不信心者《クッファール》」とのつきあいを咎めたんだ。ナディアに平手打ちをくらわせ、顔につばを吐きかけて、髪の毛を引きちぎりながら「これが最後の忠告だ！」なんて言ったらしい。この惨劇は第二二棟の階段室で展開された。ちょうど、階段をダダッと駆け下りてきたおチビさんがいて目撃したんだ。この子が友だちにこの話をして、それがだんだんムーサーのところまで届き、ムーサーは一も二もなく、ナイフをひっつかんでその髭野郎を探しに飛び出した。建物の下では、近所のみんながムーサーを押さえつけて、ナイフを取りあげ、内緒でダッド署長のところに連れて行った。会見はスーパーマーケットの奥の棚のあいだで二人きりでおこなわれた。髭男は逮捕されたが、二四時間後に釈放されることになった。死体はない、だから、犯罪はなし、よって罪人もなし、というわけだ。弁護士はスーツに白い丸帽子といういでたちでやはり髭面、こういうことにはとても精通していて、いろんな連盟や、イスラーム教団体、信徒組織、聖人《マラブー》たち、休眠中だったネットワークなんかを総結集して、内務省に脅しをかけたんだ。ファックスの嵐で空まで真っ黒、抗議の電話で耳が割れそうってな具合になった。ダッド署長は怒りで真っ赤に青ざめたけど、殺人者を釈放し第一七棟のモスクを再開するようにと要請されたんだ。波はおさまり、パリも家出説に落ち着いた。「悪の根絶者」は得意満面で威張り散らしてた。自分は天国への切符と、やつらの言うところのジン女を手中にしているってね。それだけじゃ足りなくて、警察をさんざんバカにし、俺は団地の首領《エミール》だってヒーロー気取りで吹聴してまわってた。ところが今朝のこと、まさに青天の霹靂《へきれき》、そら恐ろしい事態が発覚したんだ。ずっと前から閉まっていたある店の地下倉庫で、素っ裸にされたかわいそうなナディアが、針金で縛られ、バーナーで体と顔をまっ黒こげに焼かれた姿で発見されたんだ。両親はすぐさまナディアだと認めた。自分たちの娘だもの、嗅ぎ分けられるんだ。自称首領《エミール》はモスクから出てきたところをしょっ引かれた。そんときダッドに向かって、「アラーは偉大なり、いつか思い知るぞ」って、どついたらしい。導師《イマーム》はすぐさま、この英雄を讃えその尊敬すべき両親を支援して大義を護る基金を立ちあげるために、大広場で大集会《ミサ》を開催するというお布令《ふれ》を出した。集会は金曜の一二時半に開かれることになっている。「欠席する者は過ちを犯した者となり、アラーは必ずやその者たちを罰するであろう」との布告《ファトワー》も出された。不信心者《クッファアール》からの暴力にさらされたムスリムの兄弟への連帯を示さないことは、もっとも重い大罪なのだ。大群衆が集まるだろう。僕も行くぞ。僕の決心は思いつきなんかじゃない。団地を絶滅収容所に変えちまおうとしているこのＳＳの首をかっ切ってやるんだ、と僕は誓った。その時が来たのだ。

僕らは外に出て団地を一まわりし、仲間の、五本親指《サンク・プース》、カフェ・ボーイことビドション、ミルク・トーゴ、マンショ、どもりでなんだかよくわからないことも多いナンダ＝イディルを集めて、ムーサー家にお悔やみを言いに行った。第二二棟の前にも、ずらっと階段にも、大勢の人がいた。僕らは順番が来るのを待った。なんてひでぇんだ、くそったれ！　ナディアのママにはまいったね。なんにも言わず、膝の上に置いた自分の両手をじっと見つめて、ぺしゃんこになったネコみたいにうめき声をもらすばかりで、ムーサーがまたそれを首を振りながらじっと見てるんだ。で、僕らのほうは、息を殺して、ただじっと二人を見つめてた。そのあと、僕たちはナディアの店の女主人に挨拶に行った。僕らを見るなり跳びあがって、さっと電話にかじりついた。グループのなかでは唯一金髪の僕が一人で店に入ることにして、僕らが何をしにきたのか説明した。彼女は店の敷居のとこまで出てきて、捉えどころのない、たどたどしい僕らの言葉を聞いていた。実際、何を言ったらいいのかわからなかったのだ。それに彼女はすすり泣いていて、僕らの言うことなんて耳に入っていなかった。見ず知らずの人と共感し合っているって感じるのは、とっても不思議な気持ちだ。女主人が泣いているのを見て僕らも泣いた。みんな、風に震える枯葉みたいだった。すすり泣き休戦、ってとこかね。そのあと僕らは駅のカフェテリアに行った。店の奥底での頂上会談ってわけだ。僕らもなんか行動を起こし、根性《キンタマ》を見せつけ、団地を救わなくてはならなかった。僕らが飛びこんでくるのを見るや、店の隅で鼻をなめ合ってたしょぼいカップルがそそくさとずらかった。僕らは八人で、みんな災いを運んできそうな悪い目つきだった。店の主人は、いかにも無害な警察のイヌって感じのうす笑いを浮かべながら近寄ってきて、僕らに飲み物を出すと、非常ベルのそばに引っこんだ。僕らだけになると、すぐさま話は熱を帯びてきた。モモのアホたれみたいに何をしたらいいか全然わからないやつもいれば、レイモン（バカをやらかすときはレイムーって呼ぶんだ）を筆頭に逆ジハードだ、って繰り返すだけのやつもいた。強硬派は、いつもどおり強硬論だ。僕はみんなに言った。

「トップをぶっ殺さなきゃだめだ、トップといえば導師《イマーム》だ」

沈黙。口ごもる声。導師《イマーム》ってなると……

「バカ野郎、おまえらクズかよ、あいつはとことん俺たちをコケにしたんじゃないか。僕。それからモモ、おまえ。それからおたんこなすのレイムー、おまえなんかイブン・アブー・クソ介《すけ》なんて名乗っちゃって、まるで自分の家族が巻きこまれたみたいにアフガン人全員をぶっ殺してやりに行く寸前までいっちゃってさ。それから、朝四時から真夜中までモスクにすっかりはまってご託《たく》をほざき続けてた五本親指《サンク・デース》、おまえもさ」

「ぼぼぼぼぼぼくは、おおおや、おや、おやに言うべべべきだとおおおおおもうけど……」

「イディル、あほたらしいことをしゃべるだけなら口を閉じてたほうがましだぜ。親たちは警察に言ったほうがいいって言うだろ、警察は裁判所に言えっていうし、裁判所は政府に言えって言って、政府は市に言うべきだとくる、そいで市はなんて言うか知ってるだろ、《いい加減にしろ！》だぜ」

「ということは、僕らに戻ってくるってことか」

「最高だぜ、ビドション！　俺たちゃ、誰にも言わない。それだけは決まりだ」

「どうしようもないよ、髭男なんてもうそこいらじゅうにいるんだから。やつらは、サツ、弁護士、軍隊、組織網を押さえていて、お偉方にも知り合いがいっぱい、大使とかにも……」

「逆ジハード、それっきゃないって。やつらとおんなじ作戦を使うんだ。組織に潜入して、じわじわ入りこむ……」

「オーケー、俺たち八人でそれをやろうじゃないか。で、どんな宗教でいくんだ？　お前さんの逆ジハード、って。なんかアイデアはあるのかよ？」

「おい、マンショ、おまえ俺たちとしゃべるためにここにいるのか、それとも頬杖ついて夢見てふわふわするためか？　なんとか言えよ、こら」

この辺でやめておこう。僕らの会話がどんなもんか、ちょっとサンプルをご披露しようと思っただけだから。僕らの会合は三種の結論をもってお開きとなった。僕らはたしかにコケにされてるけど、どうがんばっても結局コケにされることになるんだ、っていうモモたちの意見。ジハードには逆ジハードで対抗、っていうレイムー派の意見。それから、導師《イマーム》をぶっ殺してやる、っていう僕と僕の賛同者の意見。最後の路線で僕は絶対行ってやる。

　これで打ち切りにし、僕らはスーパーから持ってきたビールのパックいくつかを抱えて兄さんの家に戻ってきた。決起に備えた夜は長くなるぞ。

一〇月一〇日木曜日

　僕らはぶらぶらして一日をようやくすごした。団地は喪に暮れていた。男たちは自分の住む建物の壁にへばりついてた。何人かずつ集まって、心の痛みをただ耐えることで連帯感を確かめようってわけだ。みんな、何を話してたんだろう？　何を考えてたのか？　ナディアのこと？　自分たちにこれから起こること？　たぶん、なんにも、だ。まるで、強制収容所の囚人同然、時がすぎていくのを、地平線に何か浮かんでくるのを、大地が足元で割れるか、早く家へ帰ってテレビの連続ドラマの続きを見ろよって言ってもらうのを、ひたすら待ってるんだ。みんなとことん打ちのめされたような、ものすごく卑屈な様子をしていて、僕は腹が立った。髭面たちはそれぞれモスクにこもって計画を練り、やつらの手下《カポ*》が収容所を東から西へと、役に立たない囚人を監視するみたいに住人たちに睨みをきかせながらのし歩いていた。第一七棟の前に自動車が何台か停まっていた。ぴっかぴかにきれいで、だから団地の人のじゃないことがすぐわかった。僕らがよそに行こうとしたとたん、いやはや、驚いたことに、地下室からダッドのやつが、何人かの男たちに囲まれながら出てきたんだ。市の連中もいれば、連盟とかでしこしこ活動しているやつらも、それから全然知らない顔もいた。ダッドときたらあのクソ導師《イマーム》の腕を、友達を戸口まで送りに出て忘れちゃいけないことを念押しするみたいな感じで、そっとつかんでたんだぜ。こんちくしょう！　フランスはSSと裏取引を始めたのかよ！　しかもやつらの地下壕《ブンカー》でだぜ！　まったく、これ以上いい眺めはないね！　いいか、ダッドだぜ、知ってのとおり警察のニューウェーブなんだぜ。敵とはお友達になり、やさしくお付き合いしよう、ってか。ああ、僕らのほうは見捨てられちまったわけだ。共和国はただいま後退中。ケツに一発突っこんでやりたいよ！

一〇月一一日金曜日

午前七時。

ご先祖さまたちもこんなの見たことないってよ！　団地はからっぽだ。大広場も通りもベランダも駐車場も、人の姿がまったくない。ネコ一匹もだ。通る人の影一つない。風が吹こうが雨が降ろうが、お天道様を浴びていっつも牛革のサンダル履きでほっつき歩いてたアフリカ人の年寄り連中すらいないんだ。世界の終末の映画を撮りたいってやつがいたらロケにはぴったりだね。僕は団地がこんなに危険な雰囲気に包まれ、悲しく冷えきって、絶望的なまでにすさんだ場所になっちまうなんて、想像もしていなかった。以前は何もかもふつうに思えた。僕らみんな団地が大好きだったんだ。何するということもなく、テキトーにあっち行ったりこっち来たりしてさ。汚いとかうるさいとかってこぼすやつがいると僕はどやしつけてやりたくなったね。俺たちを侮辱する気か、って。

　僕ら八銃士はまったく大した見栄えだったさ。いざ、復讐に乗り出したんだけど、僕らの前にはネコ一匹現れなかったんだ。自信は満々、要領も合点してるんだけどね。髭面たちが示威活動《デモ》をぶちあげるときは、そりゃあプロのやり口さ。明け方、朝のお祈り——やつらの言う「ファジル」ってやつ——を終えた後で行動開始となり、店から店へ、棟から棟へ、軍の曹長みたいにどかどか駆けまわって、自分のことにいそしんでた住民たちを無理やり引っ立て、後ろについて来させるんだ。一時間後には、点呼完了ってわけ。みんなを大広場に集合させ、ぐるりと包囲して、マッチ棒みたいにぎゅうぎゅう詰めにする。そいで、メガホンで「アラーは偉大なり」の連発を浴びせて火をつける。それをおっ始めたが最後、もうどうにも引っこめようがなくなる。

　午前八時。

もう待てない。僕らはモスクに降りて行った。閉まっている。髭面たちが怖気づいちまったのにはがっかりだった。恐怖があっち側に鞍替えしちまったのかね？　ナディアとその親たちを支援する運動の盛りあがりにあわてふためいたってわけかな？　やつらの情報網はＣＩＡよりすごいから、今度のことではみんながやつらの言いなりにはならないってことがわかったのかもしれない。殺人者を褒めあげ犯罪を賞賛するのと同じその声でアラーを讃えるなんて、ありえないんだよ。団地ではそういうのは好かれないんだ。人間の尊厳の問題さ。

髭面たちの姿が見えないのには別の説明も考えられた。保安機動隊だ。あいつらときたらどこにだっているのに、僕らは一度もこの目で見たことがないんだ！　団地の周囲に停めたキャンピングカーで張りこんでたのかな。くそったれめ、きっとあいつらが僕らの復讐を横取りしたんだ。髭面たちと僕たちのどっちが勝つかっていう勝負のはずだったのによ！　団地のこの静けさは、勝負は僕たちのほうにあったって証だった。髭面たちは今や平和な人物を気取って、犠牲者とその家族を思い、不良少年や扇動者やイスラーム教と共和国の敵どもがのさばることがないよう彼らを集結させるような集会は中止します、なんて誓っているのかもしれない。転向の王様《キング》たちってとこだね。恥じる気持ちなんてかけらもない、えせタヌキたちめ。

導師《イマーム》を探し出して額に鉤十字を刻んでやるんだ、って僕がまさに飛び出そうとしてたところで、「マルリク！……マルリク！……」って名を呼ぶ声がした。「ちょっとこっちへ来い……来いって言ってるんだ！」ダッド署長だった。覆面パトカーから姿を見せた。両手をポケットにつっこんで僕は進み出た。

「こっちへ来るんだ！」と言ってダッドは僕の肘を引っ張った。それから、ナイフかバズーカ砲を隠し持ってはいないかとあちこち僕の体に手を当てた。一目睨みつけるだけで、仲間たちはその場で棒のようになった。

「画策しても無駄だ。おまえがこの金縛り連中と何を企んでいるのかはお見通しだ」

「やだなぁ、なぁんにも……僕らはただちょっと店に行ってみて、なにか……」

「黙れ！」

「嘘じゃないです、警察署長さま」

「いいかよく聞け、導師《イマーム》のことはこっちの仕事だ、おまえのじゃない。二度は言わないぞ。おまえがやつにひと言こんにちはって挨拶しただけでも、殺人未遂で逮捕するからな。それから、モスクのまわりをうろつくのも禁止する。かわいい人形どもとおまえが昨日からやってたみたいにな。わかったか？」

「全然わかりませんよ！　じゃあもう歩く権利もないってわけ？」

ダッドは肘をつかんで僕を壁に押しつけた。

「聞くんだ、おチビさんよ。おまえの考えていることがどこから来たのか、俺にはお見通しだ。お兄さんの日記だろ。でもおまえはなんにもわかっちゃいない。お兄さんは、人を殺そうなんてしなかった。ほかの連中がやったからってね。お兄さんはなんとか理解しようと努めたんだ……」

「それで自分が死んだってわけだ」

「さあ、もう行け、家へ帰るんだ、さあ！……人形どもを連れてな！　一八時に私のオフィスに来なさい……それから、ポケットから手を出せ！」

僕らはパリに出た。団地にはうんざりだったから。シャトレやポンピドゥーセンターのあたりをぶらぶらして、それから、セバストポール通りをけっこう歩いて、付け髭と発癌成分たっぷりの化粧品を扱っているミルク・トーゴの従兄に金を借りに行った。家族でやってる店だ。それからセーヌ河畔でちょいと腹ごしらえをした。そのあとシャンゼリゼ通りに行ったんだけど、まるで別世界だね。ここはほんとにフランスかって疑っちまったよ。それからまたチュイルリー公園のほうにもどって、真剣に話し合ったんだ。みんなに訊きたいことがあった。

「俺たちのなかに裏切り者がいる。それが誰なのかを知りたい。モモ、おまえじゃないのか？　それともモモと一緒に臆病風《ピンポン》を吹かしてたミルク・トーゴ、おまえか？」

一時間のやりとりのあと、僕は、裏切り者は誰でもありえたっていう結論に達した。僕らの誰かから頂上会談の話を聞いた友達連中とか、聞き耳を立てていた駅のビストロのおやじとか。ダッドが、朝の七時にモスクの前で僕らが立っているのを見かけただけで計画を察知したっていう仮説も退けられない。僕らがすぐに悪さを働くってことは、みんなが知っていることだから。

「よし、その話はもうやめだ。僕は帰る。署長さまがお茶に呼んでくださっているからね」

一八時。

警察署はコンクリートブロックと防弾ガラスでできたバラックで、団地のはずれに建っている。壁の一つは僕らの敷地内にあり、別の壁はラシェルの界隈のなかにある。警官たちと僕は顔なじみだ。案内カウンターの仕事にあたっていたババールは親指で合図をくれた。指は廊下のほうを指していた。署長室がその奥なのは知っている。ドアは防音クッション付きだ。ダッド署長がここへ来てから十年ほどになる。僕もダッドと同じころに団地の生活を始めた。僕のほうはアルジェリアからやってきたところで、彼のほうはフランス北部のどこかにある別の郊外から移ってきたのだ。つまり〈特別Z《ゾーン》〉の専門家ってわけだ。ダッドが僕らのところにきてから昇進したのかどうかは知らない。僕の意見じゃ、してないね。変化はなんにもない。あるとすれば、幼かった不良が大きくなり、大人が太ったことぐらい。傷痕《あと》のある老人たちは相変わらず戦争から帰還したゴッドファーザーを演じている。ほかの人たち、たとえば家族とかいろんな人々は、以前と変わらぬまま、ちょっと仕事をしたり、ちょっと失業したり、ちょっと入院したり、ってな具合でふだんどおりの生活をしている。若者たちは、社会のサイクルないし学校のサイクルのなかにいるか、あるいはその二つのあいだのどん底のサイクルのなかにいる。十年前と比べてただ一つ変化したのは、最近の、イスラーム主義者たちの登場だ。どうも、アルジェリアの内戦や、カブールの戦争、中東のあのへんとか、ほか、どっか知らないところの戦争のせいであるらしい。フランスを退却の基地だか要衝だかにしたかったみたいだ。いずれにしても、やつらは僕らの普通の生活をバカにしたし、やつらのせいで、もうイヤっていうほどみんなふりまわされてる。この屍《しかばね》連中ときたら、あっという間に兵士をかき集め、実権を握っちまいやがった。まばたきするあいだに何もかもが、流行《はや》りもそれ以外のことも変わっちまった。すぐにすっからかんになっていった。経済はよそに移り、商店もオフィスも、失業した連中がしばらくがまんする助けになっていた密売なんかも、消えちまった。それがあいつらのやり口なんだ。四方八方の出口を塞ぎ、東のほうで騒ぎを起こしてみんなを困窮させて天国におびきよせようっていう算段だ。人々はもはや意のままに操られる羊の群れさ。僕らがそうだった。仲間の連中、そして僕も。とくにレイムーとモモ。だって僕らは「身を投じよ、されば金も《ジン女》も、あらゆるものが手に入るぞ」っていうやつらの総統《フューラー》の演説をそのまんま真に受けちゃったってところがあるし、長衣《ジェラバ》なんか着させられちゃって、そんな僕らがちょっと顔を見せればかならず全速力でやつらが駆け下りてきて、自爆攻撃《カミカゼ》の十の戒律を朗唱してくれたんだからね。まったくあの屍野郎どもめ。「ジン女」の代わりに、僕らは警察署や裁判所や強制研修とお付き合いさせられる羽目になっちまった。徒刑場だけは免れたけどね。僕らは生きているのが大好きだったんだ。ダッドは僕らの後ろにぴったりくっついてまわり、しばらくして信心ごっこから不良少年《マッド・マックス》に僕らが戻ったのを見届けると、市との交渉を手伝ってくれた。いろんな養成講座とか技能研修とか見学ツアーとか、議員さんたちとの長ったらしい懇談会なんてのも何回かやったよ。なんの役にも立たないものばっかしだけど、時間はつぶせたね。

「もっとこっちへ来なさい。そこへ座って。お茶はどうかい？」

「いりません」

そう言うと、僕らは話し始めた。というか、オフィスのなかをぐるぐるしながらダッドが一人でしゃべりまくり、僕は半分うわの空で聞いていた。習慣どおり、まず気にかかっていること、団地、将来、国、正しい道なんかについて話し、それから、僕ら兄弟のことに話題を移した。相手のためを思う友人っていう感じでこう語った。

「……いいかい、お兄さんはほんとにいい人だったんだ。君が知っていること――君の父さんのことだ――それに向かい合って、人間にとって唯一の尊厳ある態度をお兄さんはとった。つまり、理解しようと努めたんだ。昨日の罪だろうと今日の罪だろうと、まずはこれが第一歩だ。まず、理解することが必要だ(ダッドはこれを、一語一語、音節をひとつずつ切りながら言った)。いきなり判断してはいかん。君が長衣を着て山羊髭をうっすら生やしてたころ、私が「ああ、イスラーム主義者だ、テロリストだ、そんならこっちもそれでいくぞ」って思うことだってありえた。だが、そうはしなかった。私はどうしてなのか考え、理解しようと努めた。君はやつらとはちがう、君はマルリクだ、ちゃんとしたやつだ。誰もそうであるように、自分の人生を生きたいって願っているんだ、って。だが、自分の人生を生きるっていうのは容易なことではない。君のお兄さんの自殺が証しているとおりね。お兄さんは理解しようと努めていたが、残念なことに少しずつ悪い方向にはまりこんでいき、ナチスと君の父親が戦時中にユダヤ人たちにしたことの罪を自分が負っているのだと感じるようになってしまった。父親を怨んだがそれと同時に、自分の父親だもの、誰もが父親に理想の姿を見、父親を誇りに思いたいと願うのとおんなじように、お兄さんも父親のことを仰ぎ見たいと願った。君たちが父親と離れて育っただけに、なおさらお兄さんにはその思いが強かった。君たちは父親のことが恋しかっただろ。おまけに、彼はイスラーム主義者たちに喉を切られるという怖ろしい仕方で生を終えた。君たちの母さんと、それから、生きていくのに太陽だけしか持たないあの素朴な人たちみんなと一緒にね。それからお兄さんは調査を進め、父親についてわかってくればくるほど苦しむことになった。頭のなかで何かが起きたんだね。何か奇妙なことが。向きが逆に変わって、自分のほうに向かってしまったんだ。父親のことを戦争犯罪人だとお兄さんは考えたが、他方では、何にも増して、一人の父親として、そしてアルジェリアで自由のために戦った男であり、村人から愛と尊敬を受けた人物として、また、イスラーム主義者たちの犠牲者、そしていくらかは、この怪物たちを甘やかしてきたアルジェリアの政治体制の犠牲者として考えていたんだ。複雑すぎた。お兄さんは罪悪感を肥大化させるあまり、自分の社会的な成功や、彼自身の思うところの君や君たち家族に対する自分のエゴイズム、自分が送っている快適な生活までも唾棄すべきものと思うようになったんだ。たぶんこんな理由から、お兄さんは君たちとの関係を絶つことにしたんだろうね。君や、彼の奥さん、君たちの養父母との関係を絶つこと、それが彼なりの、君たちを護るやり方だったんだろう。結局、お兄さんは全部を一人で背負い、父親の代わりに自分を裁きにかけたんだ。だから自殺は不可避の帰結だった。彼にとっては、和解しえないものとの和解を成立させるための唯一の方法だったんだ。わかるかい？」

僕はなんて答えたらよいのかわからなかった。何もだ。僕は真っ黒の深い穴のなかにいた。亡霊たちが見えた……父さん、母さん、気がちがっていくラシェル、断末魔のうめき声をあげるナディア、たいまつを掲げてナディアを踏みつぶす首領《エミール》、団地の上を徘徊する導師《イマーム》の亡霊。僕はアイン・デーブ村の大虐殺《ジェノサイド》のことを考えていた。それから……僕は……。もうわからない。ただこう叫んだのだけは覚えている。

「どうしてそんなことを僕に話すんです？　そのことと、どうつながってるっていうんですか？」

ダッドは身をかがめて僕に言った。

「全部だよ！　おまえのその頭のなかで何が起きているか私にはわかっている。昨日と今日を、ラシェルとおまえを、自分の父親と導師《イマーム》を、おまえはぶっつけ合わせてごちゃごちゃにしてしまってるんだ。君の父親を強奪して大虐殺《ジェノサイド》の道具にしたナチスのことを考え、君の両親とあのかわいそうなナディアを殺したイスラーム主義者たちのことを考えて、君は復讐を果たしたいと思っている。まずは導師《イマーム》だ。なぜなら彼が親玉、総統《フューラー》だから。そして君自身が、人類を抹殺しようと企んでいるこの嘆かわしい一味にかつて属していたからだ。そしてそれが、君にとって自分をとりもどし、父親を別様に眺め、彼を許す方途になるからだ。わかるかい？」

「そんなの、みんなでたらめです。もう行っていいですか？」

「いいさ。だが、お兄さんの日記をもう一度よく読み直すんだ。そうすれば、お兄さんがすべてをわかったつもりになっていたときにお兄さん自身には見えなかったものが、もしかしたら君には見えてくるかもしれない。罪を罪で消すことも、自殺で消すこともできない。そのためにあるのが法律で、それで扱えないことについては、人間としての記憶と判断に頼るほかはない。とくにこのことを覚えておけ。私たちは、私たちの親が犯した罪について、その責任をとるべき存在でも、その決算をするべき存在でもない。」
「もう行ってもいいですか？」
「扉は開いている。いつでも気が向いたらまた来なさい」

僕はアリーおじさんとサキーナおばさんのところに行った。今晩はそこで眠ることにする。もうひと月以上、二人を放っておいたことを後悔していた。実は僕はひどい状態で、ラシェルの家で一人で寝るのが怖かったのだ。自分が何をしだすかわからない。別の理由もあった。サキーナおばさんに訊いてみたいことがあったのだ。僕はそれまで一度も疑問に思ったことがなかった。ラシェルだってそうだ。このことについては日記でも全然触れられていない。父さんとアリーおじさんは、ほんとうはどういう関係だったのか？　自分たちの大事な一部を成していて、自分たちの日常に大いにかかわっているのに、知らないこと、わからないことがいっぱいあるなんて。おじさんたちのところで一〇年も暮らしているのに、僕はおじさんたちのことを何も知らないし、父さんとおじさんたちとの関係も全然知らないのだ。

アリーおじさんとサキーナおばさんは想像されるとおりの人物だ。故郷を離れてやってきて、ずっと故郷を思っている出稼ぎ移民。何も変わっていない。二人はアルジェリアで生活するのと同じようにフランスで暮らしている。どこか別の星に行ったとしても何も変わらないだろう。お決めになるのはアラー、それで十分、って二人は言っている。ほんとうにまっすぐな人たちだ。人生に何も求めていない。パンと眠れる場所、平穏、それからときおり村からの知らせがあればいい。二人は手紙が大好きだ。来た手紙は僕が読んでやり、彼らの手紙を書いてやってきた。嫌々やってたことだけど、今思い出すと胸が温かくなる。父さんは二人に宛てて、いかにも海外移住者に出す手紙を送ってきた。「親愛なるアリー。私も家族もみんな元気でやっていることを伝えるためにペンを執りました。そちらのご家族のみなさん、君、君の奥さん、子供たちみんなも、どうか元気でいてくれるよう祈っています。友情のキスを送ります」。それから少しだけ村の様子とかお天気の具合なんかが書いてある。そして二人のほうはこんな返事を出したものだ。「親愛なるハサン。君の手紙を受けとった。どうもありがとう。君たちがみんな元気だと知って嬉しく思っています。アラーに讃えあれ。こちらではすべて順調です。子供たちからあなた方への挨拶のキスを送ります。また近いうちに近況を知らせてください。アラーの平和があなた方のもとにも届きますように。ご所望の薬を送りました。お手元に着くようにと祈っています。ほかに何か必要なものがあったら教えてください」。それから少しだけ団地の様子や天気の具合を伝える。こういう手紙を僕は何十通か書いた。日付と、温度と、薬の名前を変えるだけだった。

二人に話す段になって、とてもできないとわかった。僕らはこれまで決まりきった挨拶しか交わしたことがない。僕が二人に言った言葉は「おはよう」「こんばんは」「おなかすいた」「出かけてくる」ぐらいで、二人が僕に言ったのは「おはよう」「こんばんは」「おなかすいた?」「コーヒーはどう?」「寒いから温かくしてね」「神様がお守りくださいますように」だった。それ以外は、口を開かなくても、態度や、家族独特のしぐさだけで会話が成立していたのだ。

「おばさん……アリーおじさんと父さんは、どんなふうに知り合ったの？」

どんな場合でもサキーナおばさんは動じることがない。おばさんは穏やかに答えてくれた。

「抵抗運動《マキ》で知り合ったのよ。大親友、兄弟みたいなものだったの」

「それだけなの……で、そのあとは？」

「独立のころ、暮らしは大変でね、悲惨のどん底に陥って、みんな道端で寝たりしていたのよ。それなのに上の人たちは大きな柱が何本も立っているあちこちの宮殿でパーティーばっかりやってて、あげくのはてに権力の座を争って殺し合いを演じていたわ。あなたのお父さんとアリーは心底うんざりしていた。アリーはもうそんな光景を見なくてすむようにフランスに出てきたの。仕事を見つけるとすぐに国に戻って私に求婚してくれて、私はアリーについてこっちに来たの。アラーが私たちを見守ってくださったから、ひとつも困ることなんかなかったわ」

「僕の父さんのほうは？」

「上の人たちとうまくいかないことがあったって聞いてるわ。アルジェリアを離れてほしいと思う人たちもいて、殺そうとする動きもあったそうよ。逆に士官の養成を続けてもらうために留まってほしいと願う人たちもいたらしいわ」

「どうして疎《うと》まれたのかな」

「私にはわからない。アリーなら教えられるかもしれないけど、かわいそうに、もう呆けてしまったからねぇ。私が知っていることといったら、あの人がお父さんをカビリーの私たちの村に何カ月か匿《かくま》ったことと、私たちがフランスに来るときに、お父さんのほうはアイン・デーブ村に移って抵抗運動《マキ》時代の別の戦友のところに身を隠したこと。その人の名前はターハル、あなたの伯父さんね。その妹のアーイシャとお父さんは結婚したのよ。ターハルはもうずっと前に亡くなってしまったわ。あんたたち、お兄ちゃんとあんたが産まれる前のことよ」

「どうして父さんは一度もフランスに来なかったんだろう？」

「さあ、どうしてでしょうね。ドイツのころもアルジェリアにいたころもフランスと戦争をやったからねぇ。捕まるんじゃないかっていう心配があったのかしらね」

「アリーおじさんだって武器を取ってフランスと戦ったのに、こっちで暮らしてて全然問題ないじゃない」

「そうね、じゃあ何かお父さんなりの理由があったんでしょうね」

「どうして父さんは、僕らをフランスに送り出して、おじさんおばさんのところで育ててもらうようにしたのかなぁ。自分の手元に、母さんのところに、置いておくんじゃなくてさ。だってそっちのほうが普通じゃない？」

「お父さんのことを軽々しく判断するものじゃないわ。お父さんはあんたたちの将来のことを考えたのよ。ちゃんとした教育を受けさせて、立派になっておだやかに生きていけるようにさせたいって思ったのよ。でも、どうしてそんなことを訊くの？」

「なんとなく、おばさん……なんとなくさ」

「あんた、なんだかおかしいよ。お兄ちゃんが逝ってからあんたは少し変わってしまったものね。前みたいな明るさがなくなってしまって、ずっと考えてばかりいるようになって。でも、大丈夫さ。あんたは若いんだから。アラーが見守っていてくださるからね」

この夜、僕は幸福な人のようにぐっすり寝た。しばらくぶりのことだった。

ラシェルの日記　一九九五年三月

地獄へ向かってまっ逆さま。すべてがうまくいかない。オフェリーはやいのやいのと文句を言って、一息もつかせてくれない。オフェリーが望んでいるのは以前のような私、彼女が思い描いてきた通りの私で、それ以外、一切受けつけないつもりだ。主婦たちが「ザ・ヤング・アンド・ザ・レストレス」*とかその類の連続テレビドラマにどれほど影響されているかは承知している。こういう昼ドラは、飽きもせず同じ話と同じセリフの繰り返しで、舞台も俳優も同じまんまで二〇年も撮り続けていて、おまけにそれでもみんな数日分しか歳を取らず、人物の性格にはわずかな変化も起きない。こんなことは本当の家庭にいる主婦なら絶対にありえないことだ。おそらくこうやって、彼女たちなりに人生への仕返しをしているんだろう。でもオフェリーの気持ちもわかる。彼女にしてみればすべてが崩れ去ってしまったのだ。今や一緒に暮らしているのは見知らぬ男、うらぶれた闖入者、陰気そのものの異邦人、別の時代や別の世界についての呪詛をいつ果てるともなく繰り返している病人なのだ。こんな男は自分の夫ではない、あたしの人生、あたしたちの恋愛ドラマとはなんの関係もない。私のほうはじっと耐えているが、だんだんそれもできなくなってきた。これまでは仕事を隠れ蓑にしてきた。危機だのショックだのが市場で起きたことにし、事態がどんどんおかしくなっているとか、専門家たちの指摘するビジネスのもろさが露呈したとか、交渉がますます過酷になってきたとか、中国野郎やインド商人や極東の昇り龍たちなどのうす汚れた連中が我らの市場に横入りしてきてどんどん奪っていくとか、頭の切れる会議マニアの女が会社の参謀本部を牛耳ってしまったとか、命令が怒涛のように押し寄せてくるとか、研修が次から次へ数珠つなぎだとか、労働組合は自分たちの特権を案ずるあまり自滅状態にあるとかなど、適当なことをでっち上げてきた。私は彼女に、会社がみまわれていることになっている架空の不運について、平和主義者あるいは良心的懲役忌避者を前に戦争映画について語るときのように、自分の立場は隠しながら語り、暴力による反撃を正当化するのに必要な教訓もそっとはさみこむ。仕事のために、私たちのために、彼女のために頑張っているんだ。だがオフェリーにとってはそんなのは知ったことではない。彼女にしてみれば、私が黙りこみ、しょっちゅう家を空け、目に隈をつくり、食事もろくに食べず、ベッドで怠惰であることの理由には全然ならない。私たちの家に、彼女の言葉だが胸くそ悪いあれらの本、つまり戦争だのSSだの強制移送だの絶滅収容所だの死の工場だの、その後の裁判だの、世界を股にかけた戦争犯罪者の追跡だのについての書物がころがっていることを許す理由にはならないのだ。たしかに私は、もうずっとそうしたものばかり読み漁っていた。ある日オフェリーは、全部暖炉にくべてやると脅したが、私の目つきを見て、それはやってはならないことだと悟ってくれた。私は書物をガレージに運び、道具棚にしまって鍵をかけた。ときどきオフェリーは、心底私をむかつかせるような言葉を吐いた。思っている以上のことを口にしてしまっているのも、それが母親の台詞の受け売りであることも、よくわかっている。ある日彼女はこんなことを私に言った。「あんたたちあいの子はみんな同じよ。どいつもこいつも、びっくり仰天して顔から火が出るほどの大ばか者だわ!」 こう言われて、私は返答した。「教養もちゃんとおありのお母さんに言っておきなよ、びっくり仰天の意味なら〝目から火が出る〟だって。恥ずかしくて顔から火が出ちゃうかもしれないけどね」。ほんのささいなこの指摘のせいで、オフェリーからはまるまる一週間仏頂面を見せつけられたし、彼女の母親からはわざわざ電話があり、トゲのある声で、外国人からフランス語のことわざのレッスンなんていただかなくて結構です、と言われた。何を怒っているのかわからなかったので、こう答えておいた。「お義母さま、それは相対的なことです。外国人というのは、外国の人にとってしか外国人ではないのですから。究極的には、他の人となんら変わらぬ一人の人間にすぎませんし、モリエールやモーパッサンを愛読することを禁じられているわけではありません」と。彼女はガチャンと切った。ある晩、また新しい本を数冊小脇に抱えて帰宅すると、オフェリーはなんの気なしの一言で私を震え上がらせた。「あのユダヤ人たちを殺したのは私たちじゃないのに、どうしてそんなに気になるの?」 余計な一言だった。私はそのまま震え上がるほどの平静を装ってこう返した。「その通り、私たちじゃない。でも私たちだったかもしれないんだ!」 私はそれ以上先の説明はしようとしなかった。オフェリーはすでに次の話題に移っていた。

「ママが今晩夕食に来ることになっているの。だからお願い、そんな顔つきはもうやめてちょうだい」

　義母はなかなかの人物だ。太っていて美人ではないことや、いつもタイミングが悪く、また愚かしい洗練を気取っていることなどは、許せないことではない。自分の御殿でふんぞりかえるカスタフィオーレ夫人*そっくりの様子を見るのは、かえって楽しいぐらいだ。問題は、蝮《まむし》さえ殺しかねない言葉遣いだ。目つきはもっとで、ガラガラヘビが巣ごとやられてしまうほどだ。彼女が近くにいると、一瞬たりとも、最悪の事態を考えないではいられない。

「ラシェル、あなたにはがっかりだわ。なんてみじめったらしい有様なの。だらしないったらありゃしない。うちではね、そういう……」

「お義母さま、あなたには関係のないことです。お義母さまはどうぞお好きにお義母さまらしくなさっていて下さい。ただ、ここが私の家だということはお忘れなく」

　晩餐はここでストップした。彼女はしゃくり上げながらテーブルを立った。娘はナプキンを私の顔に叩きつけてその後を追った。一分後、表の扉が、熱帯ハリケーンが我が家を襲ったかのようなすごい音を立てた。コンクリートの基礎から家中が揺れた。私は、親愛なるヘビたち何匹かの命を助けてやれたことを心から喜びながら夕食をすませた。


　その翌日、職場では問題が私を待ち受けていた。またただ。うまくいかなくなると、何もかもが同時にだめになっていく。私は上司に呼び出された。秘書の口調で、厳しい叱責を受けるのだとわかった。理由も承知していた。そんな気配はすでにあちこちに充満していた。しばらく前から私に隠れて噂がしきりに飛び交い、私がドアを開けると、どこでも、みんな一斉に話題を変えるのだった。私は心配してはいたものの、それほど深刻に考えていなかった。キャンドラ氏は私とは親密な、兄のような人物である。私を採用してくれたのは彼で、仕事のこつを伝授してくれ、我らのすばらしい金儲けマシーンで私がくたくたになってしまうたびに元気を取り戻させてくれた。私と彼の間には二つの共通点がある。一つはナントの工科大学であり、彼はある期間そこで流体力学を教えていたのだ。もう一つはアルジェリアで、一族は大昔からのバスク地方の家系だが、彼自身はアルジェリア生まれだったのだ。私の履歴書を一読するや、こいつだ、と気に入ってくれた。私は社員となった。彼は重要なヨーロッパ・アフリカ販売部を取り仕切っていたのだが、その彼の王国で右腕になってくれる本当の同窓者、同郷人が、彼には必要だったのだ。しかも有能なエンジニアでもある人材が。私はすぐにそうなれる自信があった。二四歳、最新の学位を備え、頭には新しいアイデアがいっぱい詰まっていた。運に恵まれ、目をかけてくれる幹部を持ち、すばらしい出張の予定が目白押しになった。半年後、私は夢の一軒家に引っ越し、その母親の同意とやさしい祝福の言葉を受けて幼い頃からの恋人オフェリーと結婚した。それは、歩くときだけ仕方なく足が地に着くというような、幸福な時間だった。

部長は、いかにも気に食わなくなった手下を呼びつけた上司然としていた。不愛想で、見下すような態度。彼はまさにフランス南部の人で、北部のお堅い人物風という柄ではない。ドアを閉めるいとまもなく、彼は私に雷を落とした。「一体いつまでこんなことを続けるつもりか？」仕事ではいつでもこういうアメリカ式の単刀直入な話し方をするのだ。それも悪くない。結局のところ私たちは金儲けをするためにいるのであって、金を失うためにいるわけではないのだから。社のモットーは「タイム・イズ・マネー」の三語に尽き、崇める神は「ミスター・ドル」だ。私たちの会社は百パーセント、アメリカ製で、扱う市場が外国なだけなのだ。そしてアメリカ人ではない私たち、社のスタッフである被雇用者のろくでもないフレンチマンは、おしゃべりで浪費ばかりしていて、幸い時価相場のフランで給料を払えばよいものの、忠誠心を欠いたやつらだとみなされていたのだ。

「今、悪い状況にあるんです」

「そりゃ素敵な答えだ。オフェリーかい？」

「というわけでもなくて」

「では、どんな精神状態なのか、報告していただこうか」

そこで私はすべてを伝えた。四月二四日の殺戮事件のことと父さんの過去のこと。業務報告会議さながらに全部で五つのセンテンスも使わずにすませた。自分の精神状態のことは差し控えておいた。彼のほうでは、驚きと一切の質問を差し控えることにしたようだ。

「その話は外でコーヒーでも飲みながらにしよう。ただ、これだけは今伝えておく。社長《ボス》は君をクビにするか、私をクビにするかだと言っている。この半年の君の成績は壊滅的だ。管理課はむろん君の欠勤を一日一日、一時間一時間、逐一チェックしている。君は軒並み最高記録の更新だったよ、お見事だ！

私は取りなしておいたが、ここは多国籍企業で教会じゃない。今すぐ全部を立て直して私に見せてみろ。それができないなら、今度の四半期末には荷物をまとめてもらう。わかったか？」

わかったのは、私が免職を言い渡されているということだった。その期限が、いかなる理由でも迷惑をかけてはならない労働組合、則《のっと》るべき社内法規、部署をたらい回しにされる書類次第で多少変わるかもしれないというだけだ。会社の経営状態は不思議なほど好調だが、一人当たりの収益率は、まさに一人当たりで測られるのだ。この掟は、病人の口に体温計がつっこんであるのと同じくらい、いつも頭に叩き込まれている。社の哲学は聖書の戒めさながらに単純だ。「病気に罹った木があったら、我らのみごとな森全体に広がる前に斬り倒す」。ここでの「我ら」はどうとでも取れるが、この組織では社長《ボス》の決定が組織全体の決定であり、その決定の責任は組織全体が引き受けるのだ。我らの社が採用している成果報酬システムもそれを支持している。オフェリーにはどう告げればよいか？　きっと信じようとしないだろう。今のところは秘密だ。明日は明日の風が吹く。驚かせるのはまだ先でいい。


説明せずとも理解できる賢王の能力を部長は備えている。ものの五分とかからなかった。半ば閉じた彼の目に、世界のあらゆる叡智の光と、だが、老賢者が〈悪〉を前にして両手《もろて》を上げて降参するときの清々しさが読めた。コーヒーをかきまぜながら、彼は一息にこう私に語った。

「本気で言うから、どうか信じてくれ。私の家族もそういうことをみんな経験してきたんだ。悲惨、戦争、抑留、そのあとで、さらなる戦争と追放と軽蔑、そして孤独、他もろもろだ。だから聞いてくれ。

君はただちにこの件に終止符を打て。さもなくば君は壊れてしまう。ただひたすら、君の両親の喪に服せ。自分を嘆くあまりに、親たちを墓から呼び出してはいかん。毎年、よき息子として両親の墓参りをし、お二人の魂が安らかならんことを祈るんだ。君を生んでくれたことをご両親に感謝し、いただいた命を精一杯に生きますと、正気を保ち慎ましやかに生きていきますと伝えるんだ。あとは神様に、ホロコーストやこの世のあらゆる野蛮な出来事が二度と起きませんようにとお祈りしろ。それが君にできるすべてだ。いろいろ本を読み漁り、やりたいなら活動に参加し、君の小さな石を積み上げるのもいい。だがそれ以上はだめだ。それより先のことをやろうとするのは全部悪魔の指図だ。つまりそれは、君が憎悪に溺れ、復讐心で我を忘れてしまったということを意味しているんだ。〈悪〉の魅惑に君が浸っているとすれば、不幸になるだけだ。君はおぞましい怪物になり、しかも自分ではそのことに気づかないだろう。さあ、オフィスに帰ろう。仕事は治療《セラピー》にもなるからな」

これもまたアメリカ方式だ。テーブルを片づけ、手につばをつけて、ハンドルを握り直す。言い換えれば、忘却という絶対の悪によって悪をなだめるのだ。私は失望した。でもそれほどでもなかった。こういうふうに事が進んでいくのはいいことだ。私はキャンドラ氏が光を与えてくれるのを期待していた。確かに与えてくれた。だが光だけで十分だろうか？

少したって午後に彼が電話をかけてきて、すっかり任せてくれと告げ、まさに上司が用件を話し終えたときにする感じで電話を切った。お礼を言いたいと思ったが、あまりの速さにあっけにとられていたのと、心情の吐露に関しては、私は「言葉少なくして互いの理解深まる」という仏教式のやり方を好む人間なのだ。

仕事が終わると本屋に寄った。頼んでおいた本を受け取るためだ。これが最後の一冊。失業すれば、ありたがく失業手当をもらったり、いろいろ節約に励んだとしても、食べていくのは大変になる。すでに知己になった書店員が、まなざしに意地悪っぽい表情を浮かべながらその本を差し出し、「この本からご研究を始めるべきでしたね」と私に言った。その通りだった。全然思いつかなかった。おぞましさに駆り立てられていた私は終わりから、つまりニュルンベルク裁判から始め、そこから蔓《つる》をたどるように、戦犯の捜査、収容所の発見、連合軍の上陸、戦争そのもの、政治危機へ、などと元の方へ遡って行ったのだ。大元に行き着くまで。まさにその大元、根源がこの本だった。二週間ほど前、私がかの書店員にこれを注文したとき、頭を振って彼はこう答えた。「うーん！　これを見つけるのは難しいでしょうね、発禁本ですから。頑張ってみますけど、古本屋を当たった方がよろしいかもしれませんよ……住所をお教えします」。結局彼は見つけ出してくれた。世界最大の悲劇を私たちに、この私にもたらした、根本の土台をなす本を。『我が闘争《マイン・カンプ》』*を。

一体、何度読み返したかわからない。初めは怒りに駆られ、まるで過食症にかかったかのようにむさぼり読んだ。それから少し落ち着いて。だが、その落ち着きはしだいに緊張をはらんだものになっていった。私はどうして、父のように健全な心身を持った人間たちが自分の人間性をかなぐり捨てて死の機械となり果てることを受け容れたのか、その鍵を、その魔法を、見つけ出そうとした。だが何も見つからないのだ。あったのはただ、安酒さながらの、無知な田舎者の言いそうな寝言、永遠の独裁者たらんと夢見る組頭《がしら》がぶちかましそうなほら演説、黒人奴隷売買にいそしんでいた頃の共和国の選挙ポスターに踊っていたスローガンなどにすぎない。「ユダヤ人を殺せ、さすれば神が報いて下さる」「一人のアーリア人は、世界中の虫けら連中と同じ価値を持つ」「我らの血を守りぬけ、汚染の拡大を警戒しろ」「あなたがたの隣に病人や障害者がいる？　処分しなさい」。こんなものだけで、〈悪〉がドイツ人たちの心を懐柔してナチス党員に仕立て上げたのだとしたら、脱帽！としか言いようがない。私は、脳天を直撃するような論証とか、これ以上なく複雑精妙な言葉の錬金術とか、ドイツ国民に対する世界的な陰謀についての衝撃的な暴露とかが書かれてあり、章を追ってそれを読み進むうちに読者の反応が昂まっていくような、尋常ではない状態に引き入れられる箇所が巧妙に配置されている書物であるのだろうと想像していたし、いくつかのくだりはまさしく悪魔が書き下ろしたもので、細部やエピソードなどそれ以外のところには悪魔のインクが用いられたに違いないと想像していた。だがまったくそうではなかったのだ。書き手は大言壮語の好きな髭なしの伍長、梅毒病みの鬱気味な三文文士にすぎず、「我が闘争」などという雄々しい題名と若干の威勢のいい断定が目につく程度であり、あとは嘆き節に溺れ制裁や告発や熱狂に走りやすい社会・経済的な状況があれば、事足りてしまったのだ。もちろんそれ以外にも、第一次的な、あるいは副次的な背景がある。国の歴史、何世紀にも渡って根づいてきた種々の古いセクト、曖昧模糊とした神秘主義を支えるノアの洪水以前のおとぎ話、あれやこれやとの意外な共鳴や反発、過去のすたれた学説、掘り出してきた神話、行動の炎のなかで生まれてきた新種の哲学、近所の療養施設や街角のバーから勢いよく飛び出した熱い夢、そして技術の進歩や科学革命が惹起しうる、窮乏に喘いでいるという自認のうずまく社会における権力への渇望など。しかしそこまで広げるのはやりすぎだろう。なぜなら、古い地下倉庫に昔からの悪鬼たちが眠っていない国などどこにもないからで、どんな国も武器と永遠の夢を売る商人を抱えているからだ。一体、その骨のなかに歴史によって歪んだ遺伝子を持ち合わせていない国などあるだろうか、生命のカオス運動に晒されていない民族などあるだろうか、予期していなかった科学の啓蒙の雷《いかづち》で大打撃を受けなかった教会などあるだろうか。人類は一つなのだ。たくさんあるわけではない。そして悪はその人類のなかに、その骨髄のなかに巣喰っているのである。

私は没頭し、吟味を重ねた。そしてさらに、さまざまな矛盾のなかで格闘した。だが本当は、もっとも単純なことを捉えさえすればよかったのだ。つまり、起きることに理由などない、ということだ。悪の起源を探すなんて馬鹿げている。悪は人類創造の前から存在するのだ。歯車が刻むような精巧な発展プロセスとか、一挙に解き明かしてくれるバネ仕掛けの説明を案出しようとしても無駄だし、すべてを秤《はかり》にかけようとすれば、所詮インチキな秤の方が壊れてしまうものだ。私は次の考えだけでよしとしよう。悪というものは、良い運転手もだめな運転手も壁に激突させる永久に続く偶発事故にほかならない。善が通用するのは埋葬に立ち会うときだけだ。人生のなかでそのときだけ、私たちはこの目で自分がいかなる人間か、つまり、私たちは埃でできただけの、一吹きの風で散り去る存在なのだということを見届けることができる。というのも、私の思うに、善とは、自分自身の終わりを他の人々の終わりのなかに見ること以外の何ものでもないからだ。これにまさる抑止力、これ以上の救いはない。他の人々が死ぬなら、私たちだって死ぬ。すべてがここにある。しかしながら善は存在せず、悪だけが君臨している。私の父に起きたことは他の誰にでも、ドイツにいるあらゆる人にも、他の地にいる人々にも、昨日あるいはおととい起きたことなのだし、これから繰り返し何度でも、明日もあさってても起きることなのだ。太陽の周りを地球が回るかぎり、生命というこの甘くやさしい狂気が人間に訪れるかぎり、その解毒剤としての怒りに燃えた狂気として、犯罪と犯罪者と犠牲者が絶えることはないだろう。そして、共犯者が。そして、その傍観者が。そして、私たちの苦悩で手をすすぐ暴君たちが。ああ、それでもなお、この犯罪は他のものと同じではない。この絶対的な特異性に私は対峙しているのだ。独りで。この世に誰もいないかのように独りぼっちで。

自分が今書いたことを読み直してみて、私は肝心な点を自分がはぐらかしていること、粗悪な哲学で飾り立てた戯言《ざれごと》のなかに大事な点を埋もれさせてしまったことに気づく。ものごとは真正面から見なくてはならない。事実は事実なのであって、何も、誰も、神ですらそれを書き換えたり、ごまかしたりすることはできない。父は、明確な意識をもって、自分から行動したのだ。その証拠に、他の人たちのなかにはそれをおこなうのを拒否し、その代償として命を落としたり、そのために一時的に国外に避難した人もいるのだ。火を見るよりも明らかな別の証拠としては、父が、古い資料一式を信心する聖遺物のように保存していたことがある。出生証明のごときあの軍人手帳、秘蹟をしるすようなあの三つのメダル、聖別の道具であるかのようなあの忌まわしい髑髏の紋章《トーテンコップ》！　巨大な装置《マシーン》と化した全体主義やそれに付随するおぞましい事柄に抵抗のしようがなく、罠に完全に足をとられ、希望も潰えたとしても、自分を捨てずにいるための究極の手段として自殺が残っているではないか。自殺は我々人類にとって最後の砦であり、目に見えない無敵のジョーカーなのだ。それはオオカミというあのすばらしい動物が実際におこなうことでもある。オオカミは罠に足をとられてしまったとき、自分の足を噛み切り、引き裂いて、自由を取り戻すのだ。完全無垢な自由、だが、愛の妖精のように危うくもある自由を。そうでなければオオカミは最後の血の一滴までもがき続け、その血も涸れ尽きたとき、至福の安らぎに包まれながら死んでいくのである。犯罪をおこなった後でも、父さんは、自分を取り戻し自分の尊厳を取り返すために、みずから出頭してその犠牲者たちの名において正義を求めることが可能だったはずだ。だが彼は逃げた。姿を隠し、自分のしたことを隠匿し、結局のところ自分を否定したのだ。それによって父は罪を、罰されないままに温存し、沈黙で護り抜いたのだ。罪を聖化したわけだ。父が、自分の上官であった第三帝国の親玉《ボンツエン》*たち、すなわちヘスとかリッベントロップとかその類の連中の後に並んで、人間の法廷に立ってくれていたらよかったのにと思う。荘厳な判決が恥ずべきおこないに対してそれにふさわしい醜悪さを認定することによって、罪人は失った人間性のいくばくかを取り戻すことができるのだ。逆に沈黙は罪を永遠に引き延ばし、一切を相対化し、法と真実の扉を閉ざして、罪を大きく開いた忘却の扉へと向かわせてしまう。その扉の向こうでは、再び同じことが始まるのだ。

父さんは自分がダッハウで、ブーヘンヴァルトで、マイダネクで、アウシュヴィッツでおこなっていたことを認識していたのか？――この問いが、私を狂気に陥れる。もはや私は、父が犠牲者だったと、自分の知らぬ間に、あるいは自分の意向とは反対に〈悪〉に呑みこまれた無垢なか弱い青年だったと思うことはできない。たとえそうだったにしても、それでもやはり気がついたときがほんの一瞬ぐらいはあったはずだ。どんな些細なことであれ周囲の状況から察したり、思いがけずに目にしてしまったつかの間の耐えがたい光景の数々が重なり合って事を明かし、疑いを目覚めさせ、反抗に立ち上がらせることがあったはずではないか。そういう瞬間には、何かが私たちのなかで叫びを上げるはずだ。そうでないなんてありえない。もしそうでないなら神も人も真実も、何も存在しないことになる。死の収容所の孤独のなかで寒さに震える痩せ細った子供の朦朧としたまなざしを前にして、何も抵抗を感じずにいられるはずが、知覚できないほどのわずかな居心地の悪さであれ、それが心をよぎらないでいるはずがない。あるいは、恥部を隠して歩きながら焼却場へと誘導される裸の女性、「髪は刈られ、名はなく、思い出す力も失せ、目は虚ろ、体の芯は冬の蛙のように冷えきっている」女のまなざしを前にして、あるいは、もうずっと前から破壊されてしまった自分の尊厳にしがみつこうとしているが人間性のようすがである最後のぼろ布すらも剥ぎ取られようとしている男性、「他人がうなずくだけで死に追いやられる」男のまなざしを前にして。

私はこう思う。もしたった一つでも犯罪が地上で罰されないままに残り、しかも沈黙が怒りに勝《まさ》ってしまうとすれば、人類は生きる価値がない、と。そうであるなら私はもっとよくできた世界に行って、みずから囚人となりたい。黒い制服をまとって裁判官の前に進み出て、こう供述するのだ。「私の父は、自分になんら害を加えたこともない無数の人々に虐待を加え、殺戮し、それでいて無事に生き延びました。今日私は父のしたことを知るに至りましたが、父はすでに死んでしまったので、父の代わりに出頭した次第です。どうか私を裁き、私を救ってください」。その世界では、私のことを嗤《わら》う人は誰もおらず、調書を取って判事の追及に晒し、上の審判にかけ、厳しい戒めを言い聞かせてくれるであろう。ああ、私に目くばせを寄こす人すらいるかもしれない！　なのに私は今、ひたすら自分独りで自分の一件に当たらねばならないのだ。ところが、ああもう、わけがわからない、すべてが突然のことで、すべてが秘密のままで、すべてがあまりにも穢らわしく、逃げ隠れの画策と世界の終末後にまで持ち越された延命のせいで全部がおかしくなってしまってしまい、人々は嘘が諸国民に対するよい社会的庇護策であり、言うことをきかない子供たちへの効果的な贈り物であり、心配症の人々が安心して暮らせるための方法だと再び信じてしまっているのだ。私はこんなふうにでたらめを吐き散らし、荒唐無稽な夢想のなかにはまりこんで、その興奮に翻弄され、しがみつくべきブイを見つけることもできないでいる。私は孤独だ。この世に誰もいないかのように独りぼっちだ。もうその世界すら私から遠く離れてしまったように思える。曲がったことに夢中になり、周りが見えなくなっている世界、つまらぬ思いつきやたわいもない喜びに汲々とし、ただ熱狂に駆られ、まるでみずからの身体をむさぼる食人種のように自分を栄養として肥大化し、おそらくはみずからの時代、ドラマ、夢、無力に憑りつかれてしまった世界だ。もちろん私は抵抗を試みているし、苦しむことに自己陶酔するような人間ではなく、一切の固定観念を嫌っている。私は自分に言いきかせる。こうしたすべては歴史に属し、歴史は過去に帰属し、過去はその時代の人々とともに死に失せたのだと。今や人は忘却し、何もわからなくなっていて、何もかもを相対化してしまい、目前にぶら下がる自分の課題に追われ、あっぷあっぷで、限界状態、解決策は見えず、しかも明日には、いきなり人生の唯一の選択が迫ってきて私たちを苦しめ絶望に追い込むのだ、と。ああ、私の頭上に世界全体が落ちてきて、原初からの〈悪〉の総体がじっと私を睨みつけて心臓とはらわたを引っ掻き回し、私の思い出のなかから〈悪〉をほじくり出し、私をどっぷりと〈悪〉の思い出に立ち帰らせ、過去に何が起きたか、過去に何を私たちがおこなったかを際限なく私に語り続けるのだ。私はこのイメージに苛《さいな》まれ、霧で窒息しそうになり、頭蓋骨に痛みが走り……ぶんぶんとなり音が聞こえる……ごうごうたる非難のようなものが……陰惨な収容所が目に見える……亡霊たちが行進している……男たち、女たち、子供たち、数え切れぬほどの、すっ裸にされた、痩せこけた人々が整列させられSSの凍った視線に見張られながら巨大な業火へと向かって進んでいく、そしてその人々は……《助けてくれ!》……私は夢想のなかにはまり込んでいく……助けを求める……父を探す……《父さん、どこにいるの? 何をしてるの?》父を探し出したい、父を目覚めさせたい、と私は願う……私は目覚めたい……父を救いたい……自分を失い私たちを破滅させた父を……。「家は壊れ、苦痛が体を麻痺させてしまった、それでも私はなぜなのかわからない、父は何も話してくれなかったのだから」……ほら!そこに父がいる。悪名高き赤い腕章を誇らしげに巻いた黒い制服をびしりと身に纏った父が……私に微笑みかけている……父親らしい優しく厳しいあの美しい微笑みで……。どうしてそうなったのかはわからないが、アイン・デーブ村の家にいるのと同じように、私は父と一緒にいて、私たちはすてきな山荘に住んでいる……その家は収容所から……捕虜収容所《シュタラク》から……離れた場所にあり、建物の前を美しい一本の樹と色とりどりの花々が飾り、丘の背後には……そこは行ってはいけないことになっている、真っ黒な、灰色に沈んだあの場所……。私は他の子供たちと遊ぶ。士官の子供たちやあの場所から来た何人かの子たちだ。それは遊びの人数足しに、私たちのお相手をするために、私たちの暇つぶしのために、苛立ったり気の向いたときになぶり者にするために、そこから呼ばれた子たちだ……でもその子らは、私たちにはつまらない。痩せ細っていて、病気で、しらみだらけで、気持ち悪い瘤ができていて、髪がなく、歯がなく、遊ぶのが下手で、言葉をしゃべらず、愚鈍で、何を考えているのか全然わからないし、食べること、身体を温めること、眠ることしか頭にない子たちなのだ……私たちは叱りつけ、叩くが、その子たちはなんだか理解できず、ハリネズミみたいに身を真ん丸に縮めるだけ……。周りには、目を落ち窪ませた人間とは思えないぼろたちがいる。花咲く私たちの集落で、地面の草取りをしたり、砂利を鍬《くわ》でならしたり、柵にペンキを塗ったりするしぐさをしているのだ。それは我らの囚人たちだ。我らの国家に対して誤りを犯し、総統《フューラー》の怒りを買った野蛮人どもだ。みっともない縞のパジャマを着ていて、醜く臭いやつら、油断のならない、こびへつらってばかりいる、恩知らずな連中だ。そこいらじゅうで、何でもかんでも物を盗むやつら。吸い殻、紙切れ、古いパンのかけら、錆びた釘一本にだって血眼になって跳びつき、骨が一本ころがっていれば犬どものように走り寄る。我らのゴミ箱をあさり、嫉妬の目で我らのことを窺い見る……。ときどき、苦役労働をしているしぐさを突然止めて頭を上げ、遠くを、収容所のかなたを、丘の向こうを眺める……あそこにあるのは……空にそびえ立った、吐き気をもよおす匂いをふりまく、油染みた巨大な煙突だ……《ああ、あの叫び声！》……いろいろなカラスどもが大群をなして飛び回り、その不吉な鳴き声が空を埋めつくす……。「進め！　……ユダ公ども、お前らもだ……」、囚人たちは空を見つめている……。いつ何どきでも、あのぶうんぶうんというモーター音が突然始まり、彼らの注意が逸らされる。その音で私たちも、冷えきった真夜中や明け方に目が覚めることがある。うなり音に続いて、かすかな金属音が風のなかにカチャカチャと響き渡る。厚く閉ざされた扉から鎖を引きぬく音だ。そしてそれが閉められる。シュー、シュー、と切れ切れにポンプの動く音がし、電圧が下がってランプの光がまばたきをする……もしかして叫びが聞こえたような……不気味な阿鼻叫喚、その幻想のざわめきが次第に大きくなり、さらに大きくなって、それからだんだんに止んでいき、耳をつんざく沈黙へと至る……《ああ、なんと奇妙なこの沈黙、なんて痛々しい沈黙》……。あまたの人々……剃った頭の大群がまたも丘のふもとにあふれる……別の煙突がのっしのっしと進んでいく……夜の闇からやってきて、灰色の昼を横切り、また夜のなかへ消えていく……遠くのどこか……別の方角へ風が吹いている。ずる賢い連中が茫然と瞑想に沈んでいる、すると我らの監視役囚人《カポ》たちが駆け寄って棍棒でめった打ちにしながら、がなり声で叱り飛ばす……「働け《アルバイト》！……働け《アルバイト》！……早く《シュネル》！……早く《シュネル》！……」　私たちは「ハ、ハ、ハ！……ハ、ハ、ハ！……」と地面で笑い転げる……。奇妙じゃないか、今やすべてを剥ぎ取られたずる賢いこいつらは、何も感じず、何も言わず、まったく動かないし、空を眺めてみすぼらしい歯を見せて笑っているのもいて、ほとんど歌いだしそうにさえ見える……恍惚状態だ。しばらくしてその気になると、やつらはみじめったらしく、しゃがみこんで道具を手に取り、地面の草取りをしたり、砂利敷きをきれいにならしたり、柵にペンキを塗ったり、すべてが整っているかを確かめたりするしぐさをする。実に苛立たしい自動人形だ。やつらはこういうことを一生涯、同じ動作で繰り返し続けそうに見えるし、そういうふうに生まれついたのに違いない。ときおり、二、三人、殺されてそこいらにころがっていることがあるが、仲間の目には入らないか、やつらの習慣どおり、見ても見ないふりをしている。カポたちが怒鳴って命令すると、ころがっている屍体をリヤカーに載せて、あそこへ運んでいく。収容所を横切り、丘を越えた向こうに……。士官たちは大笑いするか、苛立って鞭をうならせ、ブーツを鳴らす……カポたちは身をよじって笑い、ぺこぺことへつらう……それは収容者のうちで特権を与えられた者たちであり、言ってみれば悲惨を分かち合う兄弟を踏みにじることで身を立てているような連中だ……そいつらは、私には全然あるいはほんの少ししかわからないこんな言葉をしゃべる。「よし《グート》、よし《グート》、ユダヤ人こわれた《ユーデン・カプート》、おしまい《フィニ》、おしまい《コネッツ》、ありがとう《ダンケ》、ありがとう《ジェクユー》、ありがとうございます《メルシー・ボークー》、こんにちは《ドブリー・デン》！」　父さんが、おやつだよと私を呼んでいる……私は……私は……風向きが変わって、ひどい匂いがしてくる、しつこくまとわりつく異臭……。みんな家のなかに入り、窓を閉める。

私は大声で叫び、自分の肌をむしり取ってしまいたくなる。わからない、どうしてよいのかわからない、沈黙が私を押しつぶす、あの恐ろしい沈黙が。何も見分けることができない。夢と悪夢と現実が交錯し合っている。逃げ道はない。

汗びっしょりになって目が覚めた。何時だろうか……、わからない。夜なのか、昼なのか。オフェリーを呼んだ。もう一度呼んでみた。「オフェリー……、オフェリー！」台所で音がしている、ぶうんぶうんという軽い音が……シュー、シュー、というガスが漏れる音が……冷蔵庫だ。「オフェリー……、オフェリー！」彼女はいない。戻っていないのだ。外出中だ。沈黙はどこか超自然的である……沈黙の音が聞こえる、人間の焦げた匂いがする、その匂いが肌にまとわりつく。何かがソファーから落ちた。《ああ、この音！》本だ……。『我が闘争』。ガレージに行き、私はそれを焼いた。

ラシェルの日記　一九九五年四月

ジャン92を見つけ出した。それはあっけないほど簡単だった。父さんがこの人物から受け取った手紙にあった住所に行ってみたのだ。ストラスブール近くの若い人がいなくなったある村の、わびしい一角にあるうら寂しい通りの端に建つ虫に食われた小屋が、男の住む家だ。最先端の都市ストラスブールを出て——温情からその名は伏せておくことにするが——地図からも無視されたこの小集落へと車を走らせながら、ここはまごうかたなき世界の果てだと苦々しい思いがしたことを告白しておく。フランスにこのような寂れた場所がまだあったことに驚き、誰だって、今までよく隠れていたもんだと不思議な気持ちになるだろう。ストラスブールで借りたのに私のルノーはこの村を知らないのか、探し当てるまでに一帯をぐるぐる走るはめになった。村の入り口で私が「すみません、エルネスト・ブリュッケという人を探しているのですが、教えていただけないでしょうか」と問いかけると、不愛想な農民が村のどんづまりを指で差した。感謝を告げても反応なし。この男には舌がなくて「どういたしまして」と言うことさえできないようだった。

せっせと箒を動かし犬ころをキャンキャンいわせている三人のいじわる婆さんたちのお邪魔をしたりしているうちに、私は無事目的地に着いた。それは村の一番はずれの家だった。その先には何もなく、一面壁のように草木がぼうぼう茂っているばかりである。

年配者に会うことになると思っていたし、その男が私の質問を理解できるくらい頭がはっきりしてくれるかどうかが心配だった。だが私の前に現れたのは、だらしなくしょぼい身なりの中年の男性で、腹がみごとなまでに突き出て、顔中に、一途《いちず》なアル中患者が目標とするような赤い腫れ物や皮膚のくぼみができていた。ロとズボンのチャックが開きっぱなしで、この男がすべてに投げやりな人物なのだということが一目瞭然だった。朽ち果てた古いがらくたが所狭しと積まれた猫の額ほどの庭で、ポケットティッシュを敷いてようやく座れる場所を作り、酒瓶がころがるぐらぐらのテーブルを前にして腰をかけていた。原形をとどめないほど欠けたコップがテーブルに貼りついたように置かれ、中にはねばねばした液体が入っていて、そこに葉っぱや松葉やハエの死骸が浮いていた。灰皿とおぼしき物体の上に、灰や吸い殻や焦げた昆虫などが小山をなしていた。男は前の方を見やっているが何も考えていないようだった。私が来るのも目に入らなかったらしい。

私は憐憫の気持ちに強くとらわれた。この男は、まもなく崩れ散らんとする漂流物そのものであった。私にはその光景が目に浮かび、近いうちにそれが現実となるだろうと確信した。この男はこのまま、疥癖に覆われ、椅子にへばりついたまま、酒瓶を手元にころがし、何も考えず、何も思わず、周りのものも何も見えないままで死んでいくのだ。何事にもきちんとしていてゲルマン的な厳格さそのものの体現であった父さんが、こんな人物とつき合っているところはおよそ想像できなかった。まあでも、時は過ぎたのであり、たぶんこの男にもかつては輝いていた時代があったのだろう。だが、ちょっと頭で計算してみて、私は父さんとこの男が知り合った可能性はないと結論づけた。年齢と状況から考えるとそうなるのだ。父さんは一九六二年以降アルジェリアから一度も出ていないし、男の方はその時点より前は、近所の田舎娘たちとインディアンごっこをしたり洟たれ小僧どもとかくれんぼをして過ごしていたのだろうし、そのあとで仲間と呑んだくれるようになったのだろう。今男は五〇歳前後、明らかに余分な五〇年間を過ごしてきたという感じだが、父が死んだときの七六歳という年齢にはほど遠かった。この男がアルジェリアに赴いて、そっちで父と出会ったという仮説も検討する気にはならなかった。あそこはお楽しみに出かけるようなところではなく、厳しい国境があり、怖ろしい警備員が立ちはだかり、普通ではない法律が存在して、外部からの訪問は禁じられているし、わざわざ訪ねたくなる理由もない。入ることも出ることもできず、それがどうしてなのかもわからない場所というのがあるものだ。とはいえこの中年男はアル中のおかげで実際の年齢よりも若く見えたり、あるいは年老いて見えるのかもしれないし、またほかの人物に見間違えられることもありそうだと思われた。どこかつかみどころがなかった。

ようやく男が私を見た。横目で睨みつけるような視線、ぬめぬめと光る唇、がめつい策士というその雰囲気に私は居心地が悪くなった。自分が罠にはめられた幼な児のように感じられた。大きく深呼吸して、私はおさげの少女たちをひっかけるのがうまいおどけ者のふうを装った。巧妙に探るのではなく気まずい問いをぶつけてユルツェンであのご隠居を取り逃がしてしまったのと同じようなへまを繰り返して、この男を逃してはならなかった。

「もしかしてあなたはエルネスト・ブリュッケ、別称ジャン92と呼ばれた方ではありませんか？　もしそうなら、私の父ハンス・シラーの名において、握手をさせてください。お礼が言いたいのです」

男はぼんやりと思いめぐらしたあと、鉄板が押し出されてくるように、渋々、私の方に腕をぬうっと瓶越しに差し出し、痰のからんだ声で言った。

「シラー？……それは誰だい？……あんたはその息子さん？」

「まあ、そんなところです！　臨終の床の父から、困難な時期に助けてくれた人など友人のところを周って挨拶するよう頼まれたのです」

「でたらめな話はやめてくれ、俺はジャン92じゃないぜ」

「では、あなたは、どなたなのですか？」

「息子のアドルフだ……にいさんよ、おやじはもうずっと前にくたばっちまったよ」

「ええ！」

「親父になんの用なんだい……挨拶だけじゃないだろ？」

「思い出話でもしてもらおうと……」

「へぇ！……でも、なんでだ？」

「あのですね……私は証言とか資料を探しているのです……父の生涯と人類救済のための父の闘いについて本を書いているところなんです。ヒトラー主義は滅びてはいませんからね」

「そうかい、たしかに本でも書きそうな面《つら》してるね、あんたは」

「もしよろしかったら、あなたの証言をいただきたいんです。あなたとあなたのお父様に一章を割きたいと思うのですが、どうでしょう？」

大当たり！　みごと的中だ。酔っ払いはすでに、自分の本がベストセラーになった空想に捉えられていた。身を起こし、咳払いし、今や友達だというふうに親しげに私を見つめた。こういう展開は予想もしていなかった。虚栄心というこのおいしい餌、それをちらつかせれば七面鳥が自分で鍋に飛び込んできてくれるこの癒しがたい病が今なおはびこっていることを、私たちは忘れがちである。私はこの男を、すばらしいジャン92二世を、けっして手放すまいと考えた。

「まだ言っていませんでしたが、アドルフさん、もう出版社も決まっていて、条件もなかなかいいのですよ……報酬の一部はあなたのものになるわけです」

「いくらぐらいになるかな？」

「売れ行き次第ですが、かなりになるんじゃないでしょうか。内金として、ここに百フラン用意してあります」

交渉成立。私たちは打ち解けて、実入りのいい商売のパートナーのようにおしゃべりを続けた。とはいえ結局、大した成果は上がらない。なかなか骨の折れる仕事で、酔っ払いは自分の親父のことはそっちのけにして、のべつ幕なし自分をスターダムに押し上げようとした。どうやらまるごと自分の章にしたいようだった。自分の幼少時代、青年時代、ドイツ語しかできなかった祖母のゲルトルート、あのクソみたいなフランス軍での兵役、黒んぼたちをぶちのめしてフランスに仕えた恥を償わせてやったアフリカでのちょいとした戦争、彼の人生を台無しにしたグレタという名のあばずれ娘、ガスパールだったかエクトールだったか彼がみごとに一杯食わせられた従兄、ブラジルでエメラルドかダイヤモンドの闇取引人と暮らしている叔母のウルズラ、フェリックスとかいうやつ、壊れかかった彼の家、再開発の脅威が迫っている町、うるさく言ってくる市、などなど。彼は、父親のナチ集団のもとでどんな仕事をしたかを逐一語ってくれた。まずはちょっとした事務手伝い、近所の人々のそれとない監視、郵便局と郵便箱の間の往復、秘儀めいた儀式での子供合唱団員としての出番、それから、年齢が上がり理性がなくなってくると、無数に開かれる会合、つまらぬ連中との秘密会議、裏切り者や歴史修正主義者たちへの反論攻撃、町の不良たちへの実弾攻撃、憲兵たちとのやり合い、現代の無軌道な社会に辟易した古参兵どうしが集まっての冬の酩酊。要するに、みじめそのものの人生だ。また彼は資料一式も披露してくれた。こいつが立って歩くことができるとは驚きだった。戸棚にはあふれんばかりの資料、私は釘づけになってしまった。まる一時間、私は体中埃まみれになって、腐った死骸の匂いを吸い込み続けた。そして自分が人間であることを恥じた。いにしえの虐待者たちが魂をついに悪魔に売り渡したときの一切合切がしまわれていたのを物置で見つけたかのように、私はそのがらくたの山を夢中になって引っ掻き回した。この男の親父の、周辺隊員の、湿気の、怒りに燃えた狂信の、役に立たない物の、唾棄すべき物の悪臭が漂う。死んでいようと生きていようと、虐待者は虐待者だ。このジャン92なる哀れなやつは生まれる前から死んでいたのかもしれない。いずれにせよ第三帝国の狼男*に変身したときには死んでいたのだ。汚れたポスター、ぼろぼろになった本、布カバーのかけられた祈祷書、端が擦り切れるほどになった猟師《ハンター》向けのいろいろなカタログ、色の褪せた小旗、うんざりするような手紙類、さらに一層うんざりするような写真、にがにがしさ満載のノート類、吐き気のするビラ。彼は一箱で二〇〇フランではどうかと提案した。こんな汚いゴミに払うには高いが、私は〈悪〉の根源を知るためにやって来たのだ。また、かなりしっかりしたサイズのピストルと数発の緑青《ろくしょう》のわいた弾もあった。さも誇らしげに握り締めながら「世界最高の武器、ルガーだぜ」と彼は説明した。「まさにそうですね。私の親父もいつも褒めてました」とこちらも返した。腕の先にルガーを携えたアドルフとビラや小旗を抱えた私の図は、本当に世界の浄化を目指しそうな勢いだった。血気にはやる若者たちがこんな姿を見たら、即座に私たちに合流すること間違いなしだ。

過去の戦争について調べるのはとても困難な仕事で、なかなか捗らない。袋小路が至るところにあり、道は闇に入り込んで消えてしまい、じくじくと膿を出す汚水溜めは霧に隠されていて、空虚のなかを手探りで進めば埃が煙幕となって立ちはだかるばかりなのだ。沈黙と忘却と共謀のさなかで戦犯たちを調べ上げようとした人たちの苦労が、ようやく納得される。まさにミッション・インポッシブル、真実は伸びた雑草のなかに埋まり、その上に数知れぬお話と裏話が積み上げられ、しかもそれらが何千回も隠蔽され、ずらされ、歪曲されてきたのだ。さらに沈黙があり、記憶の喪失があり、嘘があり、学習があり、悪魔の弁護人たちの弁論があり、議論の果てしない応酬があり、書類はいたずらに虫に食われていく。わけても、恥の意識が良心のうずきを吹き払い、人々は目を閉じて頭《こうべ》を垂れることに甘んじてしまう。犠牲者はいつだって二度殺される。そしていつだって、生き残るのは死刑執行人たちの方なのだ。

「92とはどういう意味なのか、父さんからは教わらずじまいだったのだけど、何なのですか？」

「おやじが統括していた組織のコード名さ。〈セクション92〉っていうんだ。そのメンバーは、ジャン92とか、フランソワ92とか、ギュスターヴ92とかって暗号名で呼ばれる。警戒が必要だったからね、ド・ゴール一派はつけ狙ってきたし、ユダ公どもとか……」

「92って、何の数字ですか？」

「ああそれはね……ヒトラーが政権に就いたのが三三年、ペタン*が対独協力に調印したのが四〇年、この年一九歳だったおやじは秘密国家警察《ゲシュタポ》に参加したんだ……合計で九二さ。親父ときたらまったく頭が働くじゃないか！　第三帝国に忠誠を誓うわれらのセクション誕生ってわけだ」

「忠誠こそ我が名誉《マイネ・エーレ・ハイスト・トロイエ》」

「そうともさ、お前もいいねぇ！　おやじが六九年に死んだときに俺がこの仕事を継いで、〈セクション134〉って名にしたんだ……俺が生まれたのが四二年だろ、わかるかい？……九二足す四二は一三四、それで〈セクション134〉さ、わかったかな？　だけどな、もうやる仕事がなくなっちまってたのさ。仲間もみんな逃亡してたし、しかもあいつら左うちわで暮らしてたんだぜ、チリのサンチアゴとか、リオとか、バンコクとかでさ。ええと……バンコクって中国だったっけ？」

「ああそれならタイですよ。じゃあ、我らが〈セクション92〉が……私の父親の助けも？」

「もちのろんだ。崩壊を迎え、もはや望みのないことが明らかになったとき、おやじが友人連中とこの〈セクション〉を立ち上げ、同志たちをドイツから脱出させて友好国に送り込む世話を始めたんだ。少しして、あの〈オデッサ〉*組織網の傘下に入った。〈オデッサ〉、知ってるかい？」

「幸いね！ 〈オデッサ〉といえば、フランシスコ会なんかを含む組織網で、ヴァチカンの工作分子や赤十字の隊員などが協力し、エチオピア・ルートやトルコ＝アラブ・ルートをはじめ、いろいろ持っていましたよね」

「俺たち、〈92〉のメンバーはとくに捕虜収容所《シュタラク》のSSたちの支援をおこなった。エリートだからね。わかるだろう、未来のために大事に残しておくべき人材だ。本ではちゃんと書いてくれよ、親父がうんと活躍したってな。あいつらの刃《やいば》から何十人もの英雄を救ってやったんだ。その名前は黒い手帖に載ってる。おまえの父親の名もきっとあるはずだ……なんて名前だっけ？」

「シラーです。刃《やいば》って誰のですか？」

「スラブ人のやつらとか、アメ公、イギリス野郎たち、ド・ゴール派の大馬鹿ども、ユダヤの蛆虫連中さ。信じられるかよ、あいつらまだ生き残ってんだぜ！ 親父は、あいつらの〈ナカム〉*とか、混乱に乗じてパレスチナとフランスを乗っ取った〈ユダヤ人会議〉*、〈モサド〉*、これでたんまり儲けやがったヴィーゼンタール*の下司野郎なんかに、相当苦労させられたもんだ。あと忘れちゃいけねぇのは、手のひらを返したみたいに一斉に宗旨替えしやがった隣国の連中で、なかには92のメンバーだっていたんだぜ。もう何をどうすりゃいいんだかわからないし、年がら年中、陰謀をつきとめて同志たちに教えてやり、連絡網を組織したりルートを確保したり、資金をかき集めたり証明書類を偽造したり……いろんなことをしなきゃならなかった。俺も手伝って八面六臂の働きをしたって書いてくれよな……、ああ懐かしいねぇ、名誉のためにみんなしゃにむに頑張ってたもんだ……。今じゃ……」

私は彼のおしゃべりを聞き流していた。こうしたことついては彼の百倍も知識があった。だがこの男を目の前にし、彼が話すのを聞き、彼の興奮を感じ取り、彼の悪口雑言にすっかりまみれていると、私は自分が戦後の空気のなかに、かつてない世界の終わりの真っただなかに身を置いているように思った。見渡すかぎりの瓦礫と茫然自失した無数の人々、腑抜けたようになった生ける屍たち、ブルドーザーで処理される死体の山々、焼け野原をさまよう気のふれた者たち、言語を絶した光景、腐敗を一掃してくれる風、早くも商売を始めて闇取引にいそしみ、保証書をふりまき、未来に備え始めたろくでなし連中。だがこうした悲惨な混沌状態以上に、嫌悪をかき立てられ、気が狂いそうになるのは、執拗な沈黙であり、今日もなお私を窒息させるあの霧なのだ。

「ええと……話はどこまで来たんでしたっけ、アドルフおじさん」

「ふん！……これでおしまいだよ、いい子ちゃん、ユダヤ人どもが勝ったのさ」

「ヒトラーの復活があるかもしれませんよ……あるいは誰か他に……もっと強力な人が」

「そうだねぇ、楽しみにしようかねぇ」

「私たちと同じフランス人かもしれませんよ」

「笑わせるなよ、根性《キンタマ》のあるフランス人なんておまえさん見たことがあるか？」

「ペタンは二つぶら下げていたんでは？」

「まあな、だけどあいつにはヒトラーほどの才覚はなかったからな。ああいう人物はドイツからしか出てこないんだよ」

「でも、スターリンもいれば、ポル・ポトだって、チャウチェスクだって、毛沢東だって、金日成だって、アミン・ダダだっていたし*……うーん……それからあのちょび髭の、名前は何だっけ……人々を毒ガスで……」

「そんなのはみんな下っ端のごろつきじゃないか。お子ちゃまに黒んぼにバナナ色の虫けら、ものの数にも入らないね」

「アメリカ人だったらいいんじゃないですか？　やつらは赤肌の連中を根絶やしにしおおせたし、黒人の方はそうはうまくいかなかったにしても、黄色い連中に原子爆弾を二発も落としてやったんだから」

「なにアホなことぬかしてんだ。アメ公たちはユダヤだろ、全滅させなきゃ」

「それじゃ、アラブ人とかは……　どう思います？　レトリックの才《さい》はありそうですよね」

「レ、なんだって？」

「考えを展開させながら、五脚で、言葉をいくらでも連ねていく能力、ってとこでしょうか」

「ユダ公でもなんでも頼りにして、そんなやつら灰にしちまいな。それしかないぜ」

「なるほど。そうすれば、今騒がれているエネルギー問題も永久解決ですね。これって、いくらでも好きなだけ再生可能で安価な代物だから」

「ハハハ！　おまえさん、さすが君の父親の息子だねぇ！　ハハハ！　ハハハ！」

別のシチュエーションだったら、この男の頭のなかをくまなく探って大いに楽しんだことだろう。痴愚というものは表に見えるものに限られず、隠れている部分もあるものだから、この哀れな奴《やつこ》さんが自分では気づいていない洞穴や深淵を私はいろいろ見つけることだろう。私はこの男を……この男のことを……、いや、どうしたくもない。私たちは頭のおかしい人々を殺したり、治療不可能な人々を抹殺したりはせず、ただ祈ってやるのみだ。ところが、この男はたしかに私に傷を負わせたのだった。その病《やまい》の頂点で、この一文をもって私にとどめを刺したのだ――「さすが君の父親の息子だ」。放電が心臓を襲ったかのような一撃だった。私は彼を、彼の父親であるジャン92なる人物の息子として、逃亡者たちの救助犬、虐殺者たちの救世主の息子として見ていたわけだが、彼は大笑いしながら、自分もまた自分の父親の息子、死の天使、ＳＳのハンス・シラーの息子だということを私に思い出させたのだ。

パリへと私を連れ帰る列車のなかで、私はずっと考えにふけっていた。《私は私の父親の息子だ……私は私の父親の息子だ……》。車輪の単調なリズムに乗せてこのフレーズを心のなかで繰り返すうち、それは耳を聾するばかりになり、私の全身に襲いかかり、私を眠りに誘《いざな》った。はっきりとこのフレーズを口にし、たぶん大声で叫んだのではないかと思う。次々と悪夢や痙攣に襲われ、この饗宴のさなかに死ぬか、あるいはこれからその酒の澱滓《おりかす》までも呑み干して死にたいという願望が交互に去来し、暗黒のなかをのたうちまわっていた。いずれにせよ、コンパートメントのどこかから隣りの人によく聞き取れるように囁《ささや》かれたある一つの声が、私の耳に飛び込んできた。「そう言うっていうことは、そう思っているということですね」。それに答えて別の声がする。「父親はちゃんとわかっている、問題はそこなのです！」 そして突然、行楽旅行を楽しんでいるこの人たち全員がくすくすと笑い、吹き出し始める。ある者は手で、ある者は新聞で口を隠しながら、ある者は口を閉じたまま。私も笑い出した。お上品な人たちの間で、しかも絶好のタイミングで交わされる、実におもしろい冗談だ。だが笑い声がしだいに止んでまったくの無となり、私は立ち上がった。そしてすべてを一挙に解決する預言者のごとく、轟《とどろ》くような声でつぶやいた。「自分の父親がどこにいるか知っている人は手を挙げよ！」 車内に冷気が吹きこんできた。それで私は元気を取り戻した。

「哀れなモシェは聖水盤に落ちた悪魔のように、ベッドのなかで文句をたれる」というユダヤのジョークがどうしてだか頭に浮かんできた。ときは真夜中すぎ、あるいは午前中、あるいはきっかり正午だ。上の階に住んでいる友人のヤコブに彼は金を返さなくてはならない。その月の売り上げは悪くて、モシェは一文無し、大恥をかいたうえ、商人の世界からも締め出されるところで、ラビからは大目玉をくらう。あんまり苦しみもがいて喚《わめ》くものだから、妻が目を覚まして問いただす。ふだんは心を人に打ち明けることがなく、女性に対してはなおさらなのだが、どうしようもなく落ち込んでいたので、いつもと違って妻に説明をする。妻は「たったそれだけ？」と言う。そして立ち上がり、窓を大きく開けて、声のかぎりに怒鳴る。「ヤコブ、ヤコブ、モシェはあんたにお金を返せないわ。文無しなんだから！」それから、また布団にもぐり込み、あっけにとられている夫にこう言う。「さあ、もう寝て。心配するのはあっちの番よ！」

旅の続きはこのうえなく平穏であった。私は新聞を開き、世界のニュースに目を通した。あっちでもこっちでも、戦争が、すさまじい勢いで展開していた。

マルリクの日記　一九九六年一〇月三一日

やっぱりラシェルが理解できない。まったく頭にくる。ラシェルは僕らの父さんのことをまるで殺人鬼みたいに言い、しつこく強調して、罪人だと告発する。そんなのめちゃくちゃだ。父さんはSSだった、いいだろう、それは認めよう。絶滅収容所で働いていた、それも認めよう。でも人を殺したっていう証拠はない。囚人たちの監視をしていた、それだけだ。いや、そうとさえ言えない。監視は父さんの仕事ではなく、ドイツ人の犯罪者とか敵方にまわった囚人とかがなったカポの役目だったのだから。ラシェル自身そう書いている。この犬どもが移送されてきた人たちを監視し、打ちすえ、物を取りあげ、強姦し、とことん働かせ、棍棒で殴り殺し、足をつかんで引きずって運び、焼却炉に放りこんだのだ。父さんは化学の技術者で、虐殺者じゃなかった。収容所から離れた実験室で働いていて、混合物を作ってた、それだけだ。ほかの人たちがそれをどうするのか知らなかったんだし、知る立場にもいなかった。だってガス室は、ガスの実行班である「特殊部隊」や「移動虐殺部隊*」なんかの担当で、実験室の管轄ではなかったんだから。父さんの責任は引き渡すところまでで、それより先は関知していなかった。トラックが到着し、タンクが外へ持ち出され、書類にサインがされると、どこだか知らない場所へ向けて、運転手たちはバイクに護衛されながらもと来た道を戻っていったんだ。ドイツ人たちの組織の完璧さにあれほどおそれ入ってたラシェルがどうして、上層部の親玉《ボンツェン》たちが父さんのような科学者に、石炭を焼却炉に補充したりガスで部屋を満たしたり扉に錠をおろしたりレバーを操作したり目盛りをチェックしたりするような、卑しい死刑執行人の役割をさせたなんて、想像できたんだろう？ 僕たち、ラシェルと僕のようなドイツ人ハーフ《ハルプドイチェ》はよく知っているように、ドイツ人ってのは猛烈にシビアで、絶対に場違いなことを許さない。父さんはまさにこのタイプで、ふざけていいときしか、ふざけさせてくれなかった。ラシェルは動顛して、僕らの受けた基本レッスンを忘れちゃったんだ。あんまり辛い思いをしたんで妄想が広がっちゃって、なんでも誇張して考えて、自分を責め苛《さいな》んだんだ。僕だって同じようになっちゃったけどさ。僕らのことを考え、眠っているところをアルジェのイスラーム主義者たちに襲われて喉をかき切られた父さん母さんのことを考え、今やどこかに消えうせちまった僕らの団地のことを考え、導師《イマーム》に軍国支配され、長衣《ジェラバ》か黒ジャンパーの髭面連中にも包囲され、獰猛な犬どもみたいにまわりで威嚇するカポたちに屈従させられている住民のことを考え、強制移送された老人みたいに死んでいくアリーおじさんのことを考え、いかなることも動じずに受けとめるサキーナおばさんのことを考え、首領《エミール》に黒こげにされたあのかわいそうなナディアのことを考えちゃったのさ。今は父さんのことを考えている。父さん……、あんなどん底のなかで、いったい何をしていたの？　知っていたの？　明確に線を引くのは難しい。収容所ではほとんど共同生活で、士官用の会食所で食事をとり、仕事の話をしたりその日にあった厄介事を語ったり果たした偉業を自慢したりする。公式会議がしょっちゅう開かれ、総統《フューラー》の演説や司令官やヒムラー*その人の作戦広報が伝えられ、遂行計画や成果や技術的問題などを話し合い、のろまな者をつるしあげ、功績者を讃え、その週の表彰者が決められる。監禁者たちを狂気にまで追い詰める頭上に設置されたあの円錐形のスピーカー、大音量であたりを覆い尽くす機械的な音声、それが絶え間なく集合、屈従、放棄を呼びかけ、その命令の一つ一つ、一句一句によって、大惨劇を積みあげるのだし、犯罪行為を単なる警察業務にすりかえるんだ。そして日が暮れ、お定まりの総統《フューラー》に捧げる祝杯で開始される夕食を終えたあとは、ストーブのまわりを囲んでくつろぎ、音楽を聴いたりトランプをしたり、ぼんやりしながら酒を呑んだりして、家族に思いを馳せたり、仲間たちとの狩猟や魚釣りのことや、かなたで、それもどこか世界の果てで展開中の華々しい戦闘のことを考える。ラーゲリ*のことを語り合うこともある。それに関する逸話、冗談、不正、噂、おそろしい病、さもしい術策などが話題にのぼり、列車で朝到着し、軍隊の壮麗なファンファーレで迎えられ、まだ希望でいっぱいの、まだ自分たちの尊厳と小さなカバン類を身に携えていて、警戒はしているものそれ以上ではなく、まだ神を信じ、理性を信じ、ありえないはずのことの不可能性を信じている新参者たちについて話す。そいつらはまだみずからの思考を保っているが、それも、はいおしまい、収容所への入所支度のときになれば、世界と同じくらい古い、従順にしていれば生き延びられるという考えに流れることになるからだ。

そして従ううちに、誰が主人なのかを教えこまされる。これらの親玉《ボンツエン》たちは、いかにも強健で強い権力を持っているように見え、まさか偉大さや高貴さが欠落しているとは想像するべくもない。そして今や、正真正銘の収容所服に身を包み、膨大な数の収容者たちのおとなしい様子を目にして、安堵の念を覚える。死は、家畜用貨車での長くておそろしい移動のあいだに悲観的な者たちが言っていたのとちがって確実なわけではなく、幸運に恵まれうまく立ちまわり自尊心を捨てれば、なんとか変えることのできる仮説にすぎないのだ。もっとも辛いのは過去。彼らは無造作に、男、女、幼児、子供、年寄り、障害者、ナディアのようなきれいな少女、といった同種の集団に分けられ、その場ですぐに、あるいは翌朝早々に、消毒を受けた後、「根絶するべき生きるに値しない命たち《ファアニヒトウング・レーベンスウンヴェルテン・レーベンス》」つまり無用の人間たちはガス室へ、役に立つ者たちは彼らの運命である労働部隊へ、判断のつかぬ者は懲罰労働部隊へと送られ、クズ野郎どもはなんだかよくわからないカポってやつにされるんだ。団地と同じで、みんな、何が起きているか、それぞれが何をしているか、何を考えてるか、何を隠しているか、わかっている。たがいに話を交わし、監視し合い、助言を与え合い、パーティや埋葬や市への陳情、階段室の一斉清掃、駐車場の見回りなんかのときには身を寄せ合うんだ。誰がイスラーム主義者で何を企んでるか、誰がそうではなくて何を怖がっているのか、みんな知っている。みんな、なんでも知ってるんだ。だけど同時に、ただ近くに住んでるってだけで、実はなんにも知らないか、あるいは知っていると思っているだけだ。自分のことしか考えていなくて、ほかの人の立場になってみることがない。自分の意見にしがみついて、ほかの人の意見なんて全然知りもしないし、あるいは、又聞きで歪曲されて伝わったのをそのまま信じてしまう。収容所と同じように、団地じゃ少なくとも一五の言語が話されてるし、方言だって一五ぐらいあるけど、一人が全部を話せるわけじゃない。まあ、話せるようなふりだけして、いい加減なことを言ってるだけさ。でも、言うべきことなんてどうせないんだ。せいぜい天気がどうだとか、昔からのあいも変わらぬ繰り言とか。昨日のぼやきを今日はもっと大仰に、月の終わりには三〇倍にして繰り返すってとこかな。たしかに、団地の住民は自分たちの首都パリを知っているし、パリの人たちは自分らの郊外地域である団地を知っている。けど正確には何を知っているだろう？　なんにもだ。僕らはたがいに亡霊でしかなく、噂話の対象でしかない。パリの人たちの世界と僕らの世界のあいだには、壁があり、有刺鉄線が張られ、監視塔が立ち、地雷原が広がり、いやしがたい偏見が根づいていて、現実なんて見ようがないのさ。父さんはなんとなくそういうことがわかってたんだ。これが真実だ。ラシェルは僕の兄さんだけど、僕はラシェルのことをちっとも知らなかったし、今じゃあ兄さんの日記がまるで幕のように立ちはだかって兄さんをちゃんと見ることができない。かわいそうなラシェル、あんたはどんな人間なんだよ？　僕らの父さんはどんな人なんだ？　僕はどんな人間なんだ？　怒りに駆られてそうどなりちらしながら、そう泣きわめきながら、僕は頭をかかえる。僕は罠にはまりこんでしまい、すべてに嫌悪を覚え、僕自身を嫌悪する。今度は僕の気が狂いそうだ。もはや兄の家から外へ出ず、ラシェルの日記や本を何度も何度も読み返し、テレビをかけっぱなしにし、ぐるぐる同じところをまわり、じっとかがみこむ。夜中に通りを遠くまで、ずっと遠くまで、ふらふらと歩く。独りきりで。この世に誰もいないかのように独りぼっちで。ラシェルと同じように。《ああ、かわいそうな僕のラシェル》

今度は僕が知りたくなる番だった。ラシェルはへまをやった。自分の苦しみを見つめすぎたんだ。それで壊れてしまったんだ。まさに上司のキャンドラ氏が釘を刺していたみたいにね。ダッド署長が僕に「まず、理解することが必要だ」って言ってたとおり、理解しようという気持ちでものごとを見なきゃいけないんだ。兄さんがその道を進んだとダッドは思っていたけど、まちがってるね。ラシェルが理解しようとしたのは、自分の苦しみを解きほぐすためだったんだ。あるいは、苦しみをもっと膨らませるため。〈悪〉に魅入られちまって、自分を攻撃するようになっちゃった。あまりにも入りこみすぎて、父さんの代わりに自分が罰を負うべきだなんて考えだした。自分が収容所に勤務しているみたいに想像して、自分がほかの連中と同様にSSの申し子で、自分になんの害も与えていないあわれなガキどもに殴打や死をおみまいしたって思ったりしたんだ。一番危険な罠ってのは、きっと自分が自分に仕掛ける罠なんだね。それからラシェルは自分が黒い制服を着て裁判官の前に出頭し、第三帝国のすべての罪を告白することまで考えたんだ。僕の考えじゃ、読み手に罪悪感を押しつけるプリーモ・レーヴィの詩がラシェルを死に追いやったんだ。「暖かな家で何ごともなく生きているきみたちよ、夕方、家に帰れば熱い食事と友人の顔が見られるきみたちよ。これが人間か、考えてほしい……」。まさにラシェルにどんぴしゃりだったんだ。勤勉だけどなんの心配もなく、王侯のような暮らしをしてたところへ、突然アイン・デーブ村での虐殺事件が飛びこんできて、父さん母さんが死んだことを知り、それに続いてすぐに父さんがかつてSS隊員で、第三帝国のあらゆる絶滅収容所をめぐって歩いてたって知ったんだから。だけど僕はね、一番肝心なことをずばりと問いかけたんだ。「父さんの過去が僕らにかかわるのは、どういう点でか」ってさ。父さんには父さんの人生があったし、僕らには僕らの人生があるんだ。いったいどういう点で、僕らはあの戦争、あの悲劇、いわゆるホロコースト、ショアーの責任を担っているのか？「あのユダヤ人たちを殺したのは私たちじゃない」って言ったオフェリーはまちがっていなかった。これは歴史なんだ。歴史は圧搾ローラーみたいに通りすぎ、誰もそこから逃れることはできないし、おぞましく、嘆かわしいけど、僕らがそれに対して何ができるっていうんだ？自分の運命を嘆くあまりに、親たちを墓から呼び出してはだめだってキャンドラ氏にも言われたじゃないか。僕は歴史をやり直すことなんてできないし、自分を哀れんで涙に暮れたりしないし、父さん母さんも、ラシェルも、あのかわいそうなナディアも、僕が全然知らない何百万人ものガスの犠牲者たちも、誰も墓から呼び出したりはしない。僕は反抗しなくてはならない。立ちあがるんだ。でも、どうやって？いろいろ本を読み漁り、やりたいなら活動に参加し、君の小さな石を積むのもいいが、それ以上はだめ、それより先のことをやろうとするのは全部悪魔の指図だって、そういうことを見聞きした経験が豊富で、それで神様よりも悪魔の信徒になっちゃったキャンドラ氏は言ってた。いかれたエンジンを前にして僕らが頭を掻いてたら、ヴァンサンさんに「考えるより、やることがあるだろ」って言われたのも思い出す。実際、車は押したら動いたんだ。なんにでも僕らはわざわざ困難を作りあげて、ああ頭が痛いって騒いでるのさ。

　ずっと悩んでるのは、僕の父親をどう見ればいいのか、だ。僕が知っているのは、父さんとしての姿、母さんの夫で、アイン・デーブ村のシャイフ、みんなが愛し尊敬した男、アリーおじさんの古くからの親友、それが僕の知っている唯一の父さんなんだ。こういう男性、もう長いあいだ僕らと離れて暮らしていた恋しい父親はたしかに存在していたのだし、僕らは身も心も健全なその子供だ。おまけに父さんは、ラシェルみたいにとびっきり頭がよくて、残念ながら僕みたいに機転がきくわけではないけど、善と悪の見極めはちゃんとつく人間だ。こんな人間が、SSの大尉と同一人物だなんてありうるだろうか？　どうやったら一方を断罪し、同時にもう一方を賞賛するなんてことができるのか？　僕にとってはまったく知らない人物である昨日の虐殺者を憎悪し、同時に、今日の犠牲者である父親、今や僕たちもその標的となっている連中の犠牲者である父さんを愛することができるのか？　僕の父親は自分の罪の代償を払い終えたのか？　そして僕たち自身が、彼の子供だという理由で、代償を払わされるのか？　そういう運命であり、摂理であり、呪いなのか？「心に刻んでいてほしい、家にいても、外に出ていても、目覚めていても、寝ていても。そして子供たちに話してやってほしい。さもなくば、家は壊れ、病が体を麻痺させ、子供たちは顔をそむけるだろう」、プリーモ・レーヴィはこう言ってるけど、それじゃ子供たちは最初《はな》から有罪ってことになる。なぜなら親たちは自分らが犯した罪については、ただの一度も打ち明けはしないんだから。それにどうしてこの著者は気がつかないんだろう。もしも親たちが子供たちにすべてを語ったら、生まれる前から子供の命を奪うのと同じだってことが。このプリーモ・レーヴィってやつはおかしいんじゃないか。神様が人間たちよりもひねくれた存在で、子供たちが運命的に罪を宣告されているなんて、僕は絶対認めない。

ときおり、仲間たちが会いに寄ってくれる。僕の邪魔をするのが楽しみで押しかけてくるってとこかね。本当は、あいつらのほうが僕のために思い悩んじゃって、僕の頭がいかれちまうんじゃないかと心配しているんだ。口に出してそう言いもするけど、僕がとんがるから、冗談のふりしてごまかして、おたがいの袖だの襟だののちんぼこだのを引っ張り合ったりしながらいっせいにべらべらとしゃべり、自分たちどうしをいかれポンチ扱いするんだ。アホになればなるほど笑えるぜ、ってあいつら大口開けて言うんだ。仲間ってこんなもんだろ。僕は早く終わるように、あいつらのバカ騒ぎにつき合うふりをする。しっちゃかめっちゃかになってくると、ソファーに沈没してみんなで議論しだす。何時間もだ。メニューはだいたい同じ。まず僕のことから始める。どうして僕が外に出なくなっちまったのか、どうして葬儀屋みたいな陰気な顔つきをしてるのか、どうして本なんか何冊も読んで、いったい何をノートに書いているのか？　それから僕にバカげた質問をしてくる。何を食べてんだとか、誰が洗濯をしてくれるのとか、掃除は誰がやるのとか、ゴミ出しは誰だとか、誰が電気代を払いに行くんだとか。僕は答えない。ママや女きょうだいがいて、知らないうちになんでもやっといてくれるあいつらには、どうせ複雑すぎて理解できないことだから。一生涯でこれまでカフェの給仕として三日だけしか働いたことのないビションとか、とりわけ父親のハラール肉をただで食って生きてるだけのモモなんかに、銀行口座からの自動引き落としってどんなものかとか、自分で下着を洗ったり、フライパンでオムレツを作ったり、パンを切ったり、ぞうきんで拭いたりなんてことがどういうことなのか理解できるとはとても思えない。水洗便所のひもを引くのだってね。あいつらこれまで、ただ流されるままにしか生きてこなかったんだ。

まったく年金生活のじじいたちそっくりで、死ぬのを待つだけってところさ。ただ一人いろいろ考えてるのはナンダ＝イディルだけだけど、あいつは考えを表わすことができず、口を開いたとたんにどもりが邪魔しちまって、うまくやれたためしがない。ミルク・トーゴのやつはお話にもなんねえ。あいつときたら、アフロヘアを乗っけた黒カラスなのに自分がキツネみたいに悪知恵が働くなんて思ってるんだ。はてなマークの前で目をまん丸くしてのたうってるのを見れば、あいつがキツネすら知らないってことは大バレだけど、まあ、キツネにもおそろしくアホなやつもいるってことかね。レイムーはというと、脳みそがまっ二つに分かれてるんだ。働く人間の良識がいっぱいに詰まったおやじの脳みそと、良識を粉々にしてしまうスリコギみたいな自分の脳みそとにね。やつと話すときは、父親と息子のどっちが出てくるかの賭けだね、三位一体の残りの聖霊さんでもなければさ。さて、最後の五本親指《サンク・プース》が少しはましなことを期待しよう。それぞれの手に五本親指がついてたら、オーケーまちがいなしなはずだもんね。ちゃんと働いたことがあるのはこいつだけで、おやじと一緒にビルであくせくと、ありとあらゆるお役人さんたちの身体をもんでやってたのさ。そこからこのあだ名がついたんだ。やつが腕の先にくっつけているのは手の指なんかじゃない。スイス製超高性能ギアのフルセットだぜ。まったくさ、仲間ってこんなもんだろ。とにかく僕は、こんなあいつらが好きなんだ。いかれてて、アホで、恩知らずで、役立たずで、騒々しくて、退屈で、ポンコツの、要するに、どんなことにもまっすぐなあいつらがね。ほんまもんの強制収容所暮らしをしている連中。そう、僕はあいつらが好きなんだ。

今日、やつらはニュースをいろいろ仕入れてやってきた。いいのが一つ、悪いのがいくつかだ。いいニュースとは、第一七棟の導師《イマーム》がナディアの殺人事件の共犯者として逮捕されたことだ。そりゃ乾杯に値するなって僕は言った。ただ、とやつらが付け加えることには、団地はもう天地をひっくり返したような大騒動になっちまって、めまいはするし胸は苦しいってありさまなんだそうだ。それで僕のところに来たってわけだ。あっちじゃ息もできなくなっちまったからね。住民たちが死んだふりを決めこみ、動かないで成りゆきを見守っている一方で、団地を縦横無尽に、導師《イマーム》のカミカゼ連中や、眠ってたいろんな組織網や、ダッド署長の手先ども、警官、保安機動隊、いろいろな連盟のやつら、リポーター、知識人、やじ馬、市の参事官、フランス国中はおろかナヴァール*からもやってきたあらゆる〈特別Z《ゾーン》〉の大使たち、ベルギーの労働団地からの密使までもが、走りまわる事態になった。テレビは僕らの話題ばっかし。団地がくしゃみをすればフランスが喀血するってか!? 一歩でも外に出ようもんなら待ち伏せのえじきだ。仲間たちは三〇回尋問と身体検査を受け、一五回インタビューされ、七回撮影され、三回応援に駆り出され、そしてようやくたった一回網の目をくぐり抜けることができたってわけだ。記者たちをやっかい払いするには、ナンダ＝イディルを前に押し立てて、一〇歩下がったところで腹をよじらせながら見物していたそうだ。

「逮捕されたって、いつ？　どんな風に？」と僕は大声をあげた。

誰か、たぶんモモが答えてくれた。

「昨日だよ。パリから来た憲兵隊の特殊部隊がヤツを拘束したんだ」

「ネタはあがってて、一〇年はくらうって。警察署のババールが、スーパーのラバハにそう教えてくれたんだよ」

「嘘言え！」とレイムーが言った。「おやじによると、政治の介入がありそうだって。勲章を授けるってとこまではいかないにしてもよ」

「ミルク・トーゴが、三二〇〇人いるいとこのうちの一人で、ある省の清掃をやってる男から聞いたところだと、ヤツはじき釈放されるってことだ。そいつによれば、導師《イマーム》をブタ箱にぶちこむってのは、あれにとち狂ったやつを若い娘たちの寄宿寮につっこんで好きにさせとくようなもんだって。独房に入れてみろ、カミカゼ野郎がごまんと湧いて出てくるわ、フランスじゅうの眠ってる組織網に電話がかかってお目覚めとなるわで、あらゆる通りに画鋲をばらまいたみたいな事態になるんだとよ。おい、ミルク・トーゴ、そうだったよな？」とマンショが念を押した。

「誓うぜ。いとこは大臣が電話でそう言うのを聞いたんだ。大臣はその相手を、親愛なるバカどもの番人さまって呼んで、なんとか鎮める手を打ってくれと頼んでたって」

「それって、どういう意味だい？」とモモが聞いた。

「そのとおりの意味だっていうことだ」とマンショが説明した。

「ヤツをばらすしかない、ってことだな」とモモが結論した。

「わかったよ、モモ、まったくおめえは肉屋のおやじさんの跡継ぎだ。おめえとのおしゃべりは、切れがよくて楽しいねぇ」

「ああああ、あいつら、ももも、もみ、もみ、もみけ……」

「もみ消すつもりだってか？」

「そ、そ、そう」

「やつらにやらしておくしかないさ。自分たちで捕まえたんだから、ちゃんと番をしてほしいね！」

「そうじゃなければ、ヤツを国に送り返せばいいんだ。目の一つぐらいは減らしてな」

「あるいは、マンションみたいに、腕の一本を」

「悪いニュースのほうもいいニュースと似たり寄ったりなら、明日にでも内戦状態ってとこだね。で、悪いほうのニュースってどんなのなんだい？」と僕はたずねた。

「第一は、新しい首領《エミール》が登場したってこと。名前はフリシャっていうんだ」

「迅速なリクルートだねぇ」

「それから、新しい導師《イマーム》も来た。ボルニュっていう名前。ボルニュって片目って意味だろ。不幸の前兆だ」

「お前、せむしと混同してるぜ」

「とんでもない。せむしは幸福を運んでくるんだ」

「身障者がますます運命をにぎるってわけか。ほかに誰かいないのかい？」

「あいつらＧＩＡのタカ派で、非合法活動の精鋭たちなんだ。ブファリック*から来たんだけど、ブファリックはどうやらターリバーンの勢力下にあるらしいよ。でさ、着任当日に、布告《ファトワー》をぶっ放したんだ。

第一項、われらと共にあらざる者はわれらと敵対する者であり、死をもって報いられることもあろう。第二項、娘たちは通りに出てはならない。第三項、ユダヤ人、キリスト教徒、アニミズム信者、共産主義者、同性愛者、ジャーナリストと接してはならない。第四項、以下を禁じる。コカイン、マリファナ、たばこ、ビール、ピンボール、スポーツ、音楽、本、テレビ、映画……。あと、なんだったっけ」

「公衆の面前でのマスかき」

「私的空間でも」

「モスクの方角にむけてへをこくこと」

「ひげを剃ること……」

「アホどもめが、一生バカ言ってろ！」

「だよな、笑えるぜ！」

「で、団地のみんなはどう言ってるんだ？」

「フツーに、死んだふり」

「おまえらは？」

沈黙。声にならぬ声。

「おまえらは？」さらに僕は迫った。

「どうしろって言うんだよ！」といらだったのはレイムー。

「フツーに、なんにもさ」

「引きこもってるだけのおまえに、何がわかるんだよ?」

今度は僕がいろいろ教える番だった。みんなに僕の頭のなかにあることを打ち明けた。信じられないけど、みんな、最初から最後まで真剣に聞いてくれた。モモだけは別。途中で突然おなかを押さえて言った。

「ちょっと待って。しょんべんしてくるから、一言も話しちゃダメだよ、すぐにもどる」

モモは、握った水鉄砲からしずくを垂らしながら走ってもどってきて、言った。

「さあいいよ、続けて」

僕はまず質問から始めたのだった。

「おまえら、ヒトラーって知ってるか?」

沈黙。たがいに目を見交す。声にならぬ声。

「よし、誰も知らないんなら、かえって話は簡単だ。いいか、しゃべるぞ」

「やつが生きてたのは、僕たちが生まれる前だ。僕らの両親だってまだ生まれてないか、せいぜい生まれたてだったころだ。一五歳ぐらいのスポーツ選手だった僕の父さんは別だけどね。ヒトラーってのはドイツの総統《フューラー》だったんだ。帽子をかぶって黒い上着を着た、いわば導師《イマーム》の大親玉みたいなもんだね。権力の座につくと、新しい宗教をおっ始めた。それがナチズムだ。ドイツ人全員が首から鉤十字を下げるようになった。それは、《私はナチです、私はヒトラーを信奉します、私は彼に従って、彼のために生きます》ってことの表明なんだ。またそれは、鉤十字を首から下げていないやつは抹消されるべきだっていうことも意味してた。ヒトラーはドイツ人たちに、それはそれはたくさんのことを禁止した。ちょうど団地の導師《イマーム》がこのあいだぶっ放したみたいにね。そいで、ドイツ人たちをじゅうぶんに仕込んで、みんなが自分たちの宗教と総統《フューラー》に熱狂した立派なナチに育ったころ、ヒトラーは宣言した。ユダヤ人、外国人、移住者、病人、マンショお前みたいな腕の欠けたやつ、ミルク・トーゴみたいに頭の回る連中、五本親指《サンク・プース》みたいな超常的な逸材、ナンダ＝イディルみたいなおしゃべりたち、僕みたいな混血、モモみたいなハラール肉屋の息子、レイムーみたいなおつむの柔らかい人間は、この世から消え去るべきだってね。こういう人間は全部、不純な存在、劣等人種で、生きるに値しないし、そういう人間を生んだ親たちも焼き殺すべきだって。ヒトラーは、僕らのこのフランスも含め、ヨーロッパじゅうのすべてのユダヤ人が胸に黄色い星をつけるように命じたんだ。憲兵が根こそぎ引っ立てていくのが簡単になるように。で、この人たちみんな、何百万人もの人たちを、ヒトラーはゴミ焼却炉のなかに押しこめた。昔の鉄道駅のわきにあるみたいな小さいのじゃなくて、とてつもなく大きな焼却炉なんだ。団地よりもでっかいぐらいのがいくつもあって、しかも、団地よりずっとうまく管理されてた。想像してみてくれよ。何百万もの男、女、ガキどもを、ウサギを狩るみたいに通りからかっさらって、スタジアムにつめこみ、焼き印を押して、家畜みたいにトラックや列車で運んで絶滅収容所におっぱらう。そこでは何日も何カ月もみんな、雪のなかを立ちんぼで待たされるんだ。焼かれる順番がくるのをね。毎日、手あたりばったりにこの人たちのなかから一群を選び出し、すっ裸にむいて、針金で縛って、ベルトコンベヤーに乗っける。ごとごと重そうに大焼却炉の口まで上がっていくんだ。みんなもう、ものすごく怖くて、叫ぶことすらできない。もし叫んだとしても問題ない、自分たち以外に誰も聞く人はいないんだから。この人たちを薪の束みたいに処分したのはドイツ人の悪漢どもだけど、僕らみたいに若くて体格もいい、へンな囚人たちもいたんだ。そういう連中はカポって呼ばれてた。自分たちがきれいさっぱり消し去られる番がくるまで、こいつらは監視役を務め、石炭を補給し、仕切り扉を開け、リヤカーを押し、ベルトコンベヤーを操作し、死人の数と新入りの数との帳尻を合わせ、身のまわり品を回収し、髪の毛を剥ぎ取り、歯を抜くんだ。死体の灰から何を作るか知ってっか？　兵隊用の石鹸と靴墨だよ！　こんな感じのことがまだまだあってさ、昼も夜も、一年中続くんだぜ」

みんな、もごもごと声にならぬ声をもらしたり、姿勢をずらしたり、小さく咳払いしたりしている。今まであいつらがこんなに真面目だったことなんてなかった。

「僕が言ったことは全部真実なんだ。みんな本にちゃんと書いてあるし、写真を見せてやってもいいよ。ちらっとしか見ないって約束するならね。だってそうしなきゃ、おしまいだぜ、おまえら残りの一生、おかしくなっちまうからな。もう自分が人間だって思えなくなる。両親が人間だってことも信じられなくなるし、友達が——僕らみたいなイイやつだって——本当の友達だとは思えなくなっちまうんだ。ラシェルはいっさいがっさいを確かめたんだよ。調べまくって、ドイツやポーランドにまで出かけ、ゴミ焼却炉をいくつもまわって、その目で見たんだよ」

ここでナンダ＝イディルが質問した。わかりやすく直して書くことにする。

「ラシェルのやつ、どうしてそんなことをしたんだい？」

「今から話す」と僕は答えた。

「ある日、世界中がこの気ちがい沙汰に立ちあがって、みんなでてっぺんの導師《イマーム》つまり総統《フユーラー》とその手下の首領《エミール》たちを殺して、ドイツを占領したんだ。こんとき初めて絶滅収容所が発見されたんだ。一〇カ所ぐらいあって、死者は数百万人にものぼり、生き残った人たちはほんとに骸骨同然で、なんと言葉をかけていいかもわからないほどだった。僕の両親と村の近所の人たちがイスラーム主義者に切り殺されたとき、ラシェルは深く考え始めたんだ。そいで、イスラーム主義とナチズムは似たり寄ったりだって気づいた。もしドイツと同じように、あるいはイスラーム主義による死体の山が数えきれないほどになったカブールやアルジェリアと同じように、ただ放っておいたら、僕らはこの先どうなるのか、それを突き止めようとしたんだ。だって今僕たちのいるフランスでも、イスラーム主義者のゲシュタポが数えきれないぐらいに増えているのを、ただ放っておいてるんだからね。ラシェルはとことん考えてるうちにあまりにも怖くなって、自殺しちゃったんだよ。もう遅いって思って、自分に責任があると感じて。それから、僕らが沈黙していることは共犯ということなんだって言い残してる。ラシェルはこう言ってるんだよ。僕たちは罠にはまっているって。無駄な議論をさも賢そうに弁じているふりをしながらその実口をつぐんでいるうちに、しまいには、知らないうちに自分たちがカポになっちまうって。しかも、まわりの人たちがみんなすでにそうなっているのに気づきもしないでね」

「おいおい、馬鹿ぬかすなよ、俺たちゃカポじゃねぇぜ」とレイムーが大声をあげた。

「ちょっと前に僕らが、自分たちじゃそうだとも知らずにやつらの一味になってたってことを思い出してみたらいいんじゃないかい」

それ以上言う必要はなかった。みんなとてもよく覚えていたのだ、すっかりはまっちゃってたということを。

「で、どうしたらいいっていうんだい？　ラシェルみたいに自殺しろってか？」とレイムーが訊いた。

「その反対のことをするんだ。生き続けて、闘う」

「どうやって？」

「わからない。それを考えなきゃ」

「こんちくしょう、このながーい演説全部が、わかりませーん、って言うためだったなんてよ！」

「アンチ・イスラーム教の同盟を結成しよう」ビドションが提案した。

「アンチ・イスラーム教のか、アンチ・イスラーム主義のか、どっちだよ」とレイムーが質問した。

「そういう細かいことはどうでもいいだろ」

「バカ言え。同じじゃないぜ。イスラーム教は俺の親たちの宗教だ。世界で一番いい宗教なんだ！」とモモが叫んだ。

「僕の母親はお祈りをするし、蝿一匹だって殺さない」とナンダ＝イディルがつけ加えた。

「イスラーム主義者になるのはムスリムだろ？」とマンショが訊いた。

「レイムーみたいにキリスト教徒だっているよ」とナンダ＝イディルが答えた。

「よし、モモ、辞書を見てみろ。どう違うかみんなに教えてくれ」

「僕は、載ってないと思うよ」とビドション。

「とにかく見てみろよ、モモ……。おい、そこじゃなくてさ、そりゃエだろ、イを見ろよ……ちがうよ、後ろのほうじゃなくて、前のほうだよ。イディル、お前が引け」

ナンダ＝イディルはしゃべり言葉でなくて書き言葉だとずっとすいすい行く。ほんの一瞬で見つけた。けど、書いてあることを読みあげるのに一〇分かかった。そのながーいスピーチを要約して書いておく。

「〈イスラームの〉ないし〈イスラーム的〉とは、イスラーム教に関わる、という意味で……〈イスラーム主義の〉は……ええと……どこだ？　ええーと……載ってないよ……どういうことかなぁ？」

「イスラーム主義者が登場する前の古い辞書なんじゃないか？」

「待って、見てみよう……一九九〇年のだ。髭面野郎たちはもういたぜ」

「辞書ってお堅いからさ、そう軽々とは載せないんだよ」

「いいよ、わかったよ、〈イスラーム主義の〉って言うよ」

「で、おまえさんのその同盟ってやつは、何するんだ？」

「イスラーム主義者たちに対する防波堤になるんだ！」

「どうやって？」

「やつらを団地から一掃する」

「どうやって？」

「……」

一時間たっても僕らは同じところにいた。あらゆる方向に進んでみたけど、どこに行っても壁にぶつかってしまったのだ。問題は山積、解決策は皆無だった。イスラーム主義を止めるってのは、風をつかまえようとするのも同然だ。僕たちみたいなダダ漏れのザルとかおふざけ集団みたいなのではない、別のものが必要なんだ。知っただけではだめだ。理解するだけでもだめだ。意志を持つだけでもだめだ。イスラーム主義者たちが腐るほど持っていて僕たちが一グラムも持っていないもの、覚悟、それが欠けているんだ。僕たちは昔の収容所の囚人たちと同じように、作戦計画にはめられ、恐怖でがんじがらめになり、〈悪〉に魅入られて、おとなしくしていればいつか救われるっていう秘かな希望をいだきながらただじっと待っているんだ。

父さんについて、父さんの過去についてては、僕はあいつらにまったく話さなかった。僕の仲間たちだったから僕に恐怖を感じてほしくなかったし、見捨てられたくなかった。それに、あいつら本当に信じやすくてすぐ頭に血がのぼっちまうやつらだから、自分の親たちが、若いころに絶滅に加担した暗い過去を自分たちに隠しているんじゃないか、なんて、理不尽な疑いにのめりこんじまうかもしれない。ミルク・トーゴはひい祖父《おじい》さんが食人者で、父親もまだそれを受け継いでいて、だからあいつが生まれたときにフライドポテト添えステーキにしちまったんだっていうでたらめを思い出したなんて言いかねないし、そしたらあいつはめちゃくちゃになっちまう。父親は何も話してくれなかったってラシェルは繰り返し書いてた。たしかに、父親たちが何も話すべきでないときだってあるのさ。

いつも余計な好奇心でいっぱいのモモが、変にじろじろと僕を見て言った。「ねぇ、おまえの父さんはドイツ人だっただろ……ナチスだったのかい?」　僕はモモに答えた。「もちろん違うよ。父さんはすでにアルジェリアに移住してたんだ、自由の戦士たちに加わって、おまえの村を解放するために闘い……そして虐殺されて死んだんだ」

連中が帰ったときには真夜中になっていた。あいつらの変な歩きっぷりは、僕らの話し合いで気持ちが不安定になったことを物語っていた。みんな一言もしゃべらず、足を引きずり、まなざしはうつろだった。上着のなかで身を縮こまらせ、凍りついた闇の奥底に呑みこまれていた。その姿は見ていて辛かった。つかの間の小さな逃亡のあとでラーゲリに戻る収容者たちみたいに思えた。ラシェルが死んでからずっと僕にとり憑いている悪夢を、今晩あいつらも知ることになるのだろう。この悪夢は数カ月で僕を百歳も年とらせた。収容所の囚人たちがその哀れな終わりのない生活の一瞬ごとに見ていた悪夢を、あいつらには見させたくない。この悪夢を誰にも見させたくない。ただ、第一七ブロックの導師《イマーム》と首領《エミール》を除いてはね。

マルリクの日記　一九九六年一一月二日土曜日

今朝早く、カルスミルスキー夫人、ワンダ・カルスミルスキー、つまりオフェリーのママの訪問を受けた。前世では白系ロシア人だったんだけど、現世では自分の出自をすべて忘れてしまった血色のよいフランス人だ。僕は初めは気づかなかったんだけど、どなり声とともに呼び鈴が、死者も目覚めちゃうほどの乱暴なひっきりなしの押し方で鳴り続けていた。こんなうるさいチャイムみたいな鳴らし方をするのは警察ぐらいだ。ほんとの死人のようになって寝ていた僕は、どう起きたのかよくわかんないけど、ドアのところに立って、自分は誰？　なんて考えていた。眠っていた人が急に起こされたときによくある反応だ。どうにかドアを開けたときにはまだ目をつぶってた。金切り声が顔に飛んできた。「あんた、私に話しかけられているときには目を開けなさい！」　まぎれもなく、ラシェルがカスタフィオーレと呼んでいたカルスミルスキー夫人だった。目をこすりながら僕は「こんにちは、奥さま！」と言った。

料金受取人払郵便

綱島郵便局
承認
3062

差出有効期間
2021年4月
14日まで
(切手不要)

郵便はがき

223-8790

神奈川県横浜市港北区新吉田東
1-77-17

水声社 行

御氏名(ふりがな)	性別 男・女	年齢 歳
御住所(郵便番号)		
御職業	(御専攻)	
御購読の新聞・雑誌等		
御買上書店名	書店	県 市 区　町

読　者　カ　ー　ド

この度は小社刊行書籍をお買い求めいただきありがとうございました。この読者カードは、小社刊行の関係書籍のご案内等の資料として活用させていただきますので、よろしくお願い致します。

お求めの本のタイトル

お求めの動機

1. 新聞・雑誌等の広告をみて（掲載紙誌名　　　　　　　　　　）
2. 書評を読んで（掲載紙誌名　　　　　　　　　　）
3. 書店で実物をみて　　　　4. 人にすすめられて
5. ダイレクトメールを読んで　　　　6. その他（　　　　　　）

本書についてのご感想（内容、造本等）、今後の小社刊行物についてのご希望、編集部へのご意見、その他

小社の本はお近くの書店でご注文下さい。お近くに書店がない場合は、以下の要領で直接小社にお申し込み下さい。

◎

直接購入は前金制です。電話かFaxで在庫の有無と荷造送料をご確認の上、本の定価と送料の合計額を郵便振替で小社にお送り下さい。また、代金引換郵便でのご注文も、承っております（代引き手数料は小社負担）。

TEL：03（3818）6040　FAX：03（3818）2437

彼女は肩をすくめ、香水の匂いをぷんぷん振りまきながら、一陣の風とともに入ってきた。どう動いたのか自分でもよくわかんないけど、僕はリビングにもどって天井を眺め、その間、上の階では、荒れ狂う大旋風よりももっとすごい勢いで彼女がなにやら引っかきまわしていた。僕はそれを耳で追い、彼女の豊満な身体が入っていけるあらゆる場所でカッカッ鳴るヒールの音を聞いていた。それから戻ってきて僕の前に突っ立ち、耳が割れるほどがなり立てた。「なんてことよ、まるで家畜小屋じゃない！」以下、詳細は省く。ともかく彼女は、午前中にすべてを元通りに片づけてここを引き払うようにと命じた。僕はその長ったらしいセリフから、オフェリーがカナダに身を落ち着けることに決めたということや、彼女のママに家屋敷を売りに出して代金を送金するよう頼んだらしいということをどうやらつかんだ。夫人はバッグから紙を一枚とりだして、誇らしげに僕の顔の前で振ってみせた。「委任状よ！」僕としてはその言葉を信じるほかなかった。「ラシェルの本をもらっていってもいいですか？」と僕は言った。すると彼女は、分不相応な高望みをしているゴキブリであるかのように軽蔑をあらわにしながら、「どうぞお好きに！」と僕に向かって吐き捨てた。僕はガレージに行って段ボールをいっぱいに詰め、それを肩にかついでドアへと向かった。彼女は「掃除は？」とどなった。「僕の見るところではきれいそのもの、これ以上やることがあるとは思えませんね」と返してやった。そして家を出た。彼女は追いかけてきて、「もしよかったらオフェリーの車を使っていいわ」と言った。僕は「車の運転はしませんし、免許も持っていません」と答えた。彼女に感謝を告げて僕は去った。それ以来、僕は彼女を一度も見ていない。僕が彼女と会ったのは、それが三回目で、最後だった。一回目はラシェルが市民権取得のお祝いをしたとき、二回目はオフェリーとの結婚のとき。そして今、二人がそれぞれ重要だけど付随的な役割を、すなわちお呼びでない義母の役と素行の悪い弟の役を演じていた物語の一幕に、僕らは手を携えてピリオドを打ったのだ。

彼女はなお僕を呼び止めて、バッグをひっくり返しながら言った。「忘れてたわ、どうせ大したことじゃないと思うけど、オフェリーがあなたに手紙をって。ごらんのとおり、封は閉じてありますからね、私は読んでいませんよ」。僕は「ありがとう、奥さま」と言ってその場を後にした。

僕は団地にもどることにした。肩にはでかい段ボール箱をかかえ顔つきは死人さながらときては、一晩中仕事にいそしんだ後で帰宅する強盗犯と見まがう風情だったね。今ここでパトロールが通ったら、僕はそりゃひどい目に遭うだろう。ユダヤ人についてのたくさんの本とその絶滅に関する僕の情熱を説明するのにえらく難儀するにちがいない。でも大丈夫、と僕は自分を元気づけるために言い聞かせた。警官たちとは知り合いだし、一五分もいい加減なことをおしゃべりすれば、あとは「さいなら」ってことになるって。

ようやく団地の入り口に着いた。空にそびえるタワー群を見て、僕はめまいを覚え、気分が悪くなった。僕の隠遁生活は終わった。僕はちょうど、自由への興味を失った頃に自由をとりもどすことになり、そして残酷にも、自分の居場所に、身近な人たちの元に帰っても自分がもはやよそ者でしかないことに気づいてしまった老いた囚人みたいだった。僕は怖くなった。僕自身も団地も、もうすべてが前とは変わってしまったのではないかと不安になった。もしかしたらどこかよそに行って暮らすべきではないのか、過去も未来も持たない本当の移民みたいに。

　本って重いし、それに足で一〇階まで昇るってのはしんどい。エレベーターはずっと前に息をお引き取りになっていて、もう覚えている人もいない。みんな山の民みたいにとにかくよじ登って、途中の難所で動けなくなっちまった老いぼれにはロープを投げてやったりしながら暮らしてるんだ。僕は這いつくばるようにして着いた。このうえなく模範的な市民のやり方で呼び鈴を押した。サキーナおばさんは「座っててちょうだい、コーヒーを淹れるわね」と言ってくれた。僕は箱を置いて、ソファーに倒れこんだ。アリーおじさんは窓に向いて椅子に腰かけていて、頭のなかのどこかを見つめながら、自分の前方を見やっていた。自分の家に帰って、身内の人たちが何もなかったみたいに暮らしているのを見るのは、とにかくいいなぁと思った。

　オフェリーからの手紙を開けてみた。メッセージカードと……千ドルの小切手が入っていた！　それには「われらは神を信ず《イン・ゴッド・ウィー・トラスト》*」って記《しる》されていた。僕はコーヒーを飲みながらカードを読んだ。もう味を忘れていた本物のコーヒーだった。オフェリーはこう書いていた。

*

親愛なるマルリク

あなたと、そしてあなたのご家族がお元気でいるようにと願っています。私はカナダに留まることを決心し、母に家を売りに出してくれるように頼みました。これまでずっと管理をしてくれてありがとう。嫌な思いをしたり、夜あんまり怖い思いをしたりということがなかったことを祈ります。あと、植物の水やりもしておいてくれたのなら嬉しいけど。あなたにこの仕事を押しつけた代償としてアメリカドルで千ドルの手形を送ります。両替所に行けば五一六二フランになるはずです。もっと欲しければ、銀行に行くとレートが高いと思います。身分証明書を求められますから、忘れずに持って行ってください。テレビとか、ラシェルの服とか、私たちの車とか、工具とか、家に何か欲しいものがあったら遠慮なくどうぞ。母にはそう言ってあります。

親愛なるマルリク、キスを送ります。いい子で暮らしてね。恋人を見つけて幸せになってください。

オフェリー

追伸――ある男性と知り合って結婚することなったことをお伝えしておきます。

＊

ラシェルのことを考えずにはいられなかった。かわいそうに、今兄さんは、七回目の死を迎えたところだね。

マルリクの日記　一九九六年一二月

突然降り注いだこのドルの雨はまさに天の恵みだ。これでついに僕はアイン・デーブ村に行くことができる。今度は僕が源泉までさかのぼって、自分の子供時代や僕らの家や両親を再発見するんだ。父親を見つけ直すんだ。二人の墓にお参りするんだ。すっごく怖い。でもとても満足だ。この旅行は絶対に必要なんだし、ともかくいつかはやり遂げなくちゃいけないことなんだ。あの土地を僕の足元に確かめ、価値のない虫けらみたいな僕をその土地が支えてくれているのを感じる必要があるんだ。幼いころ、そこで育ったからだけでも、母親と祖父母がそこで生まれたからだけでもなく、父親が生涯の大半をそこで送ったからというだけでもない。そういうことよりももっと大事なのは、両親がそこに葬られているということなのだと思う。どう説明したらよいのかわからないし、うまく文章で表わすってのは難しすぎてできないけど、わからないけどさ、そうなんだよ。書いてみると本当に感じていることとは違っちゃう。僕には教養がないってことだね。でも要するにだ、僕が言いたいのは、生よりも死のほうがものごとの真実をよく表わすってことなんだ。一人の人間をある土地に結びつけるのは、何よりも両親や祖父母の墓なのではないか。僕はこのことをまだ思いついたばかりで、これからもっとよく考えてみようと思っている。だって、死んだら全部おしまいだってちゃんとわかっていながら、その死こそが僕たちを生に結びつける、なんて言うのは、やっぱり変だもの。本当の国とは心のなかの国だってラシェルは言ってた。でもラシェルがそう言ったのは、外国への移民についてで、しかも嫌々ながら移民であり続けるしかない人たち、結局はもとの国も移った国も頼れない人たちについてだった。たしかにラシェルの言うことはまちがいではなく、精神医学的にも正しいんだろう。そういう人たちは自分本位で、自分が死んだときのことや、故国で待っている墓のことばかり考える。けれど、危険にも宙ぶらりんに吊したままにしている自分の子供たちについては、けっして考えないんだ。だから彼らが逝ってしまうと当然、とんでもないことになる。もしもミルク・トーゴの両親が、曾祖父たちとおんなじにあいつを育てるつもりだったら、あいつがどうなってたか想像もつかないね。平気で僕ら全員を食っちまったかも。だけど本当の国っていうのは、自分の両親が埋葬されている国のことでもあるんじゃないかな。どうしてもそんな気がするんだ。だから僕には、あの土地に行き、その上を歩き、何世紀にもわたってその土地を育んできた多くの人の魂でできたその土地の魂ってやつを、ちょっとはつかんでこなきゃって思うんだ。ナチスに抗した戦時の偉大な英雄だとラシェルがみなしていたチャーチルという男は「謎のなかのミステリーで包まれた秘密*」と言ったらしい。国ってものは、まさにそういうもの、ミステリーかもしれない。でも腑に落ちないこともある。どうして僕はドイツのほうには魅かれないんだろうか？　父親の生まれ故郷で父方の祖父母が眠っている場所なんだし、だから僕の魂の一部はあそこに、ラシェルが解きえぬ謎として描いたあのドイツの奥地にあるはずなのに。戦争のせいだろうか？　父さんの過去のせい？　まだ僕が一度も行ったことがないから？　ラシェルは、ドイツは美しくて、すごく効率的で、人々はとても親切だと言っている。いつか行ってみることにしよう。

ラシェルの日記から学んだところによれば、ナンテールにあるアルジェリア領事館の担当者たちは相当気難しいみたいだ。警戒するに越したことはない。パスポート係と裏でつながっている人を団地の誰かが知らないか、ちょっと当たってみよう。時間とお金の節約になるだろうから。

結局、ことは上首尾に運んだ。モモがうまいツテを紹介してくれたんだ。というのも、モモのおやじが最初に仕事を始めたころ、これに足をつっこんでたからだ。当時、パスポートを手に入れることがブームになっていた。アルジェリアが社会主義恐怖政治から抜け出した*時期で、海外移住者たちは、これで好きなように帰国することもふたたび出国することも可能になったと考えだしたんだ。まったく飛ぶように売れたそうだ。朝、話をする、すると晩には、ホシンおやじのカフェが発行した自分の身分証《アウスヴァイス》が手に入るってわけ。でもそれが続いたのはひと春だけだった。出入り口がまた閉ざされちゃったからだ。社会主義独裁者が野獣の息吹をとりもどして、ほかの二人の独裁者、経済方面と宗教方面のお二人と結託したもんだから、モモの父親はパスポートには見切りをつけた。なんせ新しい役人《カーイド》どもにはとても太刀打ちできなさそうだったからね。稼いだ金でハラール肉屋を始め、たちまち、コーランと品質基準に厳密に則った並ぶ者なき食肉解体業者の地位を確保したんだ。犠牲祭《アーイド》がくれば、儀式と祝宴のために〈特別Z《ゾーン》〉の津々浦々からお呼びがかかって次から次へと屠《ほふ》ってまわり、まる一カ月は羊の血で酔いしれるってわけだ。さて、おかげで僕は、たった五キロのステーキ用ヒレ肉と引き換えに、その日のうちに、緑色に輝くアルジェリアのぴっかぴかのパスポートを手に入れた。あわれなラシェルはこれを取得するのに気が変になるほど苦労したんだけどね。とにかく僕はこれで、なんだか、フランス人としては非合法の人間になったみたいで、奇妙な感じがした。これが混血のかかえる問題なのさ。ぴったり合う靴がないいんだ。僕みたいな人間にあったらいいのは、フランス、アルジェリア、ドイツの三国共通のパスポートなんだけどね。「とりあえず手に持っているものでやるしかない」、僕らが最新の工具を華やかに宣伝するすてきなパンフレットにうっとりしているのを見ては、ヴァンサンさんが繰り返し言ってたとおりだ。

生まれて初めて僕はサキーナおばさんが驚く姿を目のあたりにした。僕が村に行くつもりだってことを伝えたら、おばさんは眉をぎゅっとしかめ、そして突然、意味がわからないふりをしだした。「どこへ行くって?」とかすれた声でようやく僕に問い直した。僕はおばさんの心配に気づいていないふりをしながら続けた。アイン・デーブ村にだよ。ちょっと一週間ばかし。どんな様子だか見にね。父さん母さんの墓参りをしてさ。幼な友達と再会するんだ。おばさんはしばらく考えこんでからこう言った。

「とってあるお金があるから、村の子供たちにいろいろ買うわね。ないものばかりでしょうから」って。

それからおばさんは僕が持っていく荷物の準備を始めた。おばさんが持っている一番大きなカバンを取り出してさ。故郷にもどって貧者たちにサンタクロースを演じる海外移住者の、まさにあのでかいトランクだよ。

僕が出かけるって話を聞いて、血相変えて団地の階段室に集まった仲間たちのセリフを、いくつか書いておこう。

「おまえいかれちまったのかよ、首かっ切って殺されちまうぞ！」

「両親がどんな目に遭ったのか忘れたのか？」

「大バカ野郎、たわけたこと言わないで、俺たちといろよ！」

「アラビア語もカビリー語もできないのに、どうやってあっちの人たちと話すっていうんだ？」

「おしでつんぼだって真似してろよ」

「ターリバーンの恰好をしな、そしたら目立たないから」

「あぶないところには行くなよ」

「とくに郊外だ」

「警察には注意しろ、マフィアらしいからよ」

「髭面どもに近づくな」

「きっとユダヤ人みたいに丸焼きにされちまうからな」

「絶対、帰らしてもらえないよ」

「逮捕されるんじゃないか、あいつらフランス人が嫌いなんだろ」

「とくに移民《ブール》の子は大嫌いだから、国境で追い返されるさ」

「……」

こういうのとか、ほかもろもろの意見を聞いた後、僕は答えた。

「さあ、たっぷり安心させてもらったから、おまえらにサヨナラを言うときだ。一週間したらまた会うぜ。オルリー空港に迎えに来てくれ」


出発する前日は長い一日だった。サキーナおばさんは、何度も行ったり来たりを繰り返し、カバンがちゃんと閉まっているか確かめ、それから開けてみて、あれを足したり、これを足したりし、また閉めて、ひもで縛って、それからリビングにもどって来て、ひとしきり物思いに沈んでから、また全部を大急ぎで確かめ直した。アリーおじさんはベッドに寝ていて、頭の奥底のどこかを見つめながら、天井を眺めていた。

僕は部屋でラシェルの日記の、村に旅した部分を何度も読み返した。空港、到着する人たちをじろじろ探り、指をぱちんと鳴らして怪しい人物を列から抜き出させる警官たち、アルジェの通りを支配する絶滅収容所の雰囲気、田舎のど真ん中で客を放り出す闇タクシー、偽の検問所、小屋のなかに閉じこもった憲兵たち、自然のなかにまで漂う虐殺の気配。変な感情だった。こういう暗い光景の描写が僕の意気をそぐどころか、むしろ勇気が湧いてきた。これまでも、ものごとの源泉をたやすく探れると思ったことなどなかった。代償を支払わないで手に入るものなんて何もない。僕は支払う準備ができている。ラシェルはダマスカスへの道とかって言ってた。僕にはなんのことだかよくわからないけど、たぶん、アルジェへの道ってのは、まさにそれなんだと思う。

サキーナおばさんはその夜一睡もできなかった。リビングから動こうともしなかった。いろんなことを考えてたんだ。僕はおばさんの最後に残った息子で、アリーおじさんがいなくなったら、おばさんにはもう僕しかいない。僕は必ずもどってこなくてはならない。

僕のほうもその夜一睡もできなかった。読み終えて明かりを消し、それから天井を見つめて、じっと考えようとした。あまりにもたくさんのことが頭をぐるぐる回った。一つ一つ浮かんでくる考えを追っていたんだけど、追えば追うほど、また次の考えが浮かんできてしまう。ついには、考えが大渋滞を起こして身動きがとれなくなってしまった。頭がくらくらしてきたと思うと、突然、無気味な廊下で死刑囚みたいに全身をかあっとさせている自分が見えた。なんだかわからない何か、僕を空虚へと押しやろうとする力に僕は抵抗してもがいた。すると、闇のなかから覆面をした二人の男が飛び出してきて僕の腕をつかみ、息をはずませながら僕を連れ去っていく。僕は宙に浮いた足をばたばたさせた。スタジアムの真ん中に放り出される。奇妙にもパニック状態なのにじっと黙った囚人たちで、スタンドはあふれ返らんばかりだ。僕がなんとか起きあがって逃げようとしていると、地下からおそろしげな男たちが現れて、僕をとり囲み、喉から絞りだすようなどこか陶酔した声で僕の名を切れ切れに叫び始めた。「シラー！……シラー！……シラー！……」そして僕に向かって腕をまっすぐに差し伸べて「ジークハイル！……ジークハイル！……ジークハイル！……」と連呼した。スタンドの沈黙はあまりも大きく、僕はそれが苦しくて泣きだした。突然目が覚め、電気をつけた。母さん、どこにいるの？　僕は両手で頭をかかえた。部屋の真ん中にころがっているカバンに目が行った。そんなところに置いた覚えはなかった。変だ、足でも生えたのか。僕ならカバンを壁の脇に立たせるか、ベッドの下にもぐりこませるか、椅子の上に置くはずだ。もう目を離すことができない。僕はカバンに魅入られたようになり、おびえる。と同時に、心のなかで笑ってもいた。ただの物体、箱じゃないか。ひもで括っておかないと開いてしまう移民のでかいトランク。どこにも行かないのに、あるいは、ほんの一週間ほど友達に会いにもうひとつの自分んちへ行くのに、服なんかいろいろ持っていくものだろうか？　このカバンは、もっと違うことを語っている。「絶滅」に全身浸っている僕に対して、強制移送を宣告しているんだ。人生をあとに置いて行くのだと教えているんだ。

怖がっている場合じゃない。もうすぐ僕は内戦まっただなかの国へ、誰も一日を無事に終えられるかどうかわからない国に飛び立つんだから。しっかりしろ、なにくそ、僕は団地の子だ、悪魔とだって何度も渡り合ってきたじゃないか！　でも興奮が鎮まってくると、また同じことの繰り返しになった。読んで、電気を消して、天井を見つめて、考えまいと決心する。考えないための一番いい方法について考えこんでいる自分に気づく。さっきからの考えがいっせいに舞いもどってくる。また妄想にとらわれ、幽霊たちが果てしなく僕の名を呼んでいるあのスタジアムに連れて行かれていた。その悪循環から抜けられない。ついに諦めて起きあがり、カバンをベッドの下に押しこんで、窓際の壁を背にして床に座り、明け方まで見張りを続けることにした。建物にいつもの日常の物音がし始めて、ようやく緊張がやわらいだ。朝の四時で、牛皮のサンダルを履いたアフリカ人の年寄りたちは日中のサバンナ越えに備えて雄々しく準備を始め、信仰篤い人々は念入りにみそぎにいそしみ、棟のチビどもが夜の悪夢から急に覚めて鼓膜をつんざくほどの大声をあげていた。それから、すごい勢いでテレビやラジオがあちこちでがなりだした。サキーナおばさんも遅れをとることなく、アリーおじさんを窓際の椅子に移し、掃除をし、朝ごはんの準備をした。僕は五回パスポートなどを確かめ、何杯もコーヒーをおかわりしながら時間がくるのを待った。僕は震えていた。アルジェリアからこっちへ来て初めての飛行機だったし、フランスを離れるのはこれが最初で、初めて未知なるものに立ち向かい、初めて死を身近に感じていた。僕はこれから一生で初めて、でかいトランクをかかえた旅をするのだ。とてつもない不安が襲ってきた。

ラシェルの日記　一九九五年六月、七月

ヨーロッパをさまよって一カ月以上になる。相変わらず父の跡を追ってだ。私は時間をさかのぼっていた。それは自分の人生の歴史でもあった。フランスやパリや自宅や日々の小さな期待に、私はもう耐えられなくなっていた。あまりにも多くのことが一度に起きた。会社をクビにされ、オフェリーは出ていき、健康にも見放された。それらが抵抗のしようもなく私を襲ったのだった。本当は、ただやってくるのを見ていただけで、なりゆきに任せていた。戦場でこうした態度を貫きこれほどストイックにふるまったのなら生きた伝説となったであろうが、拘束衣を着せられたような状態だった私は、動こうとしても動けぬだけで、動こうとすれば内側から痛みが走るのだった。私の内部のすべてが破壊されていた。まるで私は、大恋愛に敗れた男とか激甚災害からようやく救出された人たちなど、完膚なきまでに打ちのめされ、永遠の喪のなかに生きる人々のようだった。私は、社会のなかでも私の私生活のなかでも居

場所を失い、のけ者とされ、私の友人の一人であるあのアル中男、すばらしいアドルフ、別名ジャン134、すなわち負けず劣らず瞠目すべきジャン92の息子が言っていたように、私の父親の息子なのであった。職場では、みな私が存在していないかのようにふるまい、私にはなんの仕事も、会議も、呼び出しもなくなっていたし、私もそれを求めなかった。書類はトップからそう遠くないどこかで足止めになっていて、ただ結果待ちの状態であった。社長は新たな理想郷を求めてあちこちを飛び回っているのだから仕方がない。ついに書類が届くと、私はこの会社にいたことなどなかったかのようにお払い箱になった。優秀で忠実な社員としての一〇年間の働きを帳消しにするのに、おしまいにサインを一つするだけでよかった。みんな私のことを最後の六カ月でしか判断しなかった。この九年半に渡る私の目もくらむような成功と照らし合わせると、たしかにこの六カ月は壊滅的だった。親愛なるキャンドラ氏は私の手を握り、肩をなでさすりながら、「いつでも好きなときに家の方に来てくれよ」と言った。南の人間らしく、目に涙が浮かびかかっていた。私は約束して退出した。これでポンプや栓ともおさらばだ。服従から解き放たれた今だから言えるが、顧客の不適切な使用のせいでも水や石油や牛乳の品質の異常な劣悪さのせいでもなく、製品の欠陥に由来することは明らかな穿孔の問題ともお別れだ。オフェリーはすでに引き返せない地点を越えていて、もう決心は固まっていたので、以前のようにゆったりと呼吸できるようになり、一家の主婦が引越しの準備をするみたいに少しずつ荷物を整理し始めていた。私は何も言わないでいた。ときどき彼女は頭を後ろにのけぞらせ、目を半開きにして私を見つめていたが、少しすると肩をすくめてまた作業にとりかかった。家庭的なミツバチの側面だけになり、女性としてのオフェリーはもういない。ある日、彼女は出て行った。キッチンのテーブルの上に手紙が残してあった。私はそれを読み、抽斗《ひきだし》にしまった。彼女は出て行った。論理的に考えて当然おこなうべきことを彼女がすでに決断したということは十分にわかっていたので、恨む気持ちもなかった。人は見知らぬ人間とは、しかもこんなにもとっつきにくい人間とは、暮らせるはずがない。それに、かわいそうなオフェリー、彼女は何も知らないのだった。この見知らぬ人間は、いつなんどきSSの隊長に豹変するかもしれないということ、そして彼女をガスオーブンで丸焼きにしてしまうかもしれない怪物の落とし子なのだということを。私の身体は警戒信号を送るのをとっくに止めていた。危険ラインを超えてしまったこの段階では、もう何も感じない。ただときどき身体が一瞬硬直し、無性に肌を剥ぎとってしまいたくなるだけだ。私はとうに生から降りてしまっていて、世界と私はあまりにも大きな距離で隔てられていた。すべてがぼやけ、沈黙が厚さを増し、時間が空虚に過ぎて、そしてその空虚がますます深まっていった。私はまさに、われらの慧眼の作家カミュの異邦人のようだった。地球にいる非地球人《エイリアン》、すべてがそこにあるのに意味がなくなっているのだ。私はたぶん死んでいたのだが、自分ではそれがわかっていなかった。どうしてわかるはずがあったろうか。私には一切が相対的でしたがって意味を持たなくなっていたのだから。

　こんなふうに次から次へと大災難が降りかかる。それが地の底まで覆いつくし、ある日どこかの隅にひび割れが起き、ある晩大建造物のどこかからきしみ音がして、全体が崩れ去るのではという不安に襲われる。いつかきっと突然そうなるに違いないと思い始めつつも、淡い希望がちらりと胸をかすめる。するとちょうどその瞬間に、がらがらと突如すべてが瓦解するのだ。そして苦悩の巨大な柱が天に向けて伸びていく。それから沈黙と、とてつもない大きさの空虚に似た何かが降りてくる。私たちはただ茫然とするままに、圧し潰され、へとへとにさせられ、尊厳を奪い取られ、そして虚脱状態に陥り、自閉状態にはまりこみ、かつてないほど終末に接近する。私はそうした状態、あるいはもっとひどい状態、絶対の暗黒、急性白血病のステージ9にあった。しかも人は真暗な深淵のなかにいてさえ何も見ないではいられないがゆえに、私は孤独であった。この世に誰もいないかのように独りぼっちであった。ときおり明晰さが戻ると、私が苦悩しているのは自分がおろかな夢想家であるせいだ、あるいは、悪夢の繰り返す世界に生まれてきたのに、生きるということが単純で、優雅で、そのままずっと続くと思っていた能天気であるせいだと考えた。しかしたいていは、肉体を蝕《むしば》む酒を前にした親愛なるアドルフと同じく、私は何も考えずにいた。夢も、生も、調和も、単純さも。それらは私にとって意味のない言葉であった。自分の父親がそれらをどれほど踏みにじったかを知っていながら、こうした言葉を使う権利など私にあったろうか？　私の立場は奇妙なものである。そしてどれほど苦渋に満ちたものか。もう壊れてしまいそうだ。私は終末を待つ収容者の立場に身を置いて痩せさらばえた日々を生きていたが、一方では、終末をもたらす側の、自分の聖職に恋々と執着した父の立場にも身を置いていた。最悪なことに私のなかでこの両極が一つになっていた。万力で締めつけられたかのように。

オフェリーの弁護士がやってきた。背の低いずんぐりした女性で、喘息の不安がありそうな様子だった。もしかしたら、依頼人たちに自分を強く印象づけ、相手方には不安を抱かせるために、わざと息をはあはあさせていたのかもしれない。彼女の頬は申し分のないピンク色で、乳白色の胸はすれ違う運転手たちがどっきりするほどであった。まさにプロの弁護士然として私に微笑みかけ、まったく何気ない様子で、書類にサインするよう求めた。私は見もせずに言われたとおりにし、こう話した。「わざわざ追加の念書をとるには及ばなかったのですがね、すべて、私の元妻にならんとしている女性に行くのが当然なのですから。ここから遠くに仮の住まいを見つけるまでの間だけ彼女の屋敷にいさせてほしいということを、どうか私の代わりにお伝えいただけないでしょうか」。彼女は承知し、いかにも慈悲たっぷりに微笑んでみせた。これだけのやりとりをすますと、私たちは互いに大満足のうちに別れた。

私はすべてを機械的に進めたに違いない。何も覚えていないのだ。ある朝気づいてみると、フランクフルトへの搭乗券を手にしてロワシー空港にいたのだ。荷物と言っては、バッグが一つきり。下着の替えが二、三と、父さんの軍人手帳、そしてあれ以来手元から離したことのない大きなノート。あれ以来……そう、九四年の四月以来、あるいはその少しあと、アイン・デーブ村で、〈こと〉が私に訪れたとき以来。

種々の審査手続きをすませながら、私は「なぜフランクフルトなのか?」と自問を繰り返していた。記憶が戻ってきたのは飛行機に乗ってからだった。父の軍人手帳には、ハンス・シラーはフランクフルト・アム・マインのヨハン・ヴォルフガング・ゲーテ大学の化学部でエンジニアの勉強を積んだと記してあった。あとはそこからの演繹や調べもので補ったことだ。死のガス〈ツィクロンB*〉の開発は、移動虐殺部隊のB隊司令官であったあの悪逆非道なネーベ＊の指揮のもと、化学工業の企業グループであるIG《イーゲー》ファルベン＊の研究所においてなされたのだが、ゲーテ大学が支援していたと私はどこかで読んだ。それ以来私は、この時期に課程を終えつつあった父さんが、なんらかのかたちでこの研究開発に携わっていたのではないか、そして強制収容所に送った人々をガスで殺害するという計画について、帝国《ライヒ》の上層部や知識人やその慈悲深き魂を持った連中が交わしていた果てしのない議論にも関係していたのではないかという仮説を退けられなくなってしまった。彼らの頭を悩ませていた問題とはこのようなものであった。「もし〈生きるに値しない命の根絶〉をおこなうとしたら、すなわちユダヤ人やその他の〈劣った人々〉つまり精神薄弱者、病人、ロマたち、同性愛者などをガス殺することにしたら、人道的な方策をとるべきか、それとも結果だけが重要か？」　第一のアプローチは「人道的な解決策」で、無臭のガスを使用するか、あるいはそれよりも、IGファルベンの工場で農業用・家庭用に倉庫の寄生虫除去剤および住居のシラミ駆除剤として大量に工業生産されていた、やや甘い香りのする青酸化合物を使用する、というものだった。この場合、ガス殺される者は何も感じず、自分が死んでいくことにも気づかない。ある瞬間に彼らは蠅のようにばたりと倒れ、それでおしまいだ。これが「もっとも人道的な殺し方」に他ならない。しかも「このやり方は殺害の実行者たちが感じる作業の恐怖を減じることができる」とのことだった。しかしこの方法は、ドイツ兵士にとっての、また付随して、ガス室の操作者たちや、「ゾンダーコマンド」、つまり同胞の死体を回収し焼却炉へと運ぶという拷問に他ならぬ作業を課された囚人たちにとっては、深刻なリスクを含むものであった。というのも自動的な集団死が完了した直後に、彼らがうっかりガス室に足を踏み入れてしまったら、気づかぬうちに死んでしまうかもしれないからである。そこである者たちは――この人たちの決定が採用されることになったのだが――「警告物質」の添加を強く主張した。それによって、ガスは激烈な苦痛を生じさせるものに変化するのだが、部屋の残留ガスの存在がわかるようにできるし、また、当然ガスが漏れることもあるのでガスの瓶を扱う際に臭気で知らせることができるわけである。兵士と徒刑囚のどちらを選択するかという問題だと、反論の余地ない乱暴な議論を彼らは繰り返した。一方の安全と他方の安楽のどちらを優先するのか。もちろん賢明な選択がなされた。世界で一番人道的なやり方として自分たちの同胞を優先するという結論に至るよう、質問があらかじめ提示されていたのである。ガスを浴びる者は苛烈きわまりない苦しみを強いられることになったが、目的は彼らを殺しその死体を焼却することであったから、この不快さは問題とされず道義的にも容認されるとみなされた。感じやすい魂に安らぎを与えるために、ある術策が考案された。ガス室送りの死刑囚たちには、これからシャワーを浴びるのだ、と告げるという策である。さすれば彼らは幸せな気持ちになり、感謝すら抱くであろう。だがこうした姦策は一度しか通用しないものであり、収容所ではなんでもまたたく間に知れ渡ってしまうのだ。結局、このお約束は、新しく移送されてきたばかりの〈無用な者たち〉、すなわち老人、子供、妊婦、病人、身障者たちのみに適用されることになった。こいつらなら、この言葉を信じて大喜びするであろう。

たくさんの人体実験がフランクフルトの、今日ではもう存在しない近郊のある場所でおこなわれたということを以前から私は読んで知っていた。ある場合は、女たちだけ、男たちだけ、子供たちだけ、病人だけといった均質な集団の、またある場合は、父親、母親、息子、娘、祖母、(やはりユダヤ人であるか境界線上の者であるなら)お手伝いさんなどから成る家族ごとの不均質な集団の、五人ずつあるいは一〇人ずつのグループを作った。目的は、適切な時間内に彼ら全員をあの世に送るための必要十分なガスの量を、さまざまなケースに応じて特定することである。かくして、一人一人の肺気量は異なるが、あれとこれとの、すなわち単位時間の呼気量とあの世行きになるまでの時間との相関関係をうち立てることができたものと思われた。しかも当然ありうる歪《ひず》み、たとえば、赤ん坊は大人に比べて明らかに吸い込む空気の量は少ないが、はるかに毒に弱くほんのわずかで死に至るということも考慮に入れてのことである。これはまさに、軽い物体も重い物体も同じ速度で地面に落下する、すなわちそれらの大きさは無関係であるということを、あっけにとられた聖職者たちの見守る前で実験により証明してみせた、ガリレオのあのエピソードを思わせる。大人は頑強だがより多くの空気を吸い、赤ん坊はより少ない量の空気しか吸い込まないが毒にはより敏感である。結局のところ、生じる結果は等しく、大人も赤ん坊も同時にあの世行きになるのである。こうした実験は端的に、人間を焼き釜に押し込むのにあたって、性別、年齢、健康状態などを考慮する必要はないということを立証してくれたのである。銃弾で殺そうと、紐を使おうと、ガスシャワーを用いようと、みな同じように死んでいく。選別は不要である。これは大量抹殺の枠組みにとってかなり好都合なことであった。それでも、やはりなかなかに複雑なさまざまな問題がまだ残っている。ストレス、分量、実行の方法、ガス室の形状、操作者の行動など、関与するパラメーターは実に多くある。そのなかには超常現象だの宗教的事象に関わるものもある。生と死とは抽象的概念であり、ときに常識の範囲に収まらないことも含んでいるから、作業員の頭脳にそれで動揺が起きないともかぎらない。たとえばラビの呪い、復讐に訪れる幽霊、危機的事態を生じさせる奇跡などが話題にのぼったが、システム化を徹底的に推し進めればこうした馬鹿げたことは一掃できるとの結論に達し、流れ作業にすることで、絶滅というこの上なく無垢な任務を遂行しているだけだと各作業員に思わせることができるとされたのである。銃殺班と同様に、おのおのの兵士は、自分が撃ったものこそ空弾であると勝手に信じることができるわけだ。こうした生産合理化主義的な手法は、町でのユダヤ人の人口調査から、逮捕、移送、そして収容所での死体焼却まで、プロセスの全体に適用されたのである。一つ一つの鎖の環は、自《おの》れが鎖を支えているのだと知っている必要などない。死の前で私たちは平等ではない。空気の一吹きで死んでしまう者もいれば、必ずしも他の者より体格が良かったり知恵が働くわけでもないのに大地震にも生き延びる者がいる。したがって死に対する我々の関係の平等化は機械に任せることになる。それには、もっとも重要なパラメーターに基づいて、平均値を確定する必要がある。知性に秀でた働き手に恵まれているわけではない絶滅収容所での機械的な運用を可能にするために、相関器を作成することが課題となる。相関器とは、簡単に使える計算尺のようなものである。器械の中央部の定規を部屋に押し込む人数を示す数値に応じてスライドさせ、カーソルを平方メートルで表示される部屋の大きさに合わせる。すると数字を読み取るだけで、管に投入するべきツィクロンBの分量が得られるのである。さらに、定規を部屋の温度を示す数値に、カーソルを最初に得られたツィクロンBの量を示す数値に合わせて、結果を微調整する。天気がよく、たとえば気温が摂氏二五度前後であるなら、三〇分で九五パーセントの人間の死が確実に得られる。寒い場合、たとえば気温摂氏五度以下であれば、気体の塊はいわば凍ってしまい、ガスがあまり拡散せず、その影響が効率に及ぶことになる。最初から作業をやり直すか液体の分量を増やさなくてはならない事態ともなりえる。いずれも時間と金の損失となる。一人当たり一〇分と三ライヒスマルクの浪費は大したことはないが、あの世に送るべき人数の見積もりはおよそ一千万であるから、一億分と三千万ライヒスマルクの損害となり、これは――他ではもう少し健全なやり方でおこなわれている――世界大戦のただ中にある一国家にとっては、もちろん論外である。

しばらくして、理論には誤りがあることが発覚する。理論が正しいのは、研究所での理想的条件下の小規模な実験においてのみである。現実にはそうはならない。ガスの漏出は微々たるものではなく、状態の芳しくない数人の実験台を対象にした小さな部屋の隙間をふさぐのと、拘留生活によって反応の鈍化した二千人を入れる二四時間操業の倉庫を密閉するのとは、まったく次元の異なる問題なのである。私自身、実際の活動経験で気温の影響を大いに受けたものだ。高い気温では効率は嘆かわしいものになり、反対に最善なのは低い気温であることが判明した。この結果に首をかしげた者たちが少なからずいたが、すぐに謎が解明され、別の謎がいろいろ浮上してきた。というのも、現実と紙の上で述べられることとはけっして合致しないからである。たとえばツィクロンBは製造者の説明書にある通りの品質を必ずしも備えていなかったし、商品表示では二〇〇リットル入っているはずのタンクの内容量には相当なばらつきがあって、ガス使用作業の三回に一回は支障が生じるほどであった。もちろん不可避の漏出があったことも考えるべきであるが、むしろ—Gファルベンを筆頭とする帝国《ライヒ》のお友達企業が、所轄の行政機関向けに統計を繕うためにおこなっていた粉飾の方がその原因だ。これは大きな金と裏の手が動く話で、仲間たちはこれで袖の下を得ていたのだ。温度の話に戻ろう。このパラメーターは実にやっかいな問題を引き起こすものであるから多少ゆっくり説明したい。気温が高いときにはガスは膨張し、上に昇って部屋の上方に溜まる。それはガスというものの本質である。犠牲者たちは苦痛を感じ始めたとたん、たちまちことを理解して、床に身を伏せ、目を閉じ、できるだけ呼吸をゆっくりにする。結果、三〇分後に部屋の扉を開けてみると、驚いたことに、我らの対象者たちの大半が具合は悪そうだが生きた状態で横たわっているのを発見することになったのである。死んだ者たちは、ガスの威力によるよりは、パニックに陥ったり、人々の下敷きになったり、押されて窒息したりしたせいで死んだものと考えるのが妥当であった。反対に、気温が低いときには、ガスは床近くに固まって滞積し、きわめて良好な結果が得られる。生き残りが見つかることもあった。親が持ちこたえられる限りの時間、肩車をしてやった幼い子供たちであるが、こうした例外も規定が正しかったことの確認に終わった。これらの哀れな幼児たちは、容体が非常に悪かったので、実際には、焼却炉《クレーマ》という人体焼却施設への道の途中で息絶えてくれた。作業員たちが最も懼《おそ》れていたようにもう一度ガスを浴びせるという必要はなかった。部屋の形状と大きさもおおいに関わりがあった。狭くて天井の低い部屋では効率はめざましいが、そこに対象者たちを押し込めるのは容易ではない。地下墓所にも似たそうした空間を前にしてパニックを起こしてしまうからである。抵抗が起きるのは避けがたく、そうしたら混乱状態となってしまうが、それはゲルマンの土地の規則では大罪の筆頭に掲げられているものに他ならない。多くの収容所で実際こうしたことが生じ、結局は部屋の大きさを広げることで解決するしかなかったのである。天井の高い広々とした部屋だと安心させることができる。どうしてなのだろうか。人間の本性とは捉えがたいものである。結果には変わりはないし、死に瀕せられる者たちもそれを知っていたのだから。ゾンダーコマンドたちが好んだのは言うまでもなく大きなサイズの部屋の方である。少ない努力で、より多くの死者を出せるからだ。すると今度は、引き渡される数量に炉の性能が追いつかなくなり、焼却炉《クレーマ》の従事者たちの不満が爆発することとなった。死体はそこいらじゅうに山積みになり、腐り始め、ネズミやハエやその他諸々がたかる。まさに混乱の極地である。

つまるところ、こうした性質の営みを運営統括するのは、見かけほど簡単ではない。これは一大産業であり、想像しうるあらゆる厄介事、たとえば、能力不足やずる休みなど働き手の問題、停電、資材の供給停止、部屋や焼却炉《クレーマ》の受容と供給の不均衡などが、計画を乱し、仕事のリズムを狂わせ、ネックとなって、操業停止の事態すら引き起こしかねない。まさに、単なる運営よりもずっと複雑な事態を指すものとして今日の言葉で言うところのマネージメントが必要とされ、その特徴である常軌を逸した、しかしそれ自体が宗教になったような達成目標のノルマが生まれ、不和や派閥、度しがたい衝突、ポストをめぐる小競り合い、足の引っ張り合いが蔓延する。あらゆることに関して収容所は嫉妬の対象になっていた。施設が与えられ、予算がついて、必要性がさほど立証されてもいないのにたくさんの専門家が配置されている、と。さらに収容所どうしが、表向きの良さや熱心さや創意工夫などの点で競い合っていて、どこも総統《フューラー》のお気に召すようにと必死で、ヒムラーの失望を買ってはという恐怖に慄《おのの》いていた。しかしすべてに目を光らせるのは不可能であり、しかもどこか一カ所がだめになると活動の全体にその反響が及んでしまうのである。こういう状況で誰に責任を帰することができるだろうか？　ある一つの問題をやっと解決したと思ったとたんに、すぐ脇から無数の問題が湧いて出てきた。それはまさに恐ろしい大惨事の連続攻撃だ。火事、爆発、猛威をふるう伝染病、逃亡、サボタージュ、さらに、誤解がしょっちゅう起こり、報告は書かねばならないし、ストレスは押さえつけ、処罰も下さなければならないが、それは兵士の員数を決定的に減らすことになり神聖不可侵なる効率を低下させてしまう。即座に対応するには専従の専門家が何人も必要であった。好き嫌いを言うことや手抜き仕事は、第三帝国では七つの大罪よりももっと悪いこととして厳禁であった。実行班を招集するのに五分以上かかってはならず、ロシア戦線への配属命令へのサインはさらに短い時間ですませなくてはならない。ガス部門には熟練の化学技師が、炉の部門には燃焼に詳しい専門家が必要だった。さらに医師、実験助手、会計士、給食担当など、要するにあらゆる場所に専門技能者が必要で、収容所はガス室と焼却炉《クレーマ》だけから成っているわけではなく、それ以外の、工場としての一式があるのである。まずはあらゆる種類の作業場、そしてさまざまな農業活動があり、これらによって、工業製品ならびに自然産品に関する帝国《ライヒ》の必要を最も安価に満たすという栄誉を遂行していた。それなりの大きさの収容所というのは、たえず入れ替わる三〇万ないし四〇万人の収容者を抱え、それに見合った数の監視要員を備え、数十の業務をこなす、極限まで練り上げられた一つの労働組織なのである。どの市長でもどの取締役社長でもいいから訊いてみるがいい。

一つの都市を治める、あるいはそれに匹敵する一つの企業を管理運営するということは、簡単な仕事ではない。大量殺戮《ジェノサイド》の産業化というのは、そんじょそこらの連続殺人犯なんかの手にはとても負えないものである。さらに、数カ国にまたがって散在する二五もの絶滅収容所全体の調整を図るというのは、今日の政府の一つや二つは破綻に追い込めるほどの壮大な業務なのである。鉄道による兵站一つとってみても、愕然とするほど厖大な量の正確さを要する任務があり、それを一分とたがわず厳密に遂行しなくてはならないことがわかるであろう。列車というのは、いい加減に動かせるものではない。あの何百万もの人々を、ガス殺に至らしめるには、まずは見つけ出し、身元を確かめ、リストアップし、拘束し、グループにまとめ、輸送し、——ときに矛盾する——基準に沿って仕分け、あらためて登録し、食糧を与え、服を着せ、世話をし、帝国《ライヒ》の規範に従って労働させ、監視し、処罰を与え、そして最後に消滅させねばならないのだ。それも決められた時間内と場所においてこれを遂行しなくてはならないのであり、何より一切を《極秘》にとどめねばならないのだ。忘れてはならない。〈作戦計画〉という大伽藍は秘密という鍵によって成立しているのであり、これなくしては機能しえない。秘密と〈最終解決〉の関係は、不可視性と神との関係に等しい。一方が失われるか他方の姿が暴露されれば、すべてが崩壊することになる。私はどこかで読んだのだが、完璧と言いうる最高の状態でシステムが機能したときには、アウシュヴィッツ収容所だけで一日一万五千人を焼き殺すことができたとのことである。正真正銘の地獄列車だったわけだ。父さんはそのなかにしばらくいたのだ。きっと大変な苦労だったことだろう。でもドイツとポーランドのあらゆる収容所をめぐって歩いていた経験が、それに持ちこたえる助けになったことと思う。

私はガス室と人体焼却炉をめぐる実に多くの情報を相互に突き合わせる作業をしながら、ずっと父のことを考え、へとへとに疲弊させるがほとんど満足をもたらさない父の仕事について考え続けていた。絶滅殺戮の業務をおこなう父の日常がどのようなものであったのかを知りたいと思った。自分の父を糾弾するには、詳細にその罪状を知る必要があるし、その一つ一つの階梯に評価を下し、できるだけ正確にそれがどのように展開されたのかを再現する必要があったのだ。状況を勘案するということもありえようが、この問題を熟考した上で私は、自殺もせず、反抗もせず、犠牲者の名においておこなう正義の要求に身を投じることもなく、それどころか逃亡し、隠匿し、身内の者に対して忘却を仕組むような、〈悪〉に呑み込まれた男には、同情の余地も情状酌量の余地もまったくないという結論を得ることができたと思っている。子供というものは常に父親に対して非情なものであるが、それは子供が父親のことが好きで、世界の誰よりも敬愛しているからに他ならない。また私は、何よりこの巨大な地獄の犠牲となった者たちのことを思い、この世界のあらゆる意味が彼らと一緒に煙となって消えたのだと考えた。私たちは、不可能さえも可能にしてしまう新たな時代にいる。情報科学やオートメーション、さらに大衆を操作するさまざまな現代的手法にあふれる今日、至高の〈奇跡〉も私たちの手に届くようになった。毛沢東の赤い『語録』、カダフィの緑の本、金日成のやはり緑色の本、ホメイニーの同じく緑の本、「テュルクメンバシュ」ことサパルムラトの緑色の本*など、『我が闘争』と同じくらい馬鹿げたバイブルのもとに、どちらかというと発展途上の国々にありがちな実にくだらない方法で、多くの尊敬すべき国々の人たちがいかに過酷な体験を強いられたかを考えてほしい。そして、思想としても方法としても実にみすぼらしい多くのセクトによって殺され破壊された何百万もの哀れな人々のことを考えてほしい。

私は他にも多くのことを考究した。たとえば、一般的な意味で言ってだが、すべての収容所に対して適用可能である、本当には絶対に解決不能な次の問題だ。「労働の生産性の要請と安全性という至上命題との最良のバランスを打ち立てるような、収容所生活における囚人たちの最適な健康状態とはいかなるものか？」 病気であったり衰弱が激しかったりすると彼らは何もおこなえず、帝国《ライヒ》の富を無用に消費してしまうが、健康状態が良好であれば危険であり、彼らは考えをめぐらせ、反抗を企て、暴動を引き起こし、逃走を組織し、設備を破壊するし、*あまりにも愚鈍な野獣どもなので自分たちの目が届かないものを警戒することすら知らないカポたちをだまし、悪徳に手を出したこともない若い兵士たちの道徳をゆさぶって士気をそぐ惧《おそ》れがある。提示するには簡単だが解くには難しいこの問題は、これまで無数の研究の対象となり、非常に多くの実験がこのためにおこなわれてきた。まず、病人たちは必ずしも本物の病人なわけではない。さんざん確認されてきたとおり、瀕死だったはずの者が、同じ信仰の人々が大勢死んでからようやく事切れるなどというのはざらだった。また、健康そのものとふれまわっていた者が実は自殺を計画していたり、文字通り仕事で果ててしまいたいと考えていたりする。これが最も危険なことで、絶望こそは彼らを姦策家に、豪胆な者に、倒錯者にすら変貌させる。何だってやりかねない。機関銃を奪い取って最後の一発まであらゆる方向に打ちまくったり、バラック群に火を付けたり、警備員に襲いかかって首を断ったり電気の通った柵に押し付けて自分たちの身体まで焦がして死んでいったりもするのである。そこでたえず指示命令が繰り返される。やつらを適時あぶりだして見せしめとして処分せよ、あるいはもし可能であれば——それもやはり一仕事ではあるのだが——再び希望を抱くように仕向けよ、と。方法はいくらでもある。自殺熱を冷ますのにはわずかな友情のしぐさで足りることもあるし、多くの場合は力づくの方法が解決策となる。

今日の言い方を使えば、これはオペレーションズ・リサーチの問題だと言えよう。おそろしく複雑な事例を、種々の定量的なパラメーターを考慮に入れて検討するわけだ。たとえば医者が測定する数値や、あるいは別種の数値を使って。後者の例としては、長い冬が続くと人間の行動にどんな影響があるかとか、悪臭がどのような恐怖をもたらし人間の心を破壊するに至るかとか、個々の人間が抱く怖ろしい無限の孤独についてであるとか、収容者どうしの仲たがい、噂の持つ力、あるいは新しい移送者の到着が期待に火をつけたり逆に期待を打ち砕いて絶望に駆り立てること、など。私にわかるはずがあろうか、人間の心は一陣の煙のようなもので、わずかなことでこっちに揺れたりあっちに揺れたりし、結局は次第にぼんやりと薄まって狂気のなかに消えていくのである。捕虜収容所《シュタラク》の古参者たちの勘と経験だけがこうした問題を乗り越えるのに役立った。解決策はいつも収容所のなかでいわば経験則によって見いだされたのであり、けっして、知的な駄弁や外部との接触を断った実験に興じるばかりの首都の研究所で発見されたことはない。何事にも言えることだが、中枢の親玉《ボンツェン》たちの目を引いてうまく信用と昇進と栄達の望みを手に入れることがもっぱら目的の滅菌消毒施設での演劇的な模擬実験よりも、実際の現場の方が解決策を提案しうるものなのである。還元モデルなんてクソくらえだ。そんなものは現実の否定でしかなく、人の心に巣くう恐怖というものは経験の周縁的なパラメーターなどではなくて、まさに事の核心なのだ。収容所では血と糞のなかに両手をつっこんでいるのであり、魂の危機に直面し、四方八方駆けずり回り、収容者の精神状態や彼らの不和など緊急に何でも当てにせざるをえず、お祭りや競技会を開催したり対立を画策したり、あるいは、何倍にも膨らむことを念頭にちょっとずつ情報を流す。たとえばもうすぐ解放になるらしいとか、大量に芋なりパンなり鍋なりの配給が届くとか、収容所が拡大されるとか、労働の組織を再編するとか、本当のシャワーを設置するとか、図書館が開設されるとか、さらには、手紙を送ってよいことになる、というのもありえる。空虚のなかでは何でも言えるし、いつまでもその残響が鳴り続けるのだ。またその逆をすることもできる。収容者を徹底的に参らせ、あらゆることを禁じ、叩きのめし、恐怖心を行き渡らせ、昼夜を問わず地獄列車に乗せて現実を思い知らせてやる。希望が訪れると収容者たちは興奮し、夢中になり、大胆にすらなるのだが、それにはほんの少しでよいのだ。彼らをだますには、暑さと寒さを交互に与え、適切な時期を見計らって方針をずらし、それまでのやり方を廃棄し、グループを解体し、時間稼ぎをし、それでも効率だけは維持するようにし、さらにはむしろ向上させるのだ。これは新兵たちに用いられてきた昔からの方策である。意味もなくただへたばらせるために延々と泥のなかを歩かせ、何かにつけて集合させて意味もなくただ頭が変になるように互いの人数を確認させ、明け方暗いうちから意味もなくただ自由の希望をすっかり喪失するように働かせ、意味もなくただ不安に陥れるために警報を出し、意味もなくただ自分たちの生命はほとんど風前の灯《ともしび》だということを思い知らせるために体罰を加え、そしてある朝、意味もなく兵舎から追い出して、どこかをさまよってくたばるままにさせるのである。唯一の違いは、収容所では労働は死を意味し、懲罰は死を意味し、奉仕は死を意味し、看護は死を意味し、許可は死を意味し、余暇は死を意味し、配給食は死を意味し、警報は死を意味し、そして除隊は即座の〈死〉を意味することだ。「他人がうなずくだけで死に追いやられるもの」。もちろん、いじめが行きすぎて新兵をまったくダメにしてしまわないうちに、古参兵にはおさらばしてもらうのが良いやり方だ。他方ではずる賢い古参者こそ効率を保証してくれる存在である。だが、こわがりすぎて新参者が仕事に熱中できなくもなる。恐怖は広がり、あっという間にパニックへと変貌する。というわけでここでもまた、難しいオペレーションズ・リサーチの問題に直面することになる。システムが永続し危険に陥ることなく効率的に機能するようにするには、どう均衡を見つけ、恒常的に維持するか？　忘れてはならないのは収容所の目的は絶滅であること、そしてみなが知っているとしても、そのことを誰も――希望をつなぐ必要から死刑囚も、生産性を心配して虐殺者側も――口にせず、真剣には考えないことである。まるで死が他のあまたある重罰のうちの単なる一つの重罰にすぎないかのようにふるまわれるのであり、それによって労働における両者の関係は途方もなく複雑になるのである。

　こうした収容所の運営は、たやすさとは対極のものである。自分を父さんの立場に立たせ、父さんの経験した信じられないような困難をつぶさに考えてみて、それを私の勤めていたような多国籍企業での困難と比べてみると、最悪の経済状況のときでさえ、そしてネタに飢えた新聞各紙から一斉砲撃を受け、投機屋たちの爆弾攻撃に晒され、顧客たちの反乱は起こる、役人たちからの勅令は降る、労働組合のテロ活動ははびこるという状況であったとしても、全然大したことはないと冷笑が浮んできてしまう。驚くべきナチス軍事＝産業機構の果たした偉業は実に並びなきものであり、これに並ぶことはありえないのである。

この旅は必要だったのだろうか？　技術的観点から言えばもちろんノーである。知るべきことはすでに知っていた。私が望んでいたのは、父のいたその場に身を置き、時間の障壁を越えて父に語りかけることであった。そうでもしなければ誰が私に、父について知りたいことを教えてくれるというのか？　父の経歴はどのようなものだったのか、あの規模で死を振りまいていたときどのような精神状態だったのか？　反発を覚えたのか、自分の権力に酔っていたのか？　どうしてユダヤ人をあのように憎んだのか、なぜあれほどの全面的な憎悪に至ったのか、その結果はどうなると思っていたのか？　第三帝国が崩壊したとき何を考えていたのか、世界の終わりか、ある一つの世界の終わりか？　絶滅収容所を発見して、宇宙の反対側でも聞こえるほどの戦慄の叫びを人類全体が上げたとき、何を感じていたのか？　目覚めていたのか？　不快を募らせ、人類は何も理解していないと思い、宇宙の向こうでは世界の終わりなんていうのはざらにあることで、記憶を超越した理《ことわり》通りの宿命にすぎないなどとつぶやいていたのか？　カオスからカオスが生じ、カオスへと回帰する。それは一足す一のように自明であり、誰もが知っている当たり前のことだ。なんと多くの文明や巨大な帝国や偉大な民族が消えて行き、今では新しい場になっていることとか。新しきものが出現するためには、旧きものが死に絶える必要があるということか。こうした疑問で私は頭がおかしくなる。なぜなら答えを知っているからだ。父さんは自殺しなかった、捕まりもしなかった、逃走し、沈黙し、忘却した。私には「何も話してくれなかった」。

宿は、控えめな春の太陽のような輝きの小じんまりしたホテルにした。窓からは、ふんだんな緑を夢のような背景にしてそびえ立つ大学が見えた。低く刈りこまれた芝生、樹齢百年になろうという樹々、レーザーカットの垣根、よき意図をもった見えざる手によって育てられた魚でもいそうな種々の池、要するに正確さと節度と質の高さへの配慮が満ちあふれていた。風景の真ん中には、壮麗なヨハン・ヴォルフガング・ゲーテ大学が丸い丘の上にどっしりと鎮座している。なんと美しい建物か！　貴族的な雰囲気、豊富な財力を思わせる威容、そして魅惑的な薔薇色がかった色調。私は自分の出たナントの学校を思い出して悲しくなった。箒と鍋釜を抱えてまごまごしている冴えない顔つきの下女というところだ。それに比してこちらでは、学問の殿堂という印象がおのずと目に迫ってくるのだ。群れをなしたり列をなしたりして歩いている無数の規律正しい学生たちは、思いつめているようでもあればうわの空のようでもあって、さながら謹厳な老学者の雰囲気を漂わせているが、それでいてまた彼らの年代の学究者たちがみなそうであるように、髪を無造作に乱し、笑いにあふれ、ほほえましい粗末な身なりをしていた。変に目立つのは、どう転んでも無害な時代錯誤の人士といった風情の教授たちが、田舎から間違った場所に買い物に来てしまったみたいな様子で歩いていることだ。それぞれに籠かトートバッグ、布カバン、あるいは昔風の編み袋を持っている。私はドイツがエコロジーの流れの真っただ中にいることを思い出した。すばらしい工業繊維製品を作り出すこの国の卓越した産業構造にとってはおあつらえ向きだった。今年フランクフルト大学では、レトロな牛革あるいは合成皮革の書類カバンはありがたがられていない。私の学生時代は完全防水のトレッキング用リュックが流行《はや》りであり、また、六八歳だったナルシストのキャンドラ氏が、自分の時代には大学に手ぶらで来て女学生と腕を組んで帰ったものだと語ってくれたのを思い出す。時代が変われば、風俗も変わる。

そのときまでは、その後私の父になる人物に、情状酌量の余地もありえると私は考えていた。普通の若者、愉快な青年、法令に従順な市民、喜びと不安の日々を送る勇敢な兵士、戦場にも赴くがトップに立つわけでもない一兵卒を想像した。彼は若く、何も知らない。〈最終解決〉は国家機密であり、はるか高みの鷲の巣、難攻不落のベルクホーフ*におわす大総統《フューラー》*と、ヨーロッパの最果てのどこかにある吹雪で世界から隔絶された捕虜収容所《シュタラク》へ配属された飢えた男の二人だけが知っている、驚異的なまでに秘匿された事項なのだ。人々はいぶかしく思い、遠回しに話題にしたり、あるいは星を付けられた人々すなわちユダヤ人たちとその他の劣った人々の姿が通りであまり見かけられなくなり、たくさんの商店が閉まったきりで、ユダヤ人の家《ユーデンハウス》の居住者が変わりシナゴーグが功利的な用途の施設に転用されたことに気づいたりしていたが、戦争なんだから仕方がない。とにかく戦争の遂行が第一だ。死者や行方不明者の数を数えたり、屍体の山といった国家の秘密が表に現れてくるのは後のことだ。

私は大学周辺をふらついた。学生というのは、安酒場や安食堂で日々を過ごすものだ。そこで談義し世直しを計画し、そこでうさを晴らす。私だって四年間ナントでそんなことしかしていなかったと思う。私はしらみつぶしにそういう場所を覗いてみた。しかしナチスドイツの抑圧的で傲岸で熱気を帯びた雰囲気を感じとることはできなかった。今日の、自由で、爪の先までヨーロッパ的な、過剰なまでに穏やかなこのドイツでは、すべてがぴかぴかで明るくて温かく、いかにもいい子然とした雰囲気だ。といっても、少なくとも見たところでは、住民の平均年齢はかつてなく非常に上がっている。私は自分が魔術師で、棒の一振りでこうしたすべてを若返らせることができたらいいのにと思った。すべてを黒や灰色に、くすんだ感じに、昔風になるように塗りこめ、元のように通りには敷石を、建物には戦前のぼろぼろの外観を、御婦人方には威厳と猥雑の間を揺れるブルジョア的な魅力を、少女たちにはオリンピック選手みたいなルックスを、国家公務員たちには危険な自動人形のようなぎくしゃくしたしぐさを、労働者たちには年貢をしぼり取られ意気阻喪した田舎地主の歩きぶりを、アジテーターたちには精神病者のようなあの話しぶりを再び与えてみたかった。私はハンス・シラー青年を思い描くことがどうしてもできなかったのだ。あまりにも多くのイメージが私の頭のなかで重なりあっていたからだ。びしっと黒い制服を着たSS士官のイメージ、染み一つない真白な外套《ブルヌース》をまとった私の子供時代のアイン・デーブ村のシャイフのイメージ、ダークスーツに身を包んだドイツ人ビジネスマン、ヨーロッパのあらゆる空港で見かける実に規律正しいあのホモ・エコノミクスのイメージ、そして、すでに若くして真面目一本に暮らす前途有望なあの学生たちのイメージ。そうだとも、私がその姿を思い描くことができないハンス青年には共感を寄せられる権利がある。彼は若くて、何も知らないのだ。ヒトラーユーゲントたち、ヒトラー崇拝の青少年部隊員たちのたくましい腕にがっちり捕まえられてしまい、青年期になってもまだわずかに保っていた子供時代の善良な心を、全部奪われてしまったのだ。私自身も同じで、FLN青少年部隊いわば〈FLNユーゲント〉に入った経験がある。それは、まだ尻もよく拭けないガキどもが見様見真似でやっていた、ほとんどおふざけのようなものであった。だがずっと消えないで残るものもあることを私は知ってる。頭のなかで鳴り響く物音、口にのぼる粗野なスローガン、脚が覚えている野卑なちょっとした反射運動の数々。大学で何年か過ごしても元の善良さは戻らず、ハンスという人間の輪郭はすでに引かれてしまっていたのだ。時代は集中的なプロパガンダの、鉄の警戒のさなかにあり、間もなく「ブリッツクリーク」、つまり電撃戦*に突入していった。自分の頭で考えることが困難であったことは容易に理解できる。だから、ツィクロンBの研究者チームに彼が丸めこまれたということも、いかにもありそうである。彼はたまたまそこにいた。誰か白衣を着て試験管を持ったり、蒸留器を見守ったり、測定値を書き留めたりする者が必要だったのだ。自分が認められ、選ばれ、栄誉を受けていると思った彼は、若きエンジニア、ハンスの誕生を喝采した。おそらく彼は発明すべきガスが、よく言われていたように、収容所のシラミ駆除のためのものであると思ったのだ。「どの収容所ですか?」と彼は質問したかもしれない。「偉大な帝国《ライヒ》の労働収容所だ!」との答えが、さも貧困と恥辱に対抗する緊急十字軍という考えを擁護するかのように返ってきたであろうか。「なんということだ《マイン・ゴット》、これはなんなんだ《ヴァス・イスト・ダス》?」という真の疑問を彼は、ある日の日中、あるいは夜中か明け方だったかもしれないが、ぼんやりした二つの青白い光暈のもと、フランクフルトからかなり離れた郊外のどこかで、泥のように重い雰囲気のなか、最初に立ち会った生体実験のときに発したであろうか？　それは言葉も発することができないほどただ茫然自失となったユダヤ人の一家への、あるいは自分たちの鼻先に何を突きつけられているのかもわからないほど酔っぱらった浮浪者たちへのガス投与であったろうか。そしてそれに引き続いて生じるはずのあらゆる疑問で、当然頭が破裂しそうになったはずだ。私は一体ここで何をしているんだ？　こんなことがありえるか？　何の目的で？　私は彼が拒絶したと思いたいが、すでに途轍もない国家の機密に関わった以上手を引くことはできないと理解し、もう引き返せなくなってしまったのだ。大事なのは最初の第一歩なのだが、彼はここで、一挙に数歩も踏み込んでしまったのだ。あとは放っておいてもどんどん展開し、苦しみを片隅でふくらませながら自分の傷を自分でなめて癒しつつ、前に進み、自《おの》れの考えはひた隠しにし、忘れたことにし、日を追うにつれもっと確実に忘れ去っていき、そのうち耳に心地よい考えだけを採るようにした。その考えを毎日より明確に信じ込むようになっていくのである。しかも、殺害を意気揚々とおこなうとんでもない卑劣漢や、空威張りからそういうことを断行する人たちが、自分よりも前に何人も存在していることに彼はある種の安堵を覚え、自分がたどっている道は正しいのだと、それが可能な唯一の道なのだと信じる。父さんはたちまちのうちに恐怖の聖人中の聖人の地位に昇りつめるのだが、それにはある種の資質というものが必要であったはずだ。汚しようのない無邪気さであろうか？　ある一定程度のずるさであろうか？　いささかの信念であろうか？　もしかしたら凄まじい信念であろうか？　あるいはユダヤ人やその他の劣った人々に対する腹の底からの憤りであるということすらありえる。

《ああ、誰か私に、私の父がどんな人物なのか教えてほしい！》

私はフランクフルト・アム・マインを、ちょうど到着したときと同じように発った。ユルツェンから戻るときも、そして彼の父親の息子、私の友であり係累であるアドルフが住んでいるストラスブール近くのあの僻地から戻るときも同じようだった。私は自分の道をさらに進まねばならない。最後まで。終末を迎えるまで。

無駄な骨折りというものがあるとすれば、まさにこれがそうだろう。私はアルジェリア外務大臣に宛てて手紙を書いたのだ。私の書簡が大臣のもとに届かないであろうことは十分承知している。途中で止められてすぐさま破り捨てられるか、秘密警察に渡されて、発送証明書に記されている「万一の場合にそなえて」というフランス語が字義通りには「あらゆる有用な目的に供するために」という意味であることにまさに合致して、好きなように利用されることになるのだろう。それでもかまわない。私はどうしてもやらねばならないことだと思い、やったのだ。必要な時がくれば、その先どうすればよいか弁護士に相談することにしよう。これについても、私は最後まで突き進むのだ。

＊

ラシェルの日記　一九九五年八月一六日

大臣閣下

一九九四年四月二四日二三時ごろ、セティフ県内アイン・デーブ村において、私の両親およびその近隣に居住する男性、女性、子供、三六名が、正体不明の武装グループに襲われ、残虐きわまりないやり方で殺害されました。アルジェリアテレビの報道内容を伝えるフランスのテレビ放送によれば、この正体不明の武装グループは、アルジェリア警察が知悉しているあるイスラーム主義テロリスト集団であることは明らかだとのことです。閣下もこの悲劇的事件については初耳ではなく、おそらくすでにお聞き及びのことと存じます。人権擁護活動を展開する外国の監視団やNGOが再三この件を閣下に報告していることと推察いたしますし、おそらく説明を求めてもいるのではないでしょうか。

アルジェリア内務省が作成し、閣下の名前でパリのアルジェリア大使館に送られた犠牲者リストには、私の父と母が、身分証明書の氏名とは異なる表記で記載されております。母は結婚前の名アーイシャ・マジャーリとされておりますし、父は仮名のハサン・ハンス別称シ・ムラードとなっています。二人のアルジェリア国身分証明書のコピーを同封いたしましたので、父の氏名がハンス・シラーであること、母はアーイシャ・シラー旧姓マジャーリと記されていること、両名ともアルジェリア国籍であることをご確認ください。ある国家に属する市民が公式に認定された身分のもとで生を送りまた世を去ること、そして彼らに関係する情報の公式発表がこれに合致したかたちでおこなわれることは、言を俟たぬほど当然のことと思われます。この点に関してアルジェリアの法律が世界のほとんどの国の現行法と顕著に異なっているとは私には信じられません。

以上の次第ですので、私の両親をその本当の氏名で犠牲者リストに載せていただくよう担当の部署にお取り計らいいただき、またその公式な写しを私宛にご送付いただければ、まことに幸甚に存じます。この願いが叶わない場合には、私としては残念ながら二人が行方不明者であると判断せざるを得ず、二人を探し出すために必要なあらゆる措置を講じ、とりわけ、アルジェリア、フランス、ドイツの対応組織および国際法廷に訴えるという法的手段をとることを、あらかじめ大臣閣下にお伝え申し上げます。ご理解いただけると思いますが、この殺戮事件にアルジェリア国家の関与があると推論することもあながち不当ではなく、また、当該国家には非難されるべき点があり少なくとも私の両親に関する隠蔽がなされているということを当該国家作成のリストが証していると私がみなすことにも理なしとは言えません。もしも閣下がくだんの修正はおこなうべきでないとお考えなのであれば、どうかその理由をお教えください。お示しいただく必然的根拠は私も理解できるものと思っております。

またこの機会を利用して、唾棄すべきかの凶行の犯人たちを発見し法廷に連行するための捜査の進捗状況について、閣下に質問させてください。すでに一五カ月以上が過ぎておりますが、今日なお、捜査の進展に関するいかなる情報も、公衆に対して、また犠牲者の遺族に対して、提示されておりません。この点に関しましても、閣下に実効あるご対処をしていただくための、また真実のもみ消しに閣下が関わっていることを立証するためのあらゆる行動を、私がとらざるえない事態になることも考えられることを申し添えます。

敬白

＊

すでに手遅れ、手紙はもう送られてしまった。だが写しを読み直してみて、私はがっくりしている。妥協的だからだ。大臣宛ての書簡であるからと、私は愚かにも懇願者としてふるまい、時間に追われ陳情人たちと規定の業務に追いまくられている親玉《ボンツエン》たちへの恭順と忍耐と市民的な理解とを示す弱者の位置に自分の身を置いていたのだ。つねに犠牲者たちの方が質問し、懇願し、待たなくてはならないというのは、恥ずべき事態であると私は思う。

もう一度やり直せるものなら、私は犠牲者が本来おこなうべき仕方で自分を表現したい。要望を掲げ、断固として要求を突きつけ、いかなる遅延も許さず、紋切り型のあらゆる言い逃れをあらかじめ禁ずる。あいつらの方が私たちに仕えるべきなのであって、逆ではないのだ。

マルリクの日記　一九九六年一二月一五日

アイン・デーブに到着できたのは奇跡としか言いようがない。いやまったく、すごい話、とんでもない経験だった！　アルジェのフーアリ・ブーメディエン国際空港で飛行機から降りると、僕たちはタラップの足元で拘束されてしまい、男も女も子供も乗客全員が滑走路の真ん中に集められて一塊にさせられ、どしゃ降りの雨と機体の脇を吹き抜けて突き刺してくる氷のような風にさらされながら、一時間以上も待たされたんだ。男たちは咳こみ、老人や病人は立ち続けることができず、赤ん坊は泣きわめき、女たちは泣かないでと赤ん坊に懇願しながらなんとかあやそうと必死だったよ、哀れだったね。並ばせられた人たちのあいだでそっと囁き合う声がひびき、僕たちはみんな、まるでボロ雑巾のようにびしょ濡れになっていた。こんなふうに言っただけではとても足りないし、わかってももらえないと思う。荷物をいっぱい抱えた二〇〇人もの人たちが、死ぬほどの不安に襲われながらこんな悪天候のなかで舗装路面の上に立たされて、雨合羽にすっぽり隠れて顔も見えないけっこうな数のポリ公たちからダラダラした監視を受けている図を想像してほしい。一時間ほどすると、深緑色のギャバジンのレインコートに身を包んでサングラスをかけた四人の警察官が黒い自動車で到着した。パタン、パタン、パタン、パタン。彼らが出てくる。特殊警官たちだ。これはとてもただでは済みそうになかった。新しく来たこの連中には本当にびびったね。隊長はコートの襟を立て、サングラスを額の上にずらして、僕たちのまわりを無言で、ゆっくりと、とってもゆっくりと歩きまわり始め、一人ずつ顔を睨《ね》めつけるようににらんで、理由はわからないけど、何人かに対してこう言ったんだ。「おまえは出てあっちへ行け……おまえもだ……それからおまえ……おい、おまえ、前に出ろ……おまえもだ……それからおまえ、やつらのところへ行け……おまえ、隠れたって無駄だ、前へ」。女たちの顔もじろじろ見つめ、そのうちの一人に「眼鏡を取れ」と、別の一人に「フードを下ろせ」と言いつけた。地面にうずくまっている一人の病気の老人に「立て」と命じた。その声を聞いて、僕は恐怖で歯がガチガチになった。抑揚のない、機械じみた、想像もできないような中性的な声だった。誰一人この人物に逆らうことはできないと感じたね。彼がたとえ自分のうちのベッドで休んでいても、あるいは自宅の書斎机に座っていても、彼の統括地域では、部下が文句ひとつ漏らさずに彼の思ったことを実行するんじゃないだろうか。ダッド署長が誰かを裁判にかけるときには必ず、それより前にきまってじっくりと立ち話をしてたことを思い出し、僕はアルジェリアでは何かがおかしいんだと思った。それともそれはフランスのほうかな。僕は列から出された一六番目の人間だった。隊長は僕をまばたきもせずにじろりと見て、「出て、あいつらのところに行け」

と低くつぶやいたのだ。僕のあと、さらに五人が出された。僕たち全部で二一人が怪しい人物として別にされたわけだ。大部分は若者だった。残りの乗客たちは貧相な建物のほうに連れて行かれた。その正面壁には三つの言語で書かれた電光掲示が取りつけられていて、日がな一日告げている――フランス語で「到着ロビー、ようこそアルジェリアへ」、英語で「アライバル、ウェルカム・トゥー・アルジェリア」、そして僕には読めないし書くこともできないアラビア語でもね。旅の友たちはすでに僕らが共有した不幸のことはきれいさっぱり忘れ去り、ただの一人だって僕らのほうに振り向いたり同情をみせたりする者はいなくて、それどころかむしろ微笑みを浮かべて、とにかくできるだけ早く離れようと押し合いへし合いをやっていた。たしかにあの人たちは運がよかったよ。少しして、僕たちがくるぶしまで水につかり始めたころ、幌をかけた軍用トラックがやってきて僕たちの前で急停止した。隊長の命令で特殊警官たちは僕たちからパスポート、チケット、機内持ちこみ用カバン、みやげの袋を没収し、トラックによじ登るようにと僕らに命じた。これが現実とは信じられず、僕はただ怖くて震えていた。まるで強制移送だ。これまで一度も僕はデカたちにびびったことはなく、その逆にいつだって公然とやつらをおちょくってかかり、やつらが対処に困っているのを見て楽しんだものだった。今や僕は全身に身震が走り、頭は真っ白で、もしも誰かがこれは全部ドッキリカメラのたわいない冗談ですと断言しても、絶対にこのまま動かないぞと思っていた。それからトラックが出発し、以前は貨物用の区域だったと思われる場所へ入っていった。錆だらけの巨大な倉庫が立ち並び、幅一〇〇メートルはありそうな走路がいくつもあり、いろんなものがあちこちにころがっていて、コンクリートの地面がそこここで草の根でめくれあがっていた。装甲車が一台、給水塔の下に停まっていて、塔の上の四隅には砂嚢が積まれ、その真ん中には機関銃を構えた二人の兵士が陣取っていた。あたりに人の気配はまったくなく、うなる風と雨水の流れとバタバタと音を立てるハンダ付けのはがれた看板以外には、いっさい動くものもなかった。なにやら、すべてが苦しみでのたうちまわっているような雰囲気だった。トラックは倉庫の一つに入っていき、中央で止まった。ブレーキの排気音は死の噴出を思わせた。運転手はエンジンをいっぱいに踏みこんで長いことうならせ、そして突然切った。不意に上から落ちてきた恐ろしい沈黙で倉庫は爆発しそうになった。こういう沈黙って、ほんとうにその響きで人を恐怖のどん底に突き落とすんだよ。突然音がまったくしなくなることでこんなにも耳がガンガンするとは、僕は考えたこともなかった。なんだいこれは、まるで、人が生きていながら死んでいるっていうようなもんだ。もっとも僕らはこのとき、生者というよりも死者に近かった。肺がやぶれるほど激しく咳をするやつもいたし、真っ青のやつもいた。僕はめそめそ毒ガスのことを考えていた。運転手は排気ガスで僕たちを絶滅させるつもりではないか、と心配になった。でも彼も僕たちと一緒に倉庫のなかにいるのだからヤツには殺意はなく、自分の大事な道具の汚れ落としをしただけなのだ、という結論に達した。人間、自分をガス殺するほどバカじゃない。燃料の燃焼ガスは独特の匂いがして遠くからでもわかるから、誰も花の香りを嗅ぐように胸いっぱいに吸いこんだりはしない。自分がガス室にいることを忘れたゾンダーコマンドだって、ずっとそのまま留まっていやしない。この倉庫はとても大きいし、隙間もいっぱいあるので、僕らを、ラシエルの言うようにあの世に送るためには、三〇台のトラックとまるまる一週間の時間が必要だろう。その前に飢え死にしちゃうね。あるいは狂い死にかな。僕はちょっと兄さんのことを考えた。こんなふうにして死んでいった哀れなラシェル。肺を干からびさせ、心臓を死ぬほど傷めつけ、身体をぼろぼろにやつれさせて。独りガレージで、ほんとうにたった独りぼっちで。そのあと、事態は急に展開した。僕らは降ろされてトラックは出て行き、すぐさま倉庫の巨大な扉が原子爆弾の爆発みたいな轟音を立てて閉じられた。言葉一つ、まなざし一つもかけられず、僕らは真っ暗闇のなかに、ぽつんととり残された。みんな一瞬パニックになったけど、別になにも起こらず、風が倉庫を揺らし雨水が屋根から滝のように落ちるばかりなのがわかって、落ち着きをとりもどし、一角に寄り集まってたがいの身体で温め合った。何人かがタバコを吸い始めた。まるでその日の最初の一服か、人生最期の一服ででもあるかのような、むさぼるような吸い方だったね。一時間もたつと、僕らは凍え死にしそうになった。飢えと渇きでも死んじゃいそうだった。でもそれはまだまだ始まりでしかなかったんだ。

このどん底状態で隣り合わせたやつと僕は知り合いになった。クリスマスを家族ですごそうと帰郷してきた大学生のスリムというやつだ。この先僕らがどうなるか知っているかと尋ねたら、全然わからないという答えだった。パリ＝アルジェ間の旅行はしょっちゅうしているけど、くじが自分に当たってしまったのはこれが初めてなんだ、と説明してくれた。ふざけて「ついに僕もテロリストの人相になったのかな」とつけ加えた。楽天家なんだ。僕らは二人でいろいろなことを話し合った。スリムは、パリ大学ジュスュー校の情報学の学生で、一六区住まい、ピティエ＝サルペトリエール病院の教授をしている伯父さんのところで暮らしている。金持ちのぼんぼんだ。でも反対にスリムは、自分は惨めな生活をしていて、スズメの涙ほどの奨学金をもらっていると語った。伯父さんが提供してくれるのは住まいと食事と地下鉄の定期と喉の渇きをいやすためのちょっとした小遣いだけ。あと、週末にガソリン満タンのメルセデス三〇〇コンバーチブルを、不測の出費にといくらかおまけをつけて貸してくれるんだって。それから、伯父さんの親友の銀行で研修のまねごとをして、スイスでの一週間のスノー・バカンスの費用を稼がなくてはならなかったそうだ。さらに、フランスについていろいろ不平をこぼした。寒さ、人種差別、治安の悪さ、生活費の高さ、通りの不潔さ、警官や役人などなどの傲慢さ、納得のいく理由もなしに一〇年の滞在許可証発行を拒んだ県庁。うるさいタイプだ。これからやりたいのは、学士号をとったらロンドンに住み、いとこたちと留学オフィスを立ちあげてアフリカ相手に金儲けをすることだとも話してくれた。僕は彼がしゃべるのを聞き、彼の気持ちもわかる気がしたけど、まあ、しょうがない、甘ったれにはどうしてもむかっ腹が立っちゃうんだ。僕は彼に、サキーナおばさんがよく言ってた台詞を言ってやった。「恩知らずはよくないね」って。彼はその言葉の意味をよく理解して僕に言った。「僕が恩知らずなんじゃないよ。恩知らずなのはフランスのほうさ」と。いやまったくうるさいやつだ。フェラーリで店に乗りつけて天井を見ながら鍵を投げて寄こし「調子見といてよ！」ってほざくような輩のことをヴァンサンさんが、「絹のハンカチで鼻をかむお坊ちゃま」って呼んでたけど、まさにそんなクチだ。こういう連中はとうへんぼくのチンケな鼻つまみ者だから、車を鳥小屋の端っこに持っていって、さんざんいじくりまわして目ん玉が飛び出るような請求書を突きつけてやったものさ。僕たちはそのほかにもいろんなことを話して、アルジェかパリでまた会おうと計画した。僕らが永遠にこの倉庫に閉じこめられるとは、彼も僕も思っていなかった。どうなるかわからないときは、楽天的でいたほうがいいもんね。

一時間ほどすると特殊警官たちがまたもどってきた。僕らは隊長の前に一列に並ばせられ、隊長がその一人ずつに、一連の質問をしていった。僕の番がきた。まず僕の名前がまちがいなくマレク・ウルリッヒ・シラーであることを確かめ、それから、僕のパスポートが正規に発行されたものであること、アイン・デーブ村の家族に会いに来たこと、これまで一度も法に触れる行為をしたことがないこと、邪《よこしま》な意図を持っていないことを確認した。僕の名前に彼は戸惑い、何度も「お前の父親はドイツ人で、お前はアルジェリア人なんだな？」と訊いた。僕は、父親がどんな人物か、すなわち、物知りで、イスラーム教徒で、英雄で、元聖戦士《ムジャーヒディーン》で、偉大なシャイフで、殉教者《シャヒード》であることを説明した。彼は僕に「あっちへ並べ」と言った。指していたのは左のほうだった。仲間のスリムもそのあとすぐ僕のほうに加わった。一時間もすると右と左の二つの待機グループができていった。不安げに僕らは顔を見合せ、誰もがとげとげしい気持ちで心中「自分のグループがこういう羽目になったのは、あっちのグループのせいだ」と思っていた。選別が完了して、右のグループはトラックに乗りこまされ、出て行った。どこへなのかはわからない。一人のポリ公が僕らのグループのほうに来て「ついて来い」と言った。僕らは羊の群れのようについていった。彼は僕らを「到着ロビー、ようこそアルジェリアへ」という表示のある建物のほうに連れて行った。そして僕らに「とっとと失せろ！」と命じた。もちろん、すぐさまそうしたよ。僕らはぶるぶる震えながら空港を出るための諸手続きをおこなった。入国審査、税関、手荷物検査と身体検査、お定まりの質問、入国税の支払い。そしてようやく外に出た。疲労と、飢えと、渇きと、寒さと、恥辱とで死人のようになり、ボロ雑巾のようにびしょ濡れで、でも自由の身になり生きている幸せを実感して。まるで三〇年の禁固刑を終えて出てきたような感じだった。陽の光で目が痛くて、サキーナおばさんが持たしてくれたカバンで腕が抜けそうだった。あれからずっと、もう一つのグループがどうなったか考えている。彼らが拷問を受けたり、殺されたり、強制移送されたりなどといったことが起きたとは考えないようにしてきた。ふつうの刑務所にぶち込まれただけなのだと、そして親たちが心配するようなことは今後もないのだと僕は信じたい。内戦がいつか終結し、収容所が監視団に公開されるようになったら、そのときには、彼らに何が起こったのか判明するにちがいない。

スリムは実家に電話をかけ、迎えに来てくれるように頼んだ。みんな僕が追い返されたか、でなければ殺害されたと思ってたんだよ、親父はパリに電話をかけまくってる最中でさ、家じゅう完全パニック状態、と彼はふざけて言った。こいつほんとうに甘ったれだぜ、と僕は内心つぶやいた。待っているあいだ、僕らは空港の様子を眺めていた。大きな沈黙が支配していた。人々はのんきに、あるいはもしかしたら、慎重にも慎重を期しつつ、行ったり来たりしていた。ふと、一人の警官が手錠で二人ずつつながれた若者の一団を引き連れているのが目に入った。ひょいと国外に出れると思った連中なんだろう。罪状は明白。自国とおさらばするっていうのは、いくぶんか自分の国に対する侮蔑行為だからね。あいつらはきっとガス殺だな。少ししたころ、カフェテリアでテーブルについていた僕らのあの特殊警官たちが、急に立ちあがり、ギャバジンのレインコートのボタンをびしびしっと締め、サングラスを下ろして、大股に場を離れるのを見た。僕らの前を通りかかったので、すぐさま身を隠した。この空港と比べたら、僕の住んでる郊外なんてまるで養老院で、退屈であくびが出ちゃうね。いや、以前は出ちゃった、と言うべきかな。だって新しい導師《イマーム》と新しい首領《エミール》が着任してから、第四帝国《ライヒ》の到来が目前に迫っているんだから。団地を出てきたとき、もうその気配が根を下ろしていた。プロパガンダはフル回転で飛びまわり、鉄の警戒網がびっちり敷かれ、空中は電撃戦状態だったもの。帰ったときには団地はどうなっちゃってるだろう、僕の家族やご近所はまだちゃんといるだろうか、って心配になった。もうすでに恋しくなってきた。あの人たちのいない未来なんて、僕の仲間たち、ハラール肉屋の息子のモモ、修理屋の息子のレイムー、ミルク・トーゴ、ナンダ＝イディル、五本親指《サンク・プース》、マンショ、まっずいコーヒーしか淹れられないカフェの給仕ビドション、あいつらのいない未来なんて想像できない。みんな、心底単純素朴な貧しい労働者の子供だ。甘ったれのスリムは、僕に、パリでの生活や彼の友人たちやガールフレンドたちについて、それからアルジェですごすバカンス生活について話してくれた。一日中ビデオを見て、規則正しく家族で食事する、自宅でミニ・ダンスパーティをやり、そのおさらいをするために姉や妹たちが女友達を家に呼ぶ。僕はスリムがいったい何を話してるのかって、ぽかんとしちまった。僕のほうは団地のことを話した。スリムは、僕がどっか別の国に住んでるんじゃないかっていう目つきで僕のことを見てた。こんなやりとりをしてたところで、スリムの父さんが到着した。嬉しくて気も狂わんばかりの様子。アルジェの総合病院の大教授で、以前はパリのいくつかの病院にいたそうだ。帰りがてら、僕をバスターミナルで降ろしてくれた。甘ったれのスリムはウィンクしながら「お前んとこからもどってきたら家《うち》に寄りなよ、僕らのレッスンのおさらいをしようぜ」と言った。

ラシェルにはまったく金持ち趣味なところがあった。目ん玉が飛び出るような値段でタクシーを雇う必要がいったいあったのかね、バスがあるのにさ。ほんのわずかな料金で、山のような荷物と家族一同総まとめにしてこの世の果てまで運んでくれる、ありがたいバスがさ。ターミナルというのはいい加減に鉄柵で囲まれたごった返しの空き地のことで、ハゲだらけの一〇〇台にもなるかというバスが戦闘《バトル》を繰り広げて中に入っていき、客を引っさらったら、たちまち出ていくんだ。その入り口に、案山子《かかし》みたいに男がつっ立っていて、どこへ行ったらいいのかわからない客に案内をしていた。僕は彼に自分の行きたい場所を告げた。五〇ディナールと引き換えに、ほかの客たちにも同時に答えながら、案山子は僕にこう言った。「ああ、ああ、そうだよ、セティフは一二番のバスに乗って……あんたはオラン、八番ね……そっちのあんたは……ええと……シディ＝ベル＝アベッスは三六番……えっ、なに？　そうだよ、セティフに着いたらボルジュ・ゲディール行きのバスに乗り換えな……あんたは、と……ちょっと待って……そう、ティアレット行きかマスカラ行きに乗ってね、どっちでも変わらないから……あ、あんたはワルグラ行きのバスね、で、そこからはエル・ゴレアまで行くキャラバンと一緒に移動すればいい……で、あんた、家まではヒッチハイクで帰りな……ええと、どこだっけ？」　僕はもう一度、一音ずつはっきりと名を告げた。彼は、自分の縄張りを荒らしにやってきた別の案山子と殴り合いを始めながら言った。「アイン、なんだっけ……デーブ？……そう、そうだよ、さっき言ったとおりだよ」。彼はこう言い捨てて、僕を泥沼と雑踏のなかに放りだした。

すべては彼が言ったとおり、そしてラシェルが日記で語ったとおりに進んだ。軍隊の輸送、検問所、憲兵、がらあきの道路、耳を聾する沈黙、バスはやみくもに突っ走り、乗客たちは恐怖でもどす。ただ違いは、雨がどしゃぶりで、シベリアを思わせる寒風が車体の左側に横なぐりに襲いかかってきたことだ。カーブを曲がるたびに、バスの車体は断崖からはみ出した。もしテロで殺されなかったら、バスで殺されるんだね。じゃなければ、寒さで。最後の恐竜が姿を消したころからずっと無人のままだと思われるある村で小休止ということになった。人っ子一人いない。幽霊の影一つ見えない。いるのはただ、おそろしいほど着こんで洞穴にこもった穴居民だけだ。カフェの店主は舌が焦げるほどのコーヒーを出し、料金をとって、すぐに引っこんでしまった。セティフでバスを乗り換えた。アルジェほどの混乱ぶりではなく、自称案内係が、たった五ディナールで教えてくれた。「青色のミニバスはみんなボルジュ・ゲディール行きです、乗りまちがえる心配はないですよ」。ボルジュ・ゲディールでは運よく、アイン・デーブ村の近くまで連れて行く闇タクシー役を安い値段で引き受けてくれる男をみつけた。彼のプジョー403は、およそ似たモノはあり得ないような車だった。彼は僕に「あのあたりは良くない、うろうろ行ったり来たりする連中がいて、どうも変なんだ」と話した。僕は彼に、連中とは誰なのか、何をしようとしているのかを訊ねた。彼は僕を見つめ、黙ってしまった。もしかしたら僕のことを警戒していたのかもしれないし、僕の言うことがわからなかったのかもしれない。くずれたフランス語と、話せるかぎりのひどい郊外なまりのアラビア語を駆使して、僕はしゃべっていたのだから。告白すると、僕のほうだって彼の言っていることがよくわからなくて、たぶん彼が言っているのはテロリストのことなんだろうと、とりあえず想像した。横から襲撃されるのを恐れるように、彼がたえず横目で右、左をうかがっているのを僕は見ていた。水浸しの二本の小道が分岐しているところで彼は僕を放りだした。あたりは暗がりに沈んでほとんど見えなくなっていた。右側は断崖の谷になっていて左側は急な登りになっている、その左の丘を指して、こう教えてくれた。「あっちの方だ……三キロメートルぐらい」。彼の腕のしぐさと、僕の目の前で振った三本指から、僕はそう理解した。「キロメートル」はインターナショナルな単語なので翻訳の必要はない。闇タクシー男はすぐさま真っ暗闇のなかへ、すべてのライトを消して走り去った。僕は深呼吸を大きく一つして、たたきつける雨のなか、幸いにも後ろからの突き刺すような風を浴びて、よたよたと歩きだした。

というわけで奇跡的に、僕はアイン・デーブ村にたどり着いた。疲れと飢えと寒さで死にそうになり、ボロ雑巾のようにびしょ濡れで、泥だらけになり、二本の腕はサキーナおばさんのカバンのおかげで抜けそうになっていた。しかも僕はひどい風邪をひいてしまっていた。もし収容所では毎日がこんなふうなのなら、僕はすぐにでもガス殺してもらったほうがありがたいと思った。夜はますます黒々と深くなり、僕はちょうどあの丘の上、かつてのある日、ラシェルが迷子のように立ち尽くしたあの場所にいた。風がいっそう凶暴に吹き荒れていた。兄さんとちがって、空虚のなかへ駆けおりていくというわけにはいかなくて、移民のでっかいトランクを錘《おもり》のように下げて、僕はよろよろと歩みを進めた。

突然、根源的な重大問題が頭に浮かんできた。村にどう入っていけばいいか？　僕は手紙も出さなければ電話もしていなかった。端的に言って、全然そういうことに気がまわっていなかった。オフェリーからのプレゼントのおかげで、いきなりこの旅行を思いついて決めてちゃったのだ。結局どうでもいいことだ、と僕は自分に言った。父さんも母さんもラシェルも死んでしまい、アイン・デーブ村とのつながりは切れてしまったのだから。僕は、偶然島に流されてきた異邦人みたいなものだった。でも一方で、僕はこの村の息子だし、兄さんの跡を追いかけ、僕たちの父さんを求めて、僕たちの母さんを求めて、僕たちの真実を探して、ここまでやって来たんだ。

僕のいる丘から、村はかすかにしか見分けられなかった。目印をとらえるために、次の雷が光るのを待ちながら進んだ。まるでパラシュート隊員みたいに、僕は一歩一歩飛び跳ねながら前進した。あるとき、空は光と轟音の大洪水なのに、いくつもの煙突からゆらゆら昇る煙が見えた。ついに到着したんだ。

団地の子は絶対にアイデア切れなんかにはならない。僕はカバンを引きずって行って、幼友達だった靴屋の息子、モハメドのうちのドアをたたくことにした。あいつをミメッドと呼んでいたことや、あの頃あいつが履いていたのがべつに僕らよりいい靴ではなかったことを思い出した。これこそ、村中にパニックを起こさせずに村に入っていく最高のやり方だった。殺戮事件の記憶は村人たちにまだこびりついているにちがいない。足音を忍ばせて近づきながら、僕はミメッドがまだ生きていてくれるようにと神様に願った。こんな遅い時間、二〇時すぎには、善良なる人々は最後のお祈りもすませて、ちょうど眠りについたころのはずだった。

詳しいことは省くけど、僕はふつうにノックする代わりにドアをそっと引っかくというヘマをやらかしてしまった。この音を聞いて、家のなかの人たちが気づかれぬようそっと動き、それから、すっかり動顛しながらひそひそと話し、あわやパニックが始まりかけたところで、僕は両手で囲ってそっとつぶやいたのだ。「ミメッド、開けて。僕だよ。マルリクだよ……」。マルリクは僕のフランスでの呼び名で、ここでは使われていなかった名前だ。だから合言葉みたいなものとして通じるんじゃないかと思ったんだ。そのあとはすべてを普通にもどした。僕ははっきりした声で、公式に自分の名を名乗った。「ハサンとアーイシャの息子、ラシードの弟のマレクだよ。開けて、お願い！」モハメドは僕を見ても誰だかわからなかったし、僕もモハメドを見てわからなかった。しばらく時間がかかったけど、子供時代の思い出をたぐっているうちに、ついにこう言い合うようになった。「おう、シャイフ・ハサンの息子のマレクじゃないか、信じられないよ！」「おう、靴屋のタイェブの息子のミメッド、信じられないぜ！」彼は年寄りを想像していたのに自分に話しかけているのはとても若い男だったし、僕のほうは青年を想像していたのに僕の前にいたのはほとんど老人と言っていい男で、その後ろにはぱっくり開いたパンツをはいた赤ん坊たちがずらりと並んで必死にそのすねにしがみついていた。哀れなおチビさんたちは、恐怖さのあまり小便をもらしていた。彼は僕を抱きしめ、家に招き入れた。魔法みたいに赤ん坊たちの姿は消え、代わりにカーテンの後ろで足をばたばたさせている音が聞こえた。ミメッドの奥さんは、まだ若くて健康そうな老婆で、クスクスの残りとナツメヤシと牛乳を出してくれ、そのあと、ちょっといなくなってから、茣蓙《ござ》と毛布と枕を持ってもどってきて、暖炉の前に寝床を用意してくれた。僕はケダモノのようにがつがつ食べた。カーテンの隙間から、赤ん坊たちが気ちがいでも見るみたいに僕を観察していた。外人を見たことはそれまでなかったのだ。哀れなこの子たちは、そんなものが存在することすら知らなかったのだ。モハメドは僕の肩に外套《ブルヌース》をかけてくれ、それから暖炉の火をさらに燃やした。少したつと、僕は生き返ってきた。彼らにとってはとんでもないほど遅い時間、二一時だったし、僕は疲れきっていたから、二人は僕におやすみを言って自分たちの寝室に引きあげた。僕はオイルランプの灯を吹き消し、ステップの羊と麦わらのいい匂いがする毛布にくるまった。暖炉のなかでは火がごうごうと音を立てたり、ぱちぱちいったり、光をゆらゆらとさせたりしていた。美しかった。暖炉の脇の炎で赤く照らされた籠のなかには、牝猫と子猫たちがいた。親猫は僕に微笑みかけてくれていたんだと思う。その目は暗がりのなかできらきらと光っていた。あまりにも美しい光景だった。

外では風が力のかぎりに吹き荒れ、雨は横なぐりにたたきつけ、村の犬たちはよそ者、つまり僕の匂いを嗅ぎとって懸命に吠えたてていた。僕は知っていた、思い出していた。この犬たちが昔僕らが飼っていた牝犬たちと変わってないなら、明け方までずっと吠え止むことはないはずだ。山羊たちが姿を現し、谷あいのほう、水嵩《かさ》の増した涸れ川のほうへと楽しげに走っていくのを見て、ようやく静まる。こうしたすべては、あまりにも純粋で永遠だから、人はすべてを忘れることができる。自分の不幸を、そして世界の不幸を。

この夜、僕は子供のように眠った。いつまでも、ぐっすりと。

マルリクの日記　一九九六年一二月一六日

過酷な一日だった。僕はラシェルが味わったことを味わった。次から次へと家々をまわり、コーヒーを何杯も飲み、知っている言葉を総動員してたどたどしく話し、そして最後に一息つく時間を少しだけ持てた。少しだけだ。というのも墓参りは夕闇が降りるころにはやらないものなので、ぐずぐずしていられないからだ。ミメッドが墓地に連れて行ってくれた。朝早くからもどってきていた太陽はすでに傾き始め、黒い大きな雲にとり囲まれていたけれどもまだ沈んでいなかったし、風もおさまっていた。凍るような空気がちょうど気持ちよくて、鍼治療の針みたいに肺を刺した。

ついに、僕の身内が眠る殉教者の一角にやって来た。草が伸び、石に塗られた石灰は消え、墓石は泥のなかに浸かっていた。殉教者たちはふつうの死者と変わらず、区別は何もなくなって、殉教者たちの墓地は自然死の人たちの墓地と一つながりになっていた。というか、たぶんより正確には、自然死の人たちのほうが、ひどい殺され方をした人たちの苦しみを分かち合おうとして近寄ってきてくれたのだ。もうじきどちらも同じ土埃のなかで一つになる。行政当局が設置した小さな石碑板はとっくに埋もれ、故人たちは誰もみな同じ法則のもとに、つまり、すべてを消し去る時間の法則のもとに横たわっていた。

ミメッドは僕から離れ、僕を一人にしてくれた。彼は自分のところでお祈りを唱え続け、僕のほうは、自分の両親の墓前に立ち、心静かに黙祷を捧げようと、父さん母さんのもとですごした幼年時代の幸せな日々のことを考えようと試みていた。なかなかうまくいかないのだけど、こうしていればそのうち、ラシェルみたいに、といってもラシェルは導師《イマーム》が大集合したみたいなくだくだしい議論にふけりだしちゃったけど、ゆったりと瞑想に浸れるだろうと期待していた。すると突然、痛みが走った。激痛だった。苦しみが僕の腹を引き裂いた。僕の遠くにあったもの、少し時間がたってからラシェルの日記を読んで知ったこと、そして自分の内面にかかえ、抑圧し、距離を置いていたものが、今自分の前に、すぐ目の前に存在していた。両親の墓として。父さんの墓、母さんの墓、そしてほかの人たち、近所の人や僕ら家族が親しくしていた人や僕の幼なじみや、生まれたのも大きくなるのも僕が見ていないけど、誰だかわからない誰かに犬ころのように殺されてしまった小さな子たちの墓。頭が爆発し、僕は泣きじゃくり、うめき声をあげ始めた。視界がゆらぎ、がくんとひざをつき、地面に額を打ちつけた。何もかもがあまりにも不当だ。あまりにも謎だらけだ。あまりにも多くの人が死に至らしめられたのに、罰はまったく下されていない。罪からまんまと逃れた人たちがいて、僕たちのまわりでほくそ笑み、堂々と勝ち誇って、ナイフでぐりぐりと傷をえぐるのだ。どうしたらよいのかわからなかった。そこへいきなり狂気が襲った。僕は何もかも壊したくなった。憎悪でいっぱいになった。はらわたが煮えくり返ってしかたがなかった。地球全体への怒り、ラシェルへの怒り、この国への怒り、この哀れな人々への怒りに駆られた。こんなのとても許せない。怒りがこみあげた。この人たちが沈黙のなかに生きていることに対して、まるで聖なる炎のようになんとしても沈黙を守り、自分を退ける城砦みたいに沈黙を築きあげていることに対して、そして、まるで真実は、人生は、隠しておくのがよいのだと、黙らせておくのがよいのだとでもいうかのようにふるまい、子供たちを嘘と欺瞞と無知と忘却のなかに押し込めて平気でいることに対して。僕は今その代償を払わされているんだ。父さんは僕たちに何も話してくれなかったし、ラシエルも何も言ってくれなかった。行政府は僕らに何も教えてくれなかったし、それどころか僕らの意志をくじきさえした。その結果、僕らは何も持たないみじめでか弱い者に、初めからあらゆる妥協、あらゆる沈黙、あらゆる卑劣を受け入れてしまうような人間になってしまってるんだ。僕らは死人だ。哀れな僕ら、羊ども、強制収容所の囚人だ。僕たちを最低の人間にしてしまった父さんに、僕は怒りを感じている。これでよしと望んだ神に、僕は怒っている。こともなく宇宙に遍在することができ、見えないもののなかにも、まったくの平穏のなかにも自在にいることができるのに、僕らの叫びに耳を貸さず、僕らの祈りにまったく応えない神に。でも少しして僕は、神なんてどうでもいいと思った。神の真実は僕らの真実とは別で、僕らの真実は神の真実とは別なのだから。神は僕らの仲間ではない。だから僕は、僕の日記を、僕と同じような、僕らと同じような世界中の人々に読んでほしいんだ。本気でそう思っている。僕には隠すべきことはない。僕は何も隠したくない。みんなにありのままの僕を見てほしい。僕がどんな人間か、どこから僕が来たのかを知ってほしい。僕は立ちあがり、宙に腕を差し伸べてどなった。「僕はマルリクだ、絶滅殺戮の罪を負ったSSのハンス・シラーの息子だ。僕のなかには世界最大の悲劇が宿っている。僕はそれを託されたんだ。僕は恥ずかしい、怖い、そして死にたい！　僕はあなた方の助けを請う。みんな僕に何も話してくれなかった。何もかもが僕の頭上に降ってきたけど、それがなんでなのかもわからない。僕の兄さんは自殺した。両親と近所の人々は虐殺されたけど、それがなんでなのかも、誰によってなのかもわからない。僕は孤独だ。この世に誰もいないかのように独りぼっちだ！」　そのとき本当の怒りが、真っ黒の憤りが、僕のはらわたをぎゅっとつかんだ。嘆いていてはだめだ。復讐、それしかない。復讐《ナカム》だ。僕はイスラーム主義者たちに、あの犬どもに、あのナチどもに憤り、やつら全員を最後の一人まで殺したい、やつらの女房たちも子供も孫も両親も全部殺してやりたいと思った。やつらの家を、モスクを、地下集会所を、眠った組織網を破壊しつくし、やつらをあの世に追放し、さらに、自分たちはそのフランチャイズだと豪語していた神そのものの目の前でやつらを粉々にしてやりたいと思った。そしてやつらが死んだことを祝し、僕らの復活を祝して、フランス革命記念日みたいに盛大なお祝いをしたい。神様、どうしてやつらはああなんだ？　どうしてあんたはやつらをあんなふうに作ったんだ？　誰がやつらを救うんだ？　誰がやつらの女房や子供たちを救うんだ？　誰がやつらから僕たちを救ってくれるんだ？

僕はわなわなと身を震わせ、地面に倒れて泥のなかをのたうちまわった。死にたい、死んでしまいたい。僕は力のかぎりにそう叫び続けた。

モハメドがやってきて僕の肩をつかみ、盲人を導くようにして僕を村に連れて帰った。フランス語がわからない彼は僕がアラーへの反抗を叫んでいたのだと思い、非難の口調で繰り返した。「運命《メクトウーブ》なんだよ、マレク……運命《メクトウーブ》なんだ、僕たちは受け容れなきゃいけない」。それを聞いて、僕はマレクのことも殺したくなった。僕は身をひき離して彼に言った。「運命《メクトウーブ》かい、運命《メクトウーブ》が僕たちをこんなふうに、羊みたいに屠られるままになる臆病な卑怯者にしたのかい?」言ったとたんに僕は自分への怒りに駆られた。自分を恥じた。一日中、空港の特殊警官たちは僕らを犬ころみたいに、ちょうど強制収容所の囚人みたいに扱い、僕らのほうはただ怯え、腹をすかせ、凍え、ボロ雑巾みたいにびしょ濡れになっていただけだった。警官たちは僕らの手荷物や書類を没収し、僕たちの存在そのものを奪った。やつらの排気ガスの毒を僕らに浴びせ、あの薄汚い倉庫で僕らを真っ黒な闇のなかに、言葉一つ、まなざし一つもかけずに置き去りにした。それなのに誰一人、僕にしてもほかの人たちにしても、反抗する者はなかった。誰一人、質問もしなければ、言われるままにトラックへ乗せられる前に僕らの権利をはっきりと読みあげてくれと要求することもなかった。各自が自分の心のなかで「こうなのだから仕方がない」と言っていたんだ。そして誰もが、沈黙を守ったまま、すでにひそかに胸をなでおろして、僕らと一緒にいた人たちがまたトラックに乗せられて未知の場所に向けて出ていくのを見ていたんだ。僕は首を横に振りながら言った。「ミメッド、これは運命《メクトウーブ》なんかじゃない。問題なのは僕らなんだ」

僕は独りになる必要があった。ずっと独りでいる必要が。

僕は両親の家に向かった。いや、今や僕の家だ。僕がシラー家に残った最後の一人なのだから。家は長らく無人にしていたカビ臭いにおいがした。空気を通し、暖炉にがんがん火を焚いた。それから服を着替えて白い外套《ブルヌース》を羽織り、母さんのベンチに腰をおろした。そして頭に浮かんでくることを書きちらした。

心を充電して、狂気に落ちこまないようにするために、僕は一、二時間、ハッピーでほんわかした気分になる必要があった。思いつくままに日常のつまらないことを書き連ねた。サキーナおばさんとアリーおじさんはアイン・デーブ村で暮らしたらもっと楽しいんじゃないかな。空気はおいしいし、静かで心が落ち着く。あっち、団地では、まるで囚人みたいな生活なんだもの。第一三棟の高層監獄それも一〇階の部屋に閉じ込められちゃって、同じ階のうんと年取ったマイムーナさんとサキーナおばさんとで買い物に出かける以外は、二人は一歩も外へ出ない。買い物に行くのはいっつも同じ時間で、いっつも同じもの、パスタ、米、缶詰のトマトソース、真っ白なバゲットパンを買ってくるだけだ。でもここだったら、あたりの野原一帯どこだって自分のものだし、ご近所さんたちみんなでたがいに支え合って暮らし、面倒な書類だとか都会の騒音だとかで悩まされることもない。牝鶏とか山羊とかを飼い、あとはほっといてもなんとかなるんだ。一年また一年とすぎていって、だんだん皺が増え、季節のリズムに沿って暮らしているうちにある日死を迎える。騒ぎになるようなこともなく、かといって気づかれないということもなくね。墓地はすぐそば。みんな一つの家族みたいなもので、親しい人々と再会し、あの世でもまた一緒に暮らしていくんだ。

仲間たちのことを考えた。そして、帰ったら隠していたことをあいつらに全部言おうと決めた。あいつらが沈黙と無知のなかで生きていくのはもう十分だ。もしかしたら遅すぎるかもしれないし、知ってすごく嫌な気持ちになるかもしれないけど、でも、もしかしたら希望を持って、本当の希望を持って、人生を眺めるようになるかもしれない。本当の希望というのは、翼を与えてくれ、そしてその翼で飛びたいって思わせてくれるものだ。僕にもそれが必要だった。生きていくこと、明日を待つのを楽しみにすることが。

団地のことを考えた。そして、僕らの力で団地を変えていけるはずだと思った。簡単な、なんでもないことさ。ただお互いしゃべり合って、全部子供たちに伝えればいいんだ。あとはほっといてもなんとかなる。悲惨のほうがとりつくしまがなくなっちゃって、あっという間に退散さ。役所なんかも僕らの言うことに耳を傾けざるをえなくなる。僕らの目を見れば、僕らが本気だということ、真実と尊敬を求めているのだということがわかるはずだから。イスラーム主義者たちはもう僕らに近づく度胸も失せて、頭《こうべ》を垂れ、しっぽをまいて、しなびた髭をゆらゆらしながら、自分から逃げ出していくだろうよ。悪魔の巣に連れて行かれて、むしゃむしゃ食われて、はい、おしまい。新しいページがめくられ、ものすごくにぎやかなお祭りを祝うんだ、神様も呼んでね。

ラシェルのことを考えた。そして、兄さんの墓に必ず行って全部話そうと決めた。今や僕がすべてを知っているということ、それから、僕らの日記のおかげで僕らがどんな人間なのか、僕らがどんな経験を味わったのかを世界全体が知るようになるんだということを、ラシェルに伝えよう。もう僕らは、自分を隠したり、顔を赤くしたり、嘘をついたりする必要なんかないんだよ。

この夜、僕は一睡もしなかった。一晩中、僕が昔やったように父さん母さんに話しかけ、僕らが一度もやったことがないようにラシェルと話し、もうじきやるように僕の仲間たちとしゃべり合った。まるで、もうすでに僕は幸せになったみたいだった。

以下巻末までの章編成とラシェルの日記からの抜粋に関する但し書——配列はドミニク・D・H女史の提案を受けたものである。

イスタンブールとカイロへのラシェルの旅は一九九六年の三月中におこなわれた。つまりドイツ、オーストリア、ポーランドの各地をめぐる長い調査旅行を終えたあとだ。ここまでの章ですでに読んでもらったとおり、その一連の旅は一九九五年六月のフランクフルトから始まり、一九九六年二月のアウシュヴィッツで終了した。訪ねた順番は、非常に重要な一点だけを除けば、理屈に適っている。ラシェルは、軍人手帳からわかる僕らの父さんの足跡をできるだけ忠実にたどったんだ。父さんの軍歴はフランクフルトに始まり、ドイツとオーストリアのさまざまな収容所を経てポーランドで終わる。手帳にはほかのフランスやベルギーの配属地も記されているけれど、ラシェルはそうした土地での勤務は絶滅殺戮とは無関係だと考えたんだ。それらは短期間の、おそらくは学術的性格の任務で、パリとかロクロワとかヘントなど、帝国《ライヒ》の収容所が置かれなかった場所でのものだと考えられる。産業化学の専門家だったから、そういう人材として父さんは帝国傘下の工場や研修センターや研究機関からの要請を受けたのかもしれない。ともかく、父さんのアウシュヴィッツ駐在は軍歴の中ごろだったんだけど、ラシェルはなぜか、そこへの訪問を一連の旅の最後にまわした。アウシュヴィッツが一般的にユダヤ人絶滅殺戮の象徴と見られているからだろうか？　そうは思わない。ラシェルはすごくいろいろ調べて、どの収容所でもおぞましさはそれほど変わりなかったということを知っていたし、とにかく、囚人たちは必要に応じて収容所《シュタラク》から収容所《シュタラク》へとたえず巡り歩かされ、こっちで経験しないことがもしあれば別のところで経験することになったと、ラシェル自身日記に書いている。ラシェルは、ほかの収容所とは比べられないほど凄まじい衝撃を、このアウシュヴィッツの訪問で経験した。僕はあそこで、あとでみるようにある特定の瞬間に、ラシェルは自殺を、パリにもどったらすぐに自分をガス殺することを本当に決意したのだと思う。もしかしたら以前からそういう考えはあったのかもしれない。最初から、すでにアイン・デーブ村から、あるいはユルツェン、フランクフルト、またはそのほかの場所、ブーヘンヴァルト、ダッハウから芽生えていたのかもしれないし、会社をクビになりオフェリーが出て行ったあと家でずっと独りでいるあいだに思いついたのかもしれない。アウシュヴィッツはそれをはっきり形にし、スイッチを入れる機会にすぎなかったとも言える。でもやっぱり、すごく特別な仕方であれほどのショックをラシェルに与えたアウシュヴィッツでのあの奇妙な光景が、そしてそのことをラシェルが長々と書き残しているあの光景こそが、ラシェルの決断を生んだということもやはり十分に考えられるのだ。

軍人手帳によれば、父さんはナチスの壊滅のときにはルブリン＝マイダネクにいた。ソビエトの部隊がポーランドに侵攻し、怒濤のごとくベルリンへ向けて進軍を続けていた時期のことだ。そのとき以来父さんの足跡は途絶える。友人と共に自分たちの砦を守るためにドイツにもどったのだろうか？　オーストリアに逃げたのだろうか？　ポーランドで身を隠したのだろうか？　ラシェルにもそれはつきとめられない。ナチスの集団はいずれも散りぢりになって潰走したし、ヨーロッパじゅうが混乱のさなかにあったから、どの仮説も否定できない。確かなことは、あるときに、ポーランドかドイツで、〈セクションン92〉と接触するようになり、その導きで父さんがまずはトルコへ行き、そこからエジプトへ逃れたということだ。

＊

ここからの章の組み立てとラシェルの日記からの抜粋は、すこし自由にやってみたい。まずこの章の次にイスタンブールとカイロについての文章をもってくることにする。それから、ドイツとポーランドの収容所巡りはとても長い旅だったんだけど、アウシュヴィッツのところだけをとることにして、後ろのほうに置く。もし僕がラシェルの旅行記の全部を書き写したら、僕らの日記はめちゃくちゃに長い、これはご勘弁ってな代物になってしまうと思う。いつかはそういう本を出してみたいけど、最後まで読み通せる人はどれだけいるかな。

恐怖の核心に向けてのこの旅行のあいだに、ラシェルは何百ページも書いた。そこにはあふれ返らんばかりに、収容所《シュタラク》に関するものすごく込み入った技術的な情報や、あちこちで拾い集めた信じがたい驚愕の物語が記されている。収容所の訪問ガイドたちが物語ったものもあれば、あちらこちらの収容所でラシェルが出会った、巡礼に訪れた元収容者から聞き取ったものもある。こうした生き残りの人たちとの接触はラシェルにとって、とほうもなく苦しいものだった。引き裂かれるような苦悩が何ページにもわたって書かれている。ラシェルは、あるときは研究者を装い、あるときは収容者の親族を装って、こうした人たちに近づいた。話を引き出して、さらに、その人たちの心の奥の奥にあることを、詳しく、正確に聞き出そうと努めたんだ。氏名の照合もおこなった。けれどもそれらは全部、ラシェルがすでに知っていたことだった。ラシェルはあらゆる領域で実に細かいことまで調べつくし、ありとあらゆることについてカードをとっていた。そのほとんどは正直言ってとても読めない汚い字で書かれていて、定式や記号や図や走り書きや引用なんかを満載した走り書きのメモみたいなものだ。たとえば収容者の食糧、洗濯の仕方、作業場、医療、衣服の仕分け所、実験をおこなうための診療所、あの有名な選別コミッションのシステム、ブラックマーケット、隠された宝石とか可愛いナディアとかおいしい酒とか豪華な毛皮とかを狙って、いつも待ち構えていたSSの連中の卑しいふるまい——やつらは流血の殴り合いをむしろ焚きつけて楽しんだりもしていたんだ——、軍隊の儀式、民間や宗教団体による追悼式、親玉《ボンツェン》たちの大視察、カポたち用の買春宿、士官用のハーレム。ラシェルはこういうことに関する書物の内容をそらんじていたけど、ラーゲリを内側から実際に経験した人たちの口からこれらの話を聞きたいと思ったんだ。外側の世界というものが存在していることを、人間が生活している世界、踊ったり、本を読んだり、勉強したり、誰かを愛したり、花を買ったり、子供を育てたり、神の御恵みのかずかずに感謝を捧げるそんな世界があるということを忘れていた人たちの口から。内容を知っているというのは、かえって厄介なことだった。だけどラシェルはうまくふるまった。相手がぜひ話したいと感じているときにだけ質問をかけ、その男が突然嗚咽《おえつ》で声を詰まらせたときには、何も言わずに、うなずきながら目の前を見つめた。さりげなく、虐殺者たちのことを覚えているか、彼らの名前は、その階級はなんだったか、何か特徴的な悪癖はなかったか、規則が求めている以上のひどいふるまいがなかったか、また、人間性をみせる人はいなかったかなどを尋ねた。いつもラシェルは相手の話をガス室や、特殊部隊や、移動虐殺部隊、シャワーを浴びる番になった囚人たちの縦隊を取り囲んでいた兵士たちのほうへと向けさせた。そして、捕虜収容所《シュタラク》の化学者でツィクロンBの注入の準備をしていたあの目立たぬ男のほうへと話をもっていき、誰か名前が頭に浮かんでこないかと訊いてみた。ラシェルは死ぬほど断罪し、何度でも繰り返した。この人は父を知っている、忘れたはずはない、これからも絶対に忘れないはずだ、私は言わねばならない、この人にとっても私にとってもこれこそ真実なのだから。「実は、私はハンス・シラーの息子なのです」。僕は、ラシェルが実際には誰にもそう言ったことはないと思う。ともかく日記にそういう報告は見当たらない。言ったとしたらよくないと思う。苦悩のうえに苦悩を塗り重ねるなんて、すべきことじゃないもの。

　ダッハウを離れるとき、ラシェルはいつかエルサレムに行き、ホロコースト記念館ヤド・ヴァシェム*で黙祷を捧げると心に決めた。こう書いている。「犠牲者たちは今も収容所《シュタラク》にいる。埃となった彼ら、灰となった彼らは、永遠にドイツとポーランドの土のなかにいる。まさにそのことを私は彼らに謝罪せねばならない。ガス室の前で、焼却炉《クレーマ》の前で、私の父が彼らの命を奪ったその場所で。しかしあそこ、ヤド・ヴァシェムでは、犠牲者の一人一人を名前で呼ぶことができる。父にとって星印と腕の入れ墨の認識番号を付けた者にすぎなかった人々を名前で呼ぶことは、とても大切なことなのだ」

結局、ラシェルがイスラエルに行き、ヤド・ヴァシェムを訪問することはなかった。もしいつかそうできる手立てがみつかったら、僕が行ってみることにしよう。ラシェルの代わりに。また、自分自身のために。そしてすべての名前を大きな声で読みあげるんだ。そしてその一人一人に、僕の父の名において赦しを請おう。

僕は名前を剥ぎ取られ、改変された名前で葬られた両親のことを考えた。よいことなのか、悪いことなのか、僕にはわからない。ラシェルはそれを決定的な点だとみなしたけれど、僕は二次的なことだと思う。母さんの墓には旧姓でアーイシャ・マジャーリと書かれていた。まるで母さんが独身女性で、子供もなく、誰からも望まれない汚れた女であったかのように。そして父さんの墓には姓はなく、ただファーストネームと通称だけが記されている。ハサン・ハンス別称シ・ムラード、と。まるで父さんが私生児で、父親が誰だかわからないまま生まれてきたかのように。どう考えるべきなのか僕にはわからない。ともかくこれが歴史上の記録となった。村にとってはハサン・ハンス別称シ・ムラードは、シャイフであり、聖戦士《ムジャーヒディド》であり、寛大な心の持ち主で、そして犠牲者《シャヒード》であるし、アーイシャは、父親である尊敬すべきシャイフ・マジャーリの娘にほかならない。もしハンス・シラーと書かれた墓の前に立ったら、村の人たちは、理解できないものを目にしているみたいに戸惑ってしまったかもしれない。僕はいろいろ疑問を思い浮かべる。当局は父さんの過去を知っていたのか？　きっと抵抗運動《マキ》や独立のころはそうだったのではないかと思うけど、それ以後長い年月がたった今の小粒な親玉《ボンツェン》たちはきっと何も知らないと思う。そいつらは嘘を信仰し忘却をモットーとして地位を築きあげてきたんだ。この体制では万事問題なしとされ、万が一そうでない場合も、昔のあいまいな証拠なんかを引っぱり出してすべてをオーケーとしてしまう。彼らにとってアイン・デーブは単にドイツ人の村で、そのドイツ人はハサン・ハンス別称シ・ムラードという名以外ではない。では村人たちは？　あの人たちは知っているのか？　隠しているのか？　父さんは三〇年間村人の一人として生きてきて、一度も何も話さなかったのだろうか？　村人たちのほうは父さんに一度も質問しなかったのだろうか？　おたがいわかっていたのか？　暗黙の裡におたがいさし控えていたのか？　村人は立派な心根の人たちで、歓待は彼らにとっては聖なる義務であり、ドアをたたく者があればなにも訊かずにその人に尽くしてやり、ここに身を落ち着けたいと望むならもっとも高貴な娘と結婚させ村の一員として受け入れる。彼らは、ナチスによるユダヤ人の絶滅殺戮のことを一度でも聞いたことがあるだろうか？　それとも僕がそうだったみたいに、なんにも知らなくて、導師《イマーム》が話すようなことを知っているにすぎなかったのだろうか？　その導師《イマーム》にしてもミナレットで同じセリフを繰り返すオウムにすぎず、いったい何を本当に知っているだろうか？　僕はこういうことについて政府が学校で教えさせているとは思わない。子供たちが心を強く揺さぶられ、ユダヤ人に共感を持ち始めたりするかもしれないから。そしてそれを契機に、現実をいくらか認識しだしてしまうかもしれないから。僕にはむしろ、ユダヤ人への憎しみが教えられていて、政府は国民が開かれた精神を持たないようにしているんじゃないかと思う。僕はFLN青少年団、ラシェルがまさにFLNユーゲントって呼んでたやつだね、それにいたころ、四六時中、指導員たちが「リフーディー」つまり汚いユダヤ人って言っては地面に唾を吐き捨てて、そのお口をすすぐために「アラーが彼を呪い、彼を消滅させてくれますように！」っていう決まり文句を唱えていたのを思い出す。今ではまさかあのころと同じではないと思うけど、うまく砂糖でくるんで温存されているかもしれないし、口当たりのいい香料でごまかしているかもしれない。アルジェリアは国連に参加していて、形式的にはその義務に従っているけど、ほんとの中身は別で、それは親玉《ボンツエン》たちにとってはとても都合がいいことなんだ。国はまるで金庫のようにしっかり閉じられていて、本当の思惑は今も昔も変わらない。人々が貧困のなかにあり、差別主義にはまり、怒りを抱えていればいるほど、統治は容易になる。「大量殺戮は頭のいい人たちの指揮によって犯されるのではなく、必要なのは、憎しみと無知とデマに乗りやすい反応の軽さなのだ。国家が誕生するときにはいつだって狂人と殺戮者がいて、そういう者たちによって国は作られる。善良な人たちを殺し、英雄を追放し、普通の人々を投獄して、自分たちこそ解放者であると宣言するのである」ってラシェルが書いているみたいにね。結局、誰も何も知らないんじゃないかな。いつか平和がもどってきたら、僕はサキーナおばさんを連れてアイン・デーブ村をもう一度訪ね、ハンス・シラーの物語を靴屋の息子モハメドに話し、そして彼から村の人たちに教えてもらうことにしよう。みんなには、彼のほうが僕よりうまく話せるだろうからね。村の人たちは誰もかれも頭がおかしくなり、信じるのを拒否し、はげしく議論し合い、僕を呪うことになるかもしれない。でも真実は真実だ。真実は知られるべきなんだ。子供たちの頭のなかで、真実はあるべき道をたどるはずだ。

イスタンブールとカイロへのラシェルの旅にはさしたる理由がない。ナチスの士官たちの国外脱出を可能にし法的追及をまぬがれさせた秘密ルートについては、すべて把握ずみだったのだから。イスタンブールではラシェルはホテルから一歩も出なかったぐらいだ。ベッドに寝ころがったり窓際でぼんやりしたり書きなぐったりして一日をすごし、翌日にはカイロ行きの飛行機に乗った。カイロでは、しばらくしてから父さんがどうやって、王制に対する軍事クーデター*のあとでふたたび姿を現すことができるようになったのか、そしてナセルの秘密警察「ムハーバラート」の手中に入り、そこからアルジェリアの抵抗運動《マキ》に教習員としてあるいは何かの使命を託されて送り込まれたのか、そのあたりの経緯を知りたいとラシェルは思っていた。でも誰がそういうことを知りえるだろう。秘密警察は秘密の存在で、その活動は秘密なんだから。カイロでラシェルはますます頭が変になったことがよくわかる、ちょっと面白いことをしている。ともかくトルコとエジプトへのラシェルの旅行は、実はとりたてて目的のないものだったと僕は思っている。ラシェルはただ時間をつぶし、深い海の底に潜ったあとの減圧をおこない、そして、死ぬ時を待ちながら身体を休めていたのだと思う。ラシェルが選んだその時とは、まさしく、一九九六年四月二四日の二三時だ。アイン・デーブ村の殺戮事件が起きたのは一九九四年四月二四日の二三時ごろだった。この日時に、父さん、母さん、そして僕らの隣人たちは犠牲となって亡くなってしまったのだけれど、それはまた、絶滅殺戮者で命の簒奪者でSSのハンス・シラーがその命を終え、その秘密を墓に持っていった日時でもある。ラシェルにとっては、正義はまだなされていなかった。その重みをラシェルは最後まで背負った。そして今度は僕がそれを担う番だ。

ラシェルの日記　イスタンブール、一九九六年三月九日

トルコ人ほど腹立たしい人たちもいない。荒くれ者という評判の権化となり、どうやら、みずからそれを証明せねばという使命に駆られているらしい。道を歩いているだけで、鉄球で壁を壊して回っているか、発情期の雄羊を押さえつけようとしているかに見える。一般的に言って、国民性の評判に恥じぬようせっせと励んでいるかのごとき各国の人々には、私は辟易を禁じえない。イタリア人はあけっぴろげで何も頼んでいないのにお節介を焼こうとする、スペイン人は妹は元気かと訊いただけで烈火のごとく怒りだす、ポーランド人はもう呑むのはやめろと言うとさらに六杯あおる、アラブ人はその伝説的に有名な飲酒の節制を褒めると逆上して剣を抜く、イギリス人なら、服に火がついてますよと注意してやっても冷ややかにすましている。私が血を半分受け継いでいるアルジェリア人が、王様のような歓待を始終自慢しながら、自分たちの麗しい国を世界で最も歓待に乏しい国にし、行政を悪魔の陽の下にある

かのごとき最も抑圧的なものにしてしまったのを見るにつけ、私は心が痛む。さてわれわれ、フランス人については、言うに及ばない。それらのすべてを兼ね備えている。まさにこういうところがフランス人の普遍主義と言うべきなのか。外国に行ったときに現地の人々から、これだからフランス人はね、とこぼされることがあるが、そのときその人たちは何か特定の思いを抱いている。私たちよりも先にやってきたフランス人たちが、頭にこびりついてその後ずっと消えないようなことを残し、それが溜まって私たちをめぐる偏見が作られるのだ。国民性に関する偏見の一覧表を作り、観光ガイドのパンフレットと一緒に配ってみてはどうか。そうすれば、つましい放浪青年たちは行くべき場所はどこで、避けるべきことは何かを知ることができよう。一方、偏見で見られる国民に対しては、そんなものは風評でしかないと言ってやるべきだろう。人々はそこから脱して心静かに生きることができるようになるのではないか。世の評判などは払いのけ、わかりやすいシナリオを逃れて、自分自身の人生を生きよ。これこそ教えるべき訓戒だ。

つまるところ、空港に着いてからボスポラス海峡のグランド・モスクの陰の坂道にひっそり建つホテルまで、私は、出会ったすべての大将たちから不機嫌な顔をぶつけられた。ただの一人も私には「こんにちは《メルハバ》、ごきげんよう《サラーム》」とも言わなければ、「おはよう《ギュナイドウン》」とも「いい一日を《イイギュンレル》」とも声をかけてくれず、自分たちだけでしきりに挨拶し合っているだけなのだ。私が恐怖と嫌悪を引き起こす存在だとでもいうのだろうか。たしかに骸骨のような風貌と血走った眼つきではさもありなんというところだ。私は死人であり、死人に目を凝らしすぎた死人だった。空港の警官はおとり捜査中の麻薬密売人でも見るかのように私を睨んだし、タクシー運転手は危険な病人は乗せられないと私を拒否し、ホテルの主人はあまり長い時間私に言葉を返そうとしないものだから、私は喉でも締め上げられて傭兵部隊《バシ・バズーク》*を呼ばれるのではないかと心配したほどだった。

しかし真実は別のところにある。私の方が彼らを見下げていたのだ。私にとってトルコは、この国なりのやり方で、政治的には中立を保ちながらホロコーストを支持した国に他ならないからだ。帝国《ライヒ》と友好条約を結び、枢軸側寄りの立場を示していたトルコは、ナチス将校たちの脱出口を提供したし、また、この国自身の歴史に残虐な大量殺戮《ジェノサイド》*を抱え、それが正視するに堪えないほどのものであるがゆえにけっして認めないという蛮行を続けている国なのだ。ドイツの例があるにせよ、その罪は人類史上最悪レベルのものだ。だが私は非難できる立場にあるだろうか？　父親がなぜ自分の罪を引き受けなかったのかを気が狂うほど問い続けているこの私が。

以前はトルコが嫌いではなかった。美しい国だし、空気が体に良い。私がかつて勤務していた国際企業はトルコの巨大グループと業務提携を結び、組み立て工場をここに持っていた。というわけで昔はよくここに来たのだ。だからこっちの人たちの食事作法も多少心得ている。彼らお気に入りのやり口。西洋と東洋の二つの椅子に腰をかけて、というか二つの長椅子に寝転んでと言うべきか、まったく不可解なそぶりであっちをつまみこっちをつまみを繰り返すものだから、こちらとしては、二股をかけているのではと疑わしくなってくる。私を苛立たせるのは、朝には世俗主義者、夜には昏《くら》い人として過ごしつつ、彼らが私たちの面前では、頭のてっぺんからつま先まで、まるで空気のように透明に思えることなのだ。明日は飛行機でカイロに向かう。あちらでは空気はここほど良くはないかもしれないが、出張でたびたび訪れて私が感じたところでは、人々は二つの足にちゃんと同じサンダルを履いている。

私は窓からこのあいまいな世界を眺めては、しきりにうなずいていた。そうしているうちにヨーロッパ人の若い男が、ほつれたトルコズボンを履いているが馬のようにがっしりしたオスマン人の老人をそっと付けているのが目に入り、二人が暗い路地へと消えていくのを見た。なぜだか私はその瞬間に、自分が父さんになった気がした。父さんをもっとよく知るために、父さんの頭のなかに入りこみ、父さんの足跡を追いかけ、父さんがたどった怖ろしい道筋をみずから進んでみることにする。私はハイドでジキルだ。私は自分の姿として思い浮かべた。ポーランド、スロバキア、ハンガリー、ルーマニア、そして戦火のバルカン半島を抜けていく大騎行。昼よりむしろ夜に移動し、街よりは野原や森林をまわる旅だ。そしてボルシェヴィキの席巻するブルガリアに到着する。そこからひそかにイスタンブールに入る。私の身はトルコの案内人たちに委ねられた。噂がすでに飛び交い、収容所まで伝わってきていたのだ。アウシュヴィッツでのあの恐ろしい「ジプシーの夜」*やほかのどの収容所でも起きたゾンダーコマンドたちの〈抹殺〉で知られる、収容所《シュタラク》閉鎖前の大殺戮が始まった頃のことだ。ドイツ国防軍・武装親衛隊・秘密国家警察《ゲシュタポ》の便宜を図ろうとするドイツの国家保安本部と、トルコの秘密活動部局が極秘の闇取引を結び、少なくともヨーロッパ中が混乱のさなかにある間は、ドイツ人将校たちの逃亡を手助けするさまざまな組織がトルコ領を自由な通過地帯として活用できるようになったという風聞だ。ヨーロッパ各国はてんやわんやの状態だったが、ドイツへの協力者や戦争犯罪人に対する血路を上げた追跡が全力で展開されていたなかで、トルコが唯一可能な脱出路となった。スイス銀行のトルコの口座には、ドイツ軍の幹部たちを救い出すために多額の資金が預けられた。少しして一九四七年になると、〈オデッサ〉の組織網が活動を始め、また、スイス、イタリア、とりわけオーストリアを経由するほかのいくつかのルートも開かれるようになった。臨時の対応で必死だった終戦直後の時期は終わり、新しい時期に、すなわちビジネスの時代に入った。何百万ドルもの金、隠した財宝、貴重な絵画のコレクション、稀少な文献、ダイヤモンドと同じ値打ちのある謎めいた物、極秘の書類などを話題に持ちだしながら、*さまざまな国家、超一級の秘密組織、権威ある団体の密使などとの交渉がおこなわれ、すさまじい地下での闘いが展開され、強烈な破壊力をもったイデオロギーが再燃した。まるで次の戦争にすでに突入したかのようで、強制収容所に送られた人々のことや本当とは信じられないほどのその悲劇は忘れ去られた。要求はどんどん高まり、誰もができるだけドイツからの取り分をせしめようとし、ロケットや固形燃料、化学兵器や核兵器、軍事医学や軍事工学、軍事産業経営、暗号作成や暗号解読、プロパガンダ、芸術鑑定、マイノリティ管理の専門家を奪い合った。オデッサと取引しなかった者があるだろうか？　私は、口外できない冒険を求めてメディナの路地をさまよい、怪しげな隊商宿に消えていく自分の姿を思い浮かべた。私はそこで、今この粗末なホテルでしているのと同じように、ぐらぐらする窓の装飾格子を透かして辺りを窺い、しきりにうなずいたりしながら日々を過ごして待機していた。ほんのわずかな物音にもびくんと飛び上がり、BBCの放送が意気揚々と世界の終わりを、我らの世界の終わりを、次から次へとおこなわれる我らの都市への爆撃を、連合国とロシアの諸陣営が繰り広げる帝国《ライヒ》と我らがベルリンの争奪戦を、我らが偉大な最高幹部たちの逮捕を、我らが総統《フューラー》の自殺を、我らが強大な軍隊の全部隊の解体を、破壊し尽くされた通りをさまよう飢えた人々の様子を伝えるのを聞く。ユルツェンに思いを馳せ、老いた両親が崩壊した建物の瓦礫の下でうめいている声を耳にする。私は思い浮かべた。虚脱状態に陥り、両手で頭を抱え、自殺と闘いの継続と逃亡との間で逡巡する自分の姿を。

そしてある朝、夜明けに人が訪れて、道が開けたので急ぐよう、そしてドイツ語は話さぬようにと伝えられる。トルコ風の衣装を着せられ、偽造書類を与えられ、そしてもしかしたら彼方にいる私の支援者、たとえばあのジャン92からのメッセージを託され、第一次大戦時のトラックに詰め込まれる。ほかのドイツ人将校もそこにいただろうか？　もちろんありえる。何千人もが命を逃れようとしていたのだ。怒鳴られ脅されても私は肩からかけた鞄を放そうとはしない。帝国《ライヒ》の士官にとって何があっても手放してはならないもの、軍人手帳と勲章が入っていたのだ。それに戦争は終わったわけではない。レジスタンスや地下活動など違うかたちで続行することができる。最終勝利を得るための計画には、当然、敗北も計算に入れておかねばならないものだ。参謀本部は間違いなくこのぐらいの仮定は検討したうえで戦術を練り上げたはずだ。実際、フランス人は敗戦の後にこれに成功したのであって、べつに世界最高の戦略家たちだったわけでもないが、ロンドンやアルジェを拠点にして再び立ち上がることができたのだ。さて、私の旅は長く苦しいもので何度も中断を余儀なくされたが、ある日、あの地平線の向こうが国境で、そこにシリアの案内役がいると耳元でそっと教えられる。エジプトはそこからまださらに遠いが、太陽と砂漠とキャラバンと乱雑さと信じがたい喧噪をそなえたオリエントは、すでに目の前だった。

そこならきっと、干し草のなかの針のように見つからずにいられる。人々が皆一様に長衣《ジェラバ》を着、頭巾《カフィーヤ》をかぶっているので、なおさら匿名性の高い世界だ。エジプトはイギリスの統治下にあったものの情勢はきわめて複雑で、誤解と混乱のるつぼを成していたので、希望は大いにあった。どんなことも可能で、好きなように消えたりまた現れたりすることができる場所だった。ファールーク王*はいわばもう終焉を迎えていて、その後がどうなるのかは誰にもわからなかった。憶測が飛び交うばかりで、世界中のさまざまな見方が互いに打ち消し合い、入り組み、ぶつかり合ってぐちゃぐちゃの渦を巻いていた。各国からのスパイが、微笑を浮かべた外交官や、真面目な考古学者や、計算高い交渉人や、イスラーム教の熱愛者や、羊の群れのような軽薄な旅行者を装って住みつき、片方の目を油井とスエズ運河に、もう片方の目を鼻先にいるスパイに向けていた。歴史の暗闇から今に至るまで一切が不明瞭な〈中東世界〉だ。私はエジプトに至るための考えうるすべての経路を検討し、父は陸路をとったと結論した。海路は最も短距離だが最も危険で、米・英の海軍がそこいらじゅうにいて、たえず警戒態勢を敷いていた。戦争は終わっていたがその灰はまだくすぶっており、両国軍の艦船が巡視、臨検、取り締まり、検挙をおこなっていた。地中海はいくつもの世界が交わる中心で、阿片、アメリカ煙草、酒、武器、秘密文書、偽造書類、芸術品、あらゆる種類の手形などが闇で行き交う十字路となっていた。また、メッカや、ナジャフ、コム、カルバラー、エルサレムへと向かう巡礼者に対する簒奪行為も横行していた。イギリス人はとりわけユダヤ人に対して厳しい態度で臨み、あらゆる手段を駆使して彼らがパレスチナに到達するのを妨害しようとした。イスラエル人たちはガリラヤ地方とネゲヴ砂漠に渡る地域に国を、イスラエルの国家を樹立することを望んでいたが、それはアラブ人の怒りを引き起こす結果を招くと予想されたからだ。一方、すでに動くものすべてといざこざを起こしていたアラブ人たちは独立を迫りそれを夢見ていて、共産主義、社会主義、汎アラブ主義、原理主義と、さらには滑稽な茶番である上にユダヤ＝キリスト教的な民主主義とさえ、裏で関係を模索していたが、結局はそのどれも実を結ばなかった。あまりにも分裂が激しく、夢ばかり華やかに膨らませて実現能力があまりにも乏しかったためで、その結果、モスクワが伸ばしてくる触手に身を任せることとなった。さてよくあることだが、最も遠い道こそ最も危険が少ないものだ。私の結論では、父とその案内役たちは、トルコ東部のアダナ、デルチョル、ハッサを通り、アフリーンからシリアに入って、順にアレッポ、ダマスカスとたどり、それからヨルダンのアル・マフラクに行って、そこからこの王国南部のアンマンそしてラムへと向かった。ここまで来ればそのあとはアカバ湾を渡り、シナイ半島に着いたらラクダの背に乗って半島を横切ってスエズへと向かい、そして旅の最終地点カイロに到着する。何千キロにもおよぶ旅、太古の昔からの情け容赦ない太陽に晒し続けられる旅だ。

私はへとへとに疲れきって、オリエントの砂漠地帯を踏破するこの長大かつ退屈な旅を終えた。シャワーを浴び、ベッドに飛び込み、眠りに落ちた。

カイロでのラシェルの旅　一九九六年三月一〇～一三日

カイロへは国際企業のセールスマンをしていた時代によく来た。大好きな国で、太陽と夢に再会するデートにでも出かけるように、いそいそと訪れたものだ。早く正真正銘の雑踏のなかに身を浸し、南の国々でしか出会うことのできないガヤガヤした雰囲気に呑みこまれたいと、気が急いたものだ。こうした国々は陽気であるが奇妙な転倒の上に成り立っていて、まさにエジプトは過去に必死でしがみついているようでいながらその数千年の歴史とは乖離しており、世界に開かれているもののそれはただ観光というほんの小さな窓を通してのみであり、心を和ませてくれるけれど、ただしそれは墳墓の遺跡のなかに限られるのだ。というわけで、不可解なちぐはぐさに惹きつけられた人々が、釣り合いのとれた暮しは自分のところに残して、はるばる出かけてくるわけなのだ。この国はまことに一つの奇跡で、デルタ地帯だけでもっている。つまりデルタの貧弱な畑と、壁画の浮き彫りから落っこちてきたような老いた農夫たちだけによって支えられているのだ。実に脆弱。だが農業といえば灌漑であり、私たちにとっては、つまり我らが多国籍企業にとっては、ポンプと水栓、そして当然必要となる附属品の出番となる。しかもドル払いをご利用いただけます、という次第だ。私たちのものの捉え方というのはこの通りで、他にないのだから仕方がない。市場は商人なしでは成り立たない。私たちはまさにその一人であり、彼らのニーズ、彼らの抱えている途方もない弱点、そして初めも終わりもない昔話のような彼らの波瀾の劇を、彼ら自身は絶対に知りえないほどよく知っている。それが市場分析、いわゆるマーケットアナリシスであり、そこからグローバルマーケティングストラテジー、つまり独占的勝利を収めるための戦略が編み出される。トップのゴーサインが出て、私たちはハゲタカのごとく、聖書の呪いさながらに、この不幸な国に舞い降りた。天を仰いで「神は偉大なり《アラー・アクバル》」と嘆く間に、この国は隅から隅までがんじがらめに設備を施され、末代までの借金を背負わされることとなった。数千年来続いてきた光景をこの国が目にすることはもはや叶わなくなったのだ。ダウ船の舵取りがもらす哀切な嘆きやカモメたちの意味不明な鳴き声に彩られながら神秘の大河が由緒ある大海へと滔々と注ぎ込むさま、そしてまた物事がうまく重なればだが、この聖なる流れに浮んで運ばれるイグサの揺り籠のなかでふっくらした頬の赤ん坊がしきりに手足を動かしながら片言のたおやかな声をあげる情景。だが今や、水は引かれ、曲げられ、溜められ、攪拌され、濾過され、水路に流され、ポンプで汲み上げられ、栄養分が足され、徹底的に使い尽くされ、そしてその後でようやく、古《いにしえ》の大河ナイルに捨てられるようになった。ぼろぼろの半病人のごとくになった河は、その水を終着点の、吐き気がするほど汚れきった海まで運ぶのだった。要するに、神々のふるまいにお伺いを立てるようにして人々が待ち構え、新しい年の始まりを祝うようにして歓喜で迎えたナイルのあの伝説的な増水は、すっかり過去のものとなったのだ。私たちはそれを、わずかな料金と五パーセントの賄賂《バクシーシー》でやり遂げた。世界の初めまで遡る太古の歴史の流れを変えたのだ。今や彼らもヒエログリフを現代化するべき時なのだ。

ビジネスの後は、人混みに浸かってメディナの人間的な同胞と交流するひとときとなった。クーラーの効いたオフィスを出るや、私たちは貧しい界隈を駆け回った。悲惨な〈南〉でしか思い描けないような本物の貧しさのなかにある界隈だ。こんな地域がもちこたえているのはまさに奇跡、ありがたい神のおかげだ。信じられないほど曲がりくねった通りや狭い路地を私たちはめぐる。奇跡的に生き残った人々が作りだす本物の喧噪、色彩と物音と匂いの洪水、貧乏人《ミスキーン》たちの混沌とした微笑み、店主たちのとどまるところを知らない売り口上と、あとは信用だといきなり大見栄を切る大昔からのやり口――これには世界を股にかけた詐欺師も一人ならず騙されてきた――。浮浪者の哀しげな嘆き節、子供《ワラド》たちの群れが飛び出してくるところ、スークの泥棒《サーリク》たちの演じる喧嘩芝居。無垢な人々の不幸にたかって肥え太るダニのような、太鼓腹をした愚痴り屋の小役人たちが大仰にこぼす泣き言、荷運び屋たちの罵声、物乞い《トゥウール》が救いを請う呼びかけ――あまりにも哀れな声なので誰も耳を貸さない――、代書屋の夢のような朗読――告白を聞き取りすぎたせいで嘘っぽさがどんなお人好しにもすぐに見抜かれてしまいそうだ――。そして、鷲のごとく目ざとい私たちは、そうしたあれこれの背後に、ぴったりとしたチュニックをまとい、額にカラフルな玉飾りを垂らしたエジプト女性たちのまなざしを追い求めた。夫たちは辺りで妻を探すが完全に見失ってしまい、怒りで目を血走らせながら杖をひゅうひゅう鳴らすが、彼女たちを掴まえることはできない。女たちは人殺しも顔負けの悪企みの天才だ。さあ今や目の前には、怪しい夢から出てきたかのような、いたずらっぽい小悪魔の彼女たちがいる。揺れるように足取りをすべらせ、両腕を広げ、豊満な胸を見せつけ、あだっぽい微笑みを浮かべ、そして鼻と額の間には魔力をそなえたあの二つの眼が光る。私たちが彼女たちを通して探し求めるのは、まさにそれ、彼岸のその先から投げられてくるスフィンクスの生き生きとしたまなざしなのであった。このまなざしは、その日かぎりの不滅や、一瞬光っては消える稲妻のように、なんとも捉えがたくそれでいて人を惑わし、王《ファラオ》の呪い――たとえそれがツタンカーメン王の呪いであろうとも――よりもはるかに強く私たちの胸を騒がせる。一人一人の女のうちに、私たちはクレオパトラの甦りを、何人ものカリフたちに値する女王《マリカ》を、アラーのお気に入りの天女《フーリー》を、『千夜一夜』の王女を、ジンたちの住む悩ましい世界から出現した魅惑的なセイレーンをみとめた。コホルで飾られ世界最古の謎で輝くエジプト女性のきらきらとしたまなざしほど官能をそそるものはないというのが、あまたの旅を重ね見聞を広げてきた私たちの間の一致した意見だった。

すっかり巡礼をすませた後は、カバンにはオフェリーへの土産に黒檀のスカラベか粘土細工のミニチュアのミイラを収め、私は悲しい帰還のときを迎えたものだ。現代世界の過酷な現実とこれから再び渡り合うのかと思うとすっかり意気消沈して、私たちはそれぞれ、自分の遠い国々へと戻っていくのであった。

しかしそうしたこともみな過ぎた昔の、私が勤勉で気楽に生きていた頃の思い出だ。今や私は、過去にがっしりと捉えられ、怖ろしい戦争のなかにどっぷり浸かり、歴史上最大の悲劇によって押しつぶされ、おまけに、自分の父親からの拷問に苦しめられているのだ。それ以来私は、絵葉書にうっとりする視線でエジプトを見ることができなくなってしまった。私の父はトランクに悪を詰め込んでここに到着し、どうやら良い時間を過ごし、うまく名誉を取り戻して、エジプトの秘密工作員の一人となったものと思われる。私が知らなくてはならないのは、人が、一体全体どうやって、みずからの手で作り出した地獄、このうえなく陰惨な収容所の生活から逃れ出て、今度は、太陽が王様のように、謙虚さが女王のように君臨し、微笑ましいくらい雑然とした日々の暮らしとしてのみ悲惨が存在し、手を伸ばせば水煙草やミントティーが、目の高さには踊り子のへそがあって、ベッドは満天の星々に向かって広げられている、そんな夢みたいなパラダイスで生きるようになるのかである。そのようなとき人は、何を考え、どんな悔恨を募らせるのだろうか？　これ以上なく人間を密集させた、これ以上ない暗黒の場で繰り広げられる展開される不条理なほどに儀礼化された機械的な舞踏劇に立ち会い、果てしない狂気と虚無と化した日常に溺れつつ、壁を通して漏れてくる断末魔の叫びを耳にし空へと昇る黒い煙を目にしながら、あれほどまでにふんだんに自分がまき散らし続けた苦しみを、一体どのような喜びによってなら忘れ去ることができるのだろうか？　人間はいかなることについてでも自分を赦せる姑息な存在だということは私もよくわかっているが、おぞましさもここまでの極みに達すると、自分に対するどのような憐憫も陶酔も同情も不可能である。それが可能だというなら、その人は人ではない。人に似た下等な生き物ですらなく、まさに悪魔そのものであろう。ああ、誰か私に、私の父がどんな人物なのか教えてほしい！

ちょっと目を開けさえすれば、古きエジプト、幸福なエジプト、ナギーブ・マフフーズ*が描く世界中の人が行き交い次々と騒動が起きるロマンチックなエジプトは、もはや存在しないことがすぐに感得される。現代のエジプト《ミスル》は、大ピラミッドのごとくどっしりとした二つの巨大な存在、すなわち〈警察〉と〈宗教〉によって牛耳られている。自由な人間には、足を置く一センチ四方の場所すらない。警官《ショルテイー》でなければ、狂信者《イルハービー》に呼び止められる。元首《ライース》の警察とアラーの宗教は互いに手を取り合って、この世のあらゆる人々の暮らしをむごたらしいものに貶めようと必死だ。断末魔の苦しみと不名誉のレッテル、それがこの哀しい運命に引かれた二本のレールだ。信仰と警棒で叩きのめされている国々はいろいろあるが、これほど事態が速く進んでしまったところは他には思いつかない。カイロへの私の最後の訪問は二年前のことで、わが社の最新モデルの巨大ポンプH56の納品の直後だった。Hとは水平《ホライズン》の頭文字、56は排出口の直径をインチで表したもの。推察するに、我が社の公式認定ガイドが見守り役としてつく前に、よく気のまわる警官《ショルテイー》たちがスパイに来たらしかった。ポンプの動きはどこかしら気まぐれな調子で、あやうく、私どもが悪うございましたと口にしそうになってしまった。案内役たちは私たちを欺くように言い含められていて、そのことはこちらも承知していたが、ともかくこのときは、バルブを間違った方向に何回かまわしたことが一目瞭然だった。今、通りにいるのはふつうの人間ではなく、夜を過ごす場所を求め、警察署からもモスクからも離れた避難所を探してさまよう被迫害者たちである。この国は住むに耐えない。人間向きにはできていないし、かといって聖者にふさわしくもなく、絵葉書が世界中にばらまかれても何も変わりようがない。警察官でも狂信者でもないエジプト人を私は気の毒に思う。

　街のなかを歩き回ったことは心配である。私は言動に気をつけた。不穏に思われる行動をとらず、視線をいたずらにさまよわせず、変な考えを抱かないようにした。内務省と秘密警察《ムハーバラート》の本部の前を通りかかった。父は当時、どちらにも頻繁に足を運んだ。これらの組織の方は書類を作成してやるのと引き換えになんらかの義務を父に押しつけた。それが王の歓待で父を遇する見返りであり、のちにはナセルがそれを引き継ぐことになる。父が要求されたこととして考えられるのは、カイロのさまざまなヨーロッパ人社会への潜入、ブラックマーケットで入手した秘密文書の解読、なんらかの戦闘用ガスの最終調整、また後には、中心街の秘密の建物に集められたアルジェリアの革命分子たちに専門家としてお墨付きを出すこと、などだ。私はすぐに尾行されていることに気づいた。手下どもがカニのように横歩きをしていたり、普通だったらとても穴などあけられそうにない古釘のせいでパンクが起きたふりをしたり、見張り《シューフ》たちが視線をあらぬ方向にさ迷わせながら新聞を読みふけっていたりした。すぐさま私はずらかった。一九四五年と今ではいろいろなものが変わった。窓のカーテンも、公用車も、法学士の服装も、伝令の嘆きも、サイレンの音も、昔と同じではない。だが雰囲気はそのままだ。SSのハンス・シラーは自分の得意を生かして活躍していた。そのうち私は、エジプトが一度も戦争から脱したことがないことに気がついた。こちらから仕掛けなければよそから仕掛けられるという具合で、ずっと続いてきたのだ。まさにいつ果てるともない連禱だ。マムルーク人やトルコ人や国王を相手にした戦争、イギリス人とフランス人に対する戦争、アメリカ帝国主義に対する戦争、イスラエルとの戦争、不信仰者に対する戦争、大悪魔との戦争、そして最悪の、国民に向けた戦争。ありとあらゆる戦争がおこなわれてきた。それは貴重な利点でもある。この国に残されているたった一つの課題は、みずからと平和を結び、かつての幸福、平穏に満ちた永遠の大エジプト時代の幸福を取り戻すことだけなのだから。

私は道を引き返し、観光旅行客のなかに紛れこんだ。この人たちは何も知らず、何も疑わず、歴史もそれ以外のこともまったくどうでもよくて、ただ太陽と記念写真を楽しむためだけにそこにいるのだ。その姿は気持ちをなごませてくれる。だが大ピラミッドを脇にして、まるで昔からの知り合い、たとえばガールフレンドとのスナップみたいに、自分の写真を撮ろうなどとは何という思い上がりだろう！　大ピラミッドは永遠の存在であり、一方、彼らは今まで何年生き、地面の下に姿を消すまでこれから何年残っているというのだろうか？　どうして旅行客は自分の国を離れると、自分が死すべき人間であることを忘れてしまうのか、まことにもって不思議だ。記念写真のことを私は言っているのだ。ポケットに入れて持っている一枚の写真が私に問いかける。クフ王のピラミッドの陰にいる父さんの写真、独りきりの孤独の夜にアイン・デーブ村の私たちの家で父のカバンのなかから見つけたあの写真だ。そして今私は、熱に浮かされて再び出発し、悪をほじくり返し、ピラミッドのふもとでベル・エポックのジェントルマンの装いに身を包んでレディーたちのグループの前に立っている父さんを改めてしげしげと見つめている。当時、わざわざ観光旅行をするには、多少の無頓着さとある程度の財力が必要で、それは頻繁にクルーズを楽しんだり、避暑に出かける習慣をもつ裕福な人たちにのみに許されたことだった。この写真が撮られたのがいつかはっきりしないが、おそらくファールーク王の時代で、父さんがエジプトに到着した一九四五年と、王国が総司令官ナギーブ*によって転覆された一九五二年の間のことだったと思われる。さらに考えてみると、一九四六年と四七年のうちのことではないかと思う。四六年の夏か四七年の夏だ。一九四八年には、パレスチナでの軍事衝突を受けて中東はきわめて緊迫した状態に入り、エジプトでの観光は以後数年間休止状態となったのだから。レディーたちがいること、そして彼女たちの装いは、王制時代の生活を思わせる。将校たちの体制に入ったあとで、父さんが白いスーツに帽子といったダンディのいでたちをするとはとても考えられない。というのもナセルは革命的な厳しさを美徳として自分に課し、またあらゆる人にも強いたからである。王制時代の暮らしぶりに私は想像を馳せる。外交の一環としての豪華な晩餐会、総督《パシャ》や大臣たちの所有する宮殿のような豪華船や大邸宅、上流階層の広大な領地での乗馬散策、驚嘆おく能わざるカイロ博物館への知的な探訪、考古学的な観光地をあれこれと訪ねカルナックやアスワンへも足を延ばす気ままなナイル河クルーズ、こじんまりとしたタイ風のハンマームでの紳士方の健康的な骨休め、非合法のハーレムやカタコンベの阿片窟。文明化された犯罪の女王アガサ・クリスティほどみごとにこの軽やかで、洗練され、シニカルさと緊張にも満ちた雰囲気を描き出した者はいない。父さんの人生は文句のつけようのないものだった。高い教育を受け、数カ国語を操り、ドイツの士官たちの御多分にもれず広い教養を備え、容姿端麗でふるまいも優雅、なおそのうえに膨大な数の死の経験を積んでいて、それが上層の社交界で不可欠な陰謀家の冷ややかさに添えて、悲劇的で残忍で魅力的な、底知れぬ深みをつけ加えたのである。上流の女性たちや庇護してくれる権力者たちと交際する父は光彩を放っていたに違いない。それは、国王、さらには他の権力者のために、父がスパイ活動を展開するのに便利に働いたことだろう。私はソビエト人たちのことを考えている。彼らはきっとナチの過去があることを嗅ぎつけて、父に拒否することのできない取引きを押しつけただろう。イスラエルは目と鼻の先だ。父のもとにユダヤ人の灰が詰まったトランクが送りつけられてきたかもしれないし、ＳＳのハンス・シラーの自宅のドアには黄色い星が落書きされたかもしれない。

これまで父が何を考えたのかを執拗に追い求め、その足跡をたどってきたのだから、これから父と同じように私もよい時をすごそうと思う。そこから何が見つかるか楽しみだ。もうあまり金は残っていなかったがエジプトは貧困にあえいでいるので、残っていたドルをスークで両替すると、しまり屋の観光客でも手を出せるしょぼいお楽しみには不自由ないだけのものが手に入った。私はツアー旅行客たちの群れに参加した。そして、われらの親愛なるガイドが求めるままに全員心を躍らせながら、デイツアーやナイトツアーでカイロを駆け回り、博物館を走り抜け、人々のふだんの生活の邪魔をし、スークを荒らし、ナイルに小便を流し、大通りを闊歩し、かつてカイロの有名スポットになったあちこちの謎めいたカフェでけたたましくしゃべりながら食事をする。エジプト映画の黄金期に思いを馳せ、偉大な存在として崇められている大物女性歌手たちや世界を股にかけた息もつかせぬ考古学的大冒険の世界に浸る。もはやシャンデリアは消え失せたが、あるもので満足するしかない。貧困の波に乗るしかないとすればそれでサーフィンを楽しむのだ。私たちはシャンペンの代わりにべたべたするお茶を飲み、四輪馬車や豪華リムジンではなくぼろいバスを借り上げ、ポーターが差しかけてくれる日傘の陰でではなく灼熱の太陽に照りつけられながら延々と歩き、ファラオたちの巨大な謎について自信たっぷりに蘊蓄を傾けた。それから一行はギザに向かい、誰もがやるように私も大ピラミッドのふもとでぜひ写真を撮ろうと考えた。ただしちょっと特別な点がある。年配のレディーたちと一緒に、という点だ。周りを見回して、私の想像ではイギリス人だと思われる、バラ色の顔をして、ちょうどよい具合に太り、腕をむき出しにした女性たちのグループを見つけだした。しかも奇跡的なことに、そのうちの一人はトゲトゲしたショールを羽織った火打石のように角ばった顔立ちをした女性で、あのいかめしいヴィクトリア女王とまさに瓜二つだった。あとは彼女たちの協力を取りつけて計画を実現させるだけだった。この老いた猫たちはすぐさま舌なめずりをした。しきりに感嘆をもらしているオランダ人旅行者から私はパナマ帽を借り、写真屋を雇い、舞台挨拶のごとくレディーたちを並ばせておき、その彼女たちに向けて私は片目の端でかすかに微笑みを投げかけ、撮影係に対して「大将《マエストロ》、やってくれ！」と叫んだ。五分後にはプリントができ上がった。強制収容所の囚人さながらの私の風貌さえ忘れていただければ、オリジナルそっくりの複製写真と言える。裏に「ハンス・シラーの息子ヘルムート・シラー。ギザ、一九九六年三月一一日」と記した。両者の間を半世紀が隔てている。そしてそこには数百万の焼却された死者たちがいる。

締めくくりに、私は自分を祝福した。ここまで何があってもひるまずに、やれるところまでやり抜いた。もはやカイロですべきことはなかった。他のどの場所にも、もうすべきことはない。私はパリに帰る。逃してはならない約束の時が待っているのだ。到着してここにいる今はもう、すべては終わりを迎えている。両親が死んだのは四月二四日だった。この日、ハンス・シラーは人間の裁きを永久に逃れたのだ。だが私もその一人である人間が、まだ命のある間、自分たちのどこかに善のかけらが宿っていると信じ続けるためには、裁きがなくてはならないのだ。神の裁きには私は関心がないし、考えてみることもない。神の正義はこの世では破綻に終わった。ならばどうしてあの世で成されることがあろう？私は自分で正義を打ち立てる。私の立場は神を凌駕しているのだ。

マルリクの日記　一九九七年一月

言うまでもないことだけど、アルジェリアからの出国は生易しいものじゃなかった。なんて長い時間がかかったことか。いろんな書類や身分証《アウスヴァイス》を用意し、なんども審査があり、待たされ、言いがかりをつけられた。どうやらアルジェの親玉《ボンツェン》たちは人を拷問することだけが楽しみらしい。まさに秘密警察《ゲシュタポ》だ。神経がいかれて発火しそうだったし、逮捕される恐怖にどれだけ苦しんだかわからない。ようやく最後の関門を通りすぎたときのこと、青いジャケットを着た下士官が僕たちのほうに近づいてきて、「おまえ……おまえ……おまえ……それからおまえ、私に着いて来い！」って言ったんだ。僕はもう一巻の終わりだと観念したね。でも、やれやれ、なんでもなかった。トラックから大きな荷箱を降ろして地下の物置まで運ぶのに、体格のよさそうな若者が四人必要だっただけなんだ。今でも信じられないけど、下士官は僕らにありがとうと言って、一人一人にタバコを一本くれたんだ。飛行機が離陸し、もう引き返せないところまできて初めて、僕はやっと息をつくことができた。すぐさま眠りこんだ。団地に立ち向かうだけの力をとりもどしておかなきゃいけなかったからね。とても怖くて、嫌な予感もした。なにかとんでもない事態になっているのではと心配していたんだけれど、実際、オルリー空港から団地まで行くあいだに、まるで英雄みたいに僕を迎えに来てくれた仲間たちがいろいろ話してくれたところによると、団地は以前とはまったく変わってしまったらしいということがわかった。でも予想と実態は同じではないものだ。団地は団地で、元の通りだったし、ちゃんとそのままでいてくれた。違いは感じ方の問題だった。僕はずっと前にここを発ったような気がしていたけれど、前と変わっていない壁を見て、自分がどこにも出かけなかったかのように思った。列車に乗っているのとホームにいるのとでは、時間のすぎるスピードが違う。僕はとまどってしまった。遠くに旅行する経験はこれまでなかったから、そういう相対性が引き起こす変な感じは初めてのことだった。一週間、それは長くもあれば、短くもある。アルジェリアでまるまる一年すごしたような感じすらした。それほど一秒一秒が僕には重い意味を持っていた。それなのにフランスへもどってきて、団地の棟を目にすると、せいぜい数時間離れていただけのような気がしてくる。その一方で、一センチも移動しなかった仲間たちは、僕の目には出発前となんの変わりもないのに、彼ら自身はゆうに一世紀がすぎたような感覚を強く持っていたんだ。

帰るとすぐに、なじみの場所への挨拶まわりを始めた。まずは階段をよじ登って、雲上に住むサキーナおばさんとアリーおじさんにキスをしに行き、駅のカフェテリアで仲間たちと集まった。すべてはもとの秩序に帰り、僕もみんなとシンクロして、イスラーム主義が席巻する団地の重苦しい雰囲気を仲間と一緒に息苦しく味わうようになった。状況把握をする必要があった。できれば客観的に分析すること。その結果、首領《エミール》のフリシャと導師《イマーム》の片目男《ボルニュ》が団地にやってきてから、ちょっと勢いと緊張感が増したものの、事態の悪化は、プラス・マイナスとんとんという程度の、ふつうの進行速度だったことがわかった。暴力の数値はいくつかの点で上昇したものの、内戦と言えるほどではない。負傷者はいるが死者は出ていない。殺害の脅しは掃いて捨てるほどあるけど一つも実行されていなかった。イスラーム教徒の商店主には聖戦税《ジハード》がつり上げられたけど、恐喝は減った。非イスラーム教徒にとっては混乱は全面的。もう財布はすっかり空で要求にはとても応えられないと誓って言うと、やつらは団地から出ていけ、税務署をごまかせ、警察署を占拠しろと脅す。何人かの少年たちは小学校をやめてモスクに通い始め、少女たちのなかにはヴェールをかぶり出した子もいれば、家に閉じ込められるようになった子も何人かいる。長たらしい説教に骨の髄まで疲れ果てた男たちのいく人かは、頭に帽子を乗せ、肩には頭巾《クーフィーヤ》をかけて、自分で説教をし始めた。最後まで残っていた酒場も巧妙に数珠にからめとられた。南門のディーラーたちは姿を消したが、死んだ証拠はないし、よそに越しただけで、今は姿を隠していてそのうちもどって来るのかもしれない。全体として社会的構造に少しは変化があったとしても心配するほどの大変動は起きていない。この一週間で三〇人が引越して出て行ったのは残念だけど、それと入れ替わりに新しく三〇人がやってきた。マグレブ人が何人かと、マリ、パキスタン、ソマリア、スーダン、カーボヴェルデ、ルーマニアの出身者が一人ずつ。総人口としては変わりがなく、ただ民族的、信仰的にみるとヴァリエーションが多少減ったとは言える。放任主義となれあいを理由にお払い箱にされた前任者たちに代わって、より戦闘経験の豊富な新たなカポたちが現れた。で、ダッド署長は？　と僕は自問した。彼の戦略を読むのは難しい。レベル4をキープしながらの模様眺めといったところだ。それでもダッドのやつは、いつもの二倍にスピードアップしながら毎日の見回りマラソンを続けている。で、団地の住民みんなは？　まったくもう、静観を決めこんでいるぜ。

大したことではないけれど、これにはがっくりきた。この流れを変えるにはどうしたらいいんだろうか？　アイン・デーブ村と比べれば、こんなぐらいまったく単純に思えた。ほんの少しの時間で団地は悪夢から脱け出せそうで、それにはみんながたがいに話し合い、子供たちにすべてを伝えればよいだけだと思った。興奮で熱くなった僕は、生来の臆病さを克服した自分が車の屋根に上ってみんなに連帯と真実と今後の収穫を呼びかけている、ってとこを想像していた。ちょうどそこへ、ボルニュ導師《イマーム》が僕と話したいと密使をよこした。導師《イマーム》はそのスパイたちから、僕の両親がイスラーム主義者たちによって虐殺されたこと、そして僕が故郷の村にもどって両親の墓参りをしてきたことを聞き、彼としては僕に祝福を与え、本当に起きたことは何かを教えたいと考えたのだ。僕は二つ返事で、話を聞きに導師《イマーム》のところに行くと答えた。アルジェリアにいる彼の同国人たちの代わりに彼を始末できるチャンスを与えてくれたのだから、これを逃すことはない。ほかに何もできないときには、復讐が唯一の救いの手段だ。いいや、義務だ、と僕は言いたい。

僕は高級住宅街に足を延ばした。ラシェルの家に買い手がついたと、仲間たちが教えてくれていた。

ラシェルの自宅に見知らぬ人たちが住んでいるのを見るのは辛い。僕はいかにも日曜の散歩を楽しんでいる人みたいに両手を背中にまわしてそばへ行った。公には僕がこの界隈をうろつく理由はもうないんだから。邸宅は上から下まで明るく電気が灯されていた。窓にはカーテンがかかり、犬が吠え、テレビが鳴り、ボロ車がエンジンをふかし、ハンマーの音がし、子供たちの笑い声が響いていた。明け放たれたガレージには、段ボールや家具が積まれていた。新たな住人が引越しをしている最中で、僕らの痕跡を消して自分たちのものを刻み付けようとしているところだった。こんなふうに自分が消去されるところを見るのはいやなものだ。この人たちはこの家で自殺があったことを知っているんだろうか？　きっと知らないんだろう。不動産屋が顧客にそんな真実を話して得になることは一つもないからね。こんなに騒々しく音を立てて家の手直しをしているということは、幸せいっぱいだからで、ということは知らないということだ。すっかりこの家に落ち着き、ご近所の人たちが訪ねてくるようになったところで、きっと初めて知ることになるんだろうね。それに続いて、元の所有者の両親がアルジェリアの村で首をかき切られて殺されたことも耳にするんだ。十分にあわてふためくべき内容だよね。この人たちが元の持ち主のことを良い人だと思ってくれるといいんだけど。ラシェルは立派な人物だったし、最高の市民で、誰に対しても丁寧に接する人だったんだから、その幽霊だって虫も殺さぬ温厚な性格にちがいない。でも心穏やかでいられなくなってしまうのも理解できる。アイン・デーブ村の僕らの家と同様、この家も、歴史上最悪の罪とかかわる怖ろしい秘密を宿しているのだから。長いうちには、壁から何かがにじみ出てきて、はらわたをつかみ、脳みそを腐らせ、気を狂わせて、じりじりと少しずつ焼き尽くしていく。ラシェルはそれで死んだんだし、その秘密に近づいた人はみんなそれで死ぬことになるんだ。この家に滞在していたあいだ、一瞬たりとも僕は自分に問いかけるのをやめることができなかった。嘆き悲しみ、ガタガタとふるえ、パニックに陥り続け、もがけばもがくほど幽霊たちが地平線に出現し、落ちくぼんだその両目でじっと僕を見据えるさまが目に浮かんだ。逃れるようにして夜中に町をさまよえば、幽霊たちの喘ぎ声が追いかけてきてつきまとい、朝の光が差して僕の涙を乾かしてくれるまでそれが消えることはなかった。

僕は村で心に決めたとおり、墓地を訪れた。ラシェルの墓の前でしゃがみ、長いことラシェルに話しかけた。僕の声をラシェルが聞いてくれていると確かに感じた。僕はこう語りかけた。やあ、兄さん。知らないと思うけど、僕、アイン・デーブに行ってきたんだよ。オフェリーのおかげで決断したんだ。彼女が旅行代をくれたわけさ。オフェリーは言ったんだ、あなたが身内に関心を持っていると知ったらラシェルはさぞ喜ぶでしょうねって。ねえ、僕はそれほどどうしようもない人間ではないし、ものすごい速度で成長したんだよ。あっちでは万事うまくいったよ、天気を別にすればね。でも冬なんだから、雨が降ったり風がとても強かったりするのは当たり前だよね。村の人たちはみんなとっても親切で、僕によくしてくれたんだ。とくに靴屋の息子のミメッドがね。兄さんは知らないよね、ミメッドが生まれたのは兄さんがフランスに発ってからだものね。でも覚えているかもしれないね、兄さんが僕を連れに村に来たときに、ミメッドは僕が出て行ってしまうのを見て、もう気が狂ったみたいに泣いて、兄さんのことさんざんに責めて悪態を浴びせていたから。今ではすてきな若者になっていて、かわいい赤ん坊がたくさんいるんだよ。僕は兄さんが自分の人生を断ったことは話さなかった。村の人たちは兄さんが今どうしているかとても知りたがっていて、僕はどうなだめたらいいのかわからなかったんだけどね。兄さんと同じように僕も父さん母さんの墓にお参りしたよ。二人がとっても安らかに休んでいるのを知って嬉しかった。兄さんの墓も悪くないね。きれいだし、静かで、花もいっぱいで、通る人も多いし、小鳥たちが鳴いて、恋人たちが囁き合ったりしている。兄さんはまるで王様みたいだ、運がいいねぇ!……　それから兄さんの日記を読んだことも、ぜひ言っておきたいと思っていたんだ。ダッド署長が兄さんの……、とにかく調査を終えたあとで、渡してくれたんだ。君の兄さんは立派な人物だって言ってね。ダッドは僕には何も教えてくれなかった。そういう人だって昔から知っていたけど。僕らの父さんの物語がどんなもので、それが僕らにとってどんなにすごい悲劇かって。もしそうしたことが全部なかったのなら、兄さんだって今僕らと一緒にいただろうし、オフェリーと別れることもなかったのにね。そしたら、ほんとうによかったのに。兄さんは父さんに厳しすぎると僕は思ったよ。でもよく考えてみて、兄さんもまちがっていないと思った。兄さんの日記で読んだことや兄さんが集めた本で知ったことには、僕も背筋がぞっとした。それで一挙に老けこんじゃったよ。あんなことがまた起きるなんて、ありえるかな?　そんなはずはないと思うんだけど、イスラーム主義者の連中が僕らの団地やほかのところでやっていることを見ると、やつらがこの先、権力を握るようなことがもしあったら、ナチスの上を行くんじゃないかって思うんだ。あいつらの恨みはものすごく根深くて、要求もやたらに多いから、僕らをガス殺するだけじゃとても満足しないと思う。それを止めるためにいったい何が僕らにできるか、考えているんだ。みんなは黙って見ているだけだし、警察も遠くから眺めているだけだから。仲間たちと一緒にやれることはやっているんだけど、僕らなんてほんとにちっぽけな、ただの若造で、団地のみんなはイスラーム主義者たちよりも僕らのほうをもっと怪しんでいるぐらいだもの。それから、兄さんと僕の日記を出版する決心をしたってことも、ぜひ伝えようと思って来たんだ。兄さんが賛成してくれると嬉しいな。それからうまく出版社が見つかるといいんだけど。僕の意見では、真実は真実だし、真実は知られるべきだと思う。兄さんの好きな詩人プリーモ・レーヴィが言っているとおり、子供たちにすべてを話してやらなきゃいけないんだよ。これまでみんなが隠してきたことを子供たちに教えるサークルを僕は仲間たちと一緒に作ろうと思っているんだ。子供たちは知らなくちゃいけない。親たちから引き継いで生きるのは彼らなんだ。良いことも悪いことも、兄さんが許してくれれば、兄さんの先生だったドミニク・G・Hさんに、僕らの文章がちゃんとした本になるよう手伝ってほしいとお願いしてみようかと思っているんだ。ドミニク先生は兄さんのことがとても好きだったから、きっとだめとは言わないんじゃないかな。親愛なる兄さん、僕が伝えたかったことはこれで全部だよ。仲間たちも、それからサキーナおばさんも、兄さんによろしくって。かわいそうなアリーおじさんの頭がもうボケちゃったのは知っているよね。大好きだよ兄さん。それから、とっても感謝している。また来るね。それまでゆっくり休んでいてね。

僕らがこんなにも近しく感じ合ったことは、これまで一度もなかった。

それから僕は導師《イマーム》を彼の地下室に訪ねた。やつらはそこをまるで防空壕《ブンカー》みたいに変えていて、ドアは鋼鉄で覆い、換気窓には鉄格子をはめ、まわりにはカポたちで壁を築いていた。僕は身体検査をされ、まるで戦時捕虜みたいに彼のもとに連れて行かれた。かくしてようやく、この呪われた片目男《ボルニュ》との、じかの対面となった。五〇歳ぐらいのえらく白い男で、緑色の長衣《ガンドウーラ》を着て、その上に黒いジャケットを羽織り、髭をへそまで伸ばし、射るような目つきをしていた。壁によりかかって胡坐をかいて座っていた。彼の前には低いテーブルがあり、その上にはやつの仕事道具一式、つまりコーラン、最新のファトワーの山、まだ濡れているスタンプ、それからファックス付き電話機が載っていた。その脇には首領《エミール》のフリシャが陣取っていた。もっこりとした形に髭を生やした若い男だ。上着の下にピストルを身につけていた。銃の握りのところをわざと覗かせて、訪問者に慎重な考えを促していた。導師《イマーム》が言った。

「こちらに来なさい、わが子よ、もっと近くに。私の前に座りなさい。ものを知らない若者たちがフリシャなどと呼んでいる聖戦士《ムジャーヒディード》のシ・オマールを君は知っているかね。さあ話してくれ。我らのアルジェリア、あのイスラーム教の大地、神に逆らうあの政府による虐殺で苦しんでいるあの国に、君がどのように行ってきて、何を見てきたか教えてくれ」

僕は彼に言った。

「いったい何を僕に望んでいるのですか？」

「君のためになることだ、わが子よ、君のため、そして我らの聖なる宗教のためになることだ。君のご両親が残忍なやり方で虐殺されたと聞いて、私は胸を痛めたよ、信じてくれ。すぐさま私は、アラーの神とアラーの宗教のために戦っているアルジェリアの同胞に事情を訊いて確かめた」

「僕はあなたになんにもお願いしませんでしたが」

「私がそうしたのはアラーと真実のためだ。それがムスリムであり導師《イマーム》である私の務めなのだ。いいか、君の両親は政府によって殺されたのであって、アラーの戦士たちによってではない。無垢な者たちを殺し、その罪をわれわれに着せるのが政府のいつものやり方なんだ」

「彼らとあなたがたとに、どんな違いがあるというのです」

「いいやあるとも。やったのがもしわれらの勇敢な戦士たちであったとしたら、君にとって嬉しいことかどうかはわからないが、私ははっきり君にそう言うよ。われらの聖戦《ジハード》においては、世界に向かって宣言することが要求されている。有罪なのはあっちのやつらだ。君は両親の敵を討たなくてはならない。やられたことをやり返す復讐は、アラーが強くお求めになっていることだからな」

「僕はあなたを必要としていませんし、誰も要りません」

「誇り高いのは悪いことではないが、今君は、心と腕をさらに強いものにするために、イスラーム教を必要としている」

「何も必要とはしていません」

「君の言葉は神への不敬だ。だがこれから君はよく考え直し、私たちに加わるであろう。私たちは君に精神的な安らぎを与え、君にも、君の養親たちにも、物質的な援助を与えるし、法をないがしろにして一日中うろつきまわっている君の友人たちにはやるべき仕事を与えよう」

「導師《イマーム》、あなたは僕の言うことを全然聞いていませんね。僕にはあなたは必要ありません！」

「苦しみと怒りが君の心を曇らせているのだ。だが行きなさい。シ・オマールがついていて、君に目を配り、君を導いてくれる……」

「脅しですか？」

「罰を下すことができるのはアラーだけだ、わが子よ。私たちはアラーの御手《み》のなかの道具にすぎない」

僕は立ちあがって出て行こうとしたが、思い直した。

「導師《イマーム》、教えてください。地上においてもし権力を掌握するようになったら、最初にどういう大量虐殺《ジェノサイド》をやりますか？」

「その質問はどういう意味かな？」

「僕は歴史上、数多くの大量虐殺がおこなわれてきたことを本で読みました。私たちがやるとすればどういうものなのでしょうか？」

「君はまちがった本を読んでいる。それは悪だ。私たちには私たちの本がある。いいかい、それを読めば、この世でこれまでおこなわれてきたのはすべてムスリムに対する大量虐殺ばかりだったことが君にもわかる」

「それなら、なおさら聞きたいですね。そのバランスをとるために、私たちの側はどういう大量虐殺をおこなうのかと」

「わが子よ、イスラーム教は平和をもたらすものであって、戦争をもらすものではない。私たちが権力の座についたら、人々はイスラーム教に改宗して幸福に生きるのだ」

「拒否する人は？」

「アラーを拒む者はアラーが拒むであろう。地上にも、アラーの天国にも、そういう者に場所はない」

「そういう人たちを殺すのですか？」

「アラーが彼らの運命をお決めになるであろう」

「でも、アラーは彼らを拒否するんでしょう？」

「彼らを容赦なく罰されるであろう」

「アラーは私たちに、彼らを一人残らず殺すように求めるでしょうか？」

「私たちは、アラーが私たちになすよう命じることをするだけだ」

「そこです。それがまさに僕の問題とするところなのです。どうやって、信仰を拒否する六〇億人の人間を、適切な時間内に、つまり彼らが目を覚まして反抗し始める前に殺すことができるか、です」

「わが子よ、君が言っているのはたわごとだ！」

「あなたは導師《イマーム》です。信徒として僕はあなたに、僕がしたいどんな質問でもする権利がありますよね」

「たしかにそうだ。しかし私はもうそのことは君に答えた。アラーが私たちに権力をお授けになったら、そのときは何をすべきかも、またそれをどのようにすべきかも私たちにお教えになるであろう。すでに君に言ったとおり、私たちはアラーの意志の道具なのだ」

「解決策を提案してはいけませんか？」

「アラーに対してするなどありえない」

「アラーの仲介を務めるその代弁者たちに対しての提案です」

「聞こうではないか」

「こんなふうにしたらどうかと思うんです。そういう人々を電流を通した柵で囲った収容所に集め、役に立たない者はただちにガス殺するんです。ほかの者たちは、職業や性別によってより分けて、ぼろぼろになって倒れるまで仕事をさせるんです。嫌がる者はガス殺します。導師《イマーム》、どう思います？」

「君は夢を見ているんだと思う」

「夢なんか見ていませんよ、現実にあったことですから」

「それは野蛮なやり方だ。アラーは不信仰者を、ムスリムの流儀に沿って殺すのだ」

「導師《イマーム》、僕への答えになっていません。ナディアのように真っ黒こげに焼き殺したり、アイン・デーブのような辺鄙な田舎に暮らす四〇人の村人ののどをかき切って殺すのと、六〇億人の不信仰者を殺すのとでは、全然話がちがいます。素人の余技では大規模なことはやれません。答えがわかったら、お知らせください。また会いに来ますから。ではあなたに平安を」

「アラーがお前に呪いを下されるように、この犬ころめ！」

「ではあなたに小便をひっかけましょうかね、導師《イマーム》。そしてあんたにもだ、首領《エミール》！　あなたたちは皆殺しを望んでいる。そのうちきっとあんたたちはやりますよ！　仲間たちと僕が願っていることはただ一つ、ナチと髭面を食い倒すことだけです。その宴会には団地じゅうの若者を招待するつもりです」

「思い知ることになるぞ！」

「仕掛けたのはあんたです！」


宣戦布告をすませ、これから一番難しいことに僕は手をつける。仲間たちにありのまま全部を話すことだ。みんなは僕を嫌いになるかもしれないし、認めまいとするか、あるいは頭がおかしくなってしまうかもしれない。でも真実は真実だし、真実は知られるべきだ。僕は段階を踏んで少しずつやっていくつもりだ。僕自身は一気に知ってしまったから、ほんとにひどい苦しみを味わった。僕はみんなに、父さんがどんな人だったか、どんなことをしたのかを話し、少したってから、みんなの心の準備ができたころに、ナチスの信じがたい絶滅装置についていっさいがっさい話して聞かせ、本も貸すことにしよう。みんなに言わなきゃ、父さんは僕ら兄弟に何も話してくれなかったのだと、そしてそのせいでラシェルは死んだのだと。そしてみんなから、で、お前さんはこれからどうするんだって訊かれたら、僕はこう答える。世界中に真実を伝えるんだと。そのあとどうなるかは、やってみなきゃわからないさ。

マルリクの日記　一九九七年二月

ラシェルがアルジェリアの外務大臣に手紙を書いたのは一九九五年八月のことで、もう一六カ月以上がすぎ、その間、返事は届いていない。少なくとも、僕が兄さんの家にいたあいだには来なかったし、ラシェルの残した書類のなかにもそういう郵便物はまったく見当たらなかった。兄さんと同様、やっぱり僕にとっても、両親の名前が操作されたことが心の傷になっていた。今僕が知っているところから考えると、僕にとってそれは父さんと母さんが前腕に識別番号を彫られて埋葬されたようなものだ。ラシェルの家の新しい住人にそういう書状がこの間に届いていないか訊きに行こうかとも思ったが、最初の一六カ月間返事をしなかった大臣が一七カ月目に返事をくれることはまずありえないと考え直した。出された返信がどこかへ消えてしまったのかとも考えた。あの国ではなんでも警察の手に落ちるから。でも、大臣の書簡が貧しい庶民の手紙と同じように扱われるとはとても考えられない。白バイと特別機で輸送されるものだろう。僕はラシェルがやったことを自分もやりたくなり、督促状を出した。警察署に書いてあるように、万一の場合にそなえて、ね。それからついでに、わがフランスの内務大臣にも、団地とそこで起きていることに関して手紙を書いた。何の役にも立たないことはわかっているけど、ラシェルが言うとおり、どうしてもやらねばならないことはやるほかはない。以下が僕の書いた手紙の写しだ。

＊

アルジェリア人民共和国外務大臣殿

一九九五年八月一六日、私の兄ラシード・ヘルムート・シラーがあなたに書留郵便を差しあげ、一九九四年四月二四日に正体不明の武装グループによって殺害され、市の取り計らいのもと、母は旧い名前で、父は仮の名前によって埋葬された私たちの両親について、公式に認定された身分の回復を要請いたしました。まことに失礼ながら、いまだこれに対するお返事をいただいておりません。現在、兄は死去しておりますので、私がシラー家に残った唯一の者として重ねてお願いを申しあげることにいたしました。もちろん軽々に大臣にしつこく返事を求めるべきでないことは承知しておりますが、だからと言って、万が一の望みを試さないでいることも私にはできません。大臣殿、ご安心ください、私の後にはもう閣下を煩わせる者はおりません。そんなことが起きてほしくはありませんが、もしも大臣のご両親が誰かわからぬ者に殺害され、いい加減な名前で埋葬されたとしたらとお考えいただければ、私たちの苦痛をご理解いただけるのではないでしょうか。今のところ、大臣は銃からは安全な側にいらっしゃいますので、死んだ者は誰なのか、誰がいなくなったのか、沈黙のなかで苦しんでいるのは誰なのかを知ることの重要性をおわかりにならないのかと存じます。

末筆ながら、半分はあなたと同国人であることが私の恥であることをお伝え申し上げます。

敬具

*

僕の二番目の手紙は以下の通りだ。

*

内務大臣殿

私たちの〈特別Z《ゾーン》〉で何が起きているかをこの国で知っている人があるとすれば、それはあなたにほかなりません。私たちの警察署長ダッディ氏はおそらく、通常の頻度を越えて、あなたにご連絡を差しあげていることと存じます。なぜなら署長は問題に非常に真剣にとり組み、われわれと共に生き、奔走してくれているからです。そして彼がそれ以上何もできないことに苦しんでいることを私たちは知っております。そこが問題なのですが、署長は法を遵守する人間なのです。イスラーム主義者たちが私たちの団地を植民地化し、私たちに過酷な生活を押しつけています。絶滅収容所とは言えませんが、第三帝国下で言われていた「コンツェントラツィオーンスラーガー」、すなわち強制収容所の状態にすでになっております。徐々に私たちは自分たちがフランスで生きているということを、首都パリから三〇分の場所にいるということを忘れ始め、わが国が世界を前に謳いあげている諸価値が現実には公式声明のなかだけのものであることを実感しています。それにもかかわらず、また私たちがどれだけ欠点だらけの存在であろうとも、私たちはそれらの価値をかつてないほど強く信じているのです。人間として、フランス市民として、私たちがみずからに禁じているあらゆることを、イスラーム主義者たちは堂々とみずからに許し、それを要請しているのはアラーでありアラーは至高の存在であると言って、私たちが不満を持つ権利さえ剥奪しています。私たちの親は目をしっかり見開くには信仰心に篤すぎ、子供たちは自分の鼻先より遠いところには目が行かないほど未熟なので、このまま放っておけば、団地は近いうちに完璧に組織されたイスラーム共和国になってしまうことでしょう。そうなったときには、現在の国境線どおりにここを国内としてとどめておきたいとあなたがたが望むのであれば、あなたがたは戦争をせざるをえません。ご承知いただきたいのは、私たちはその戦争に参加するつもりはないことで、私たちは大挙してよそへ移住するか、そうでなければ、私たち自身の独立を掲げて闘うことになると思います。

もはや私はあなたにさほど期待してはおりません。ただ、やるべきことをやるのはよいと考え、あなたに手紙を書くという、このことを実行しているのです。世に聞こえたフランス行政の質の高さを立証することに大臣もお心をくだいていただけるはずですから、私は、かならずや、また、迅速にお返事をいただけるものと思っています。市民として私がどのようにふるまえばよいかぜひお考えをお聞かせください。また私たちの団地をふたたび共和国として立て直すために、大臣と大臣も一員である政府がどんな戦略を展開なさるのか、その見取り図をお示しください。きっとそうだろうと思っておりますが、儀礼的な書簡でしたら送っていただくに及びません。読む前からわかっておりますので。

末筆ながら、慎ましくあなたの行政下にある市民として、イスラーム法のもとでの暮らしを強いられている怒りを、ここに表明させていただきます。

敬具

＊

ラシェルの日記　一九九六年二月　アウシュヴィッツ、終着点

前から望んでいた通り、巡歴の旅の最後をアウシュヴィッツで締めくくる。朝早くに到着した。訪問者が大挙してやってくる前に一人で過ごしたかったのだ。これから長い一日が待っている。収容所は巨大で、四五平方キロメートル、つまり四五〇〇ヘクタールほどもある。一つの町と言ってよい大きさで、資本主義の黎明期に突然金持ちになった遠い国々の町を思わせる。元の集落《キャンプ》からみるみる間に出現し、妬みと怒りのガス噴出にまかせ、途中いろいろな発見を重ね幸運に恵まれながらあらゆる方角に向けて拡大を続けたのだ。この町は秩序立っていると同時に混沌そのものだ。外部を遮断する仕切りの内側に、巨大な通り、マラソン選手でもくじけてしまいそうな広大な閲兵場、無味乾燥な管理棟、奇抜な住宅やロマネスク様式の邸宅が並ぶ気取った界隈、豪奢な教会、貧相な四角い建物が無限に続く一般住民たちの居住地域、ロココ調の劇場、気違いじみた映画館、シックなキャバレー、屠殺者用の売春宿とみじめ

な酒場、産業地区、駅と転轍網、荷物預け所、貧血状態の公園、驚愕すべき空き地、アナーキーな市場、ここが退屈と無為で死につつある村であることを物語る運動場、不気味な兵舎、立派な飛行場になるはずだった簡素な滑走路と管制塔らしきものなどが居並んでいる。想像をめぐらす。猛烈な勢いで数を増やしていく町は、みなこんな様子にちがいない。活気にあふれつつ退屈で、発展が計画されつつ明日のないこうした町は、豊かさを増すだけますます貧窮が過酷となるような、結局のところ、くる日もくる日も人間に悲惨と暴力を強いながら不朽の名声を求めた狂気そのものなのである。一方には、華々しく自由で創意にあふれた表向きの顔があり、その陰には、周辺に広がる果てしないスラム街の生活がある。人々は狭い場所にぎゅうぎゅう詰めにされ、名前を奪われた恥辱まみれの日々を送っていて、「他人がうなずくだけで」びっくりするほど簡単にその命は死に追いやられるのだ。着想をおこなった全体主義体制の論理を敷衍して自発的に生み出されたとされるこうした集住区はある神話にもとづいて繁栄し、その神話ゆえに死に絶える。自然が権利を取り戻すときがある日訪れ、この町を誕生させた不条理に呑み込まれるように一切が消滅し沈黙に帰す。古きよきポーランドの辺境にひっそりたたずんでいたある貧しい村の灰の上に出現したこの迫害都市の富の源泉は、金ではなく、また石油でもコーヒーでもゴムの木でも稀少物質でもなく、ユダヤ人を中心としてジプシーの民の他、戦争捕虜や反社会的分子など「劣った人々」とみなしうるあらゆる人々に対して「生きるに値しない命の根絶」を遂行する産業化された絶滅殺戮である。実を言うとこの工場はあらゆる手段に訴えて見境なくなんでも火にくべたのだし、主たる供給路が絶たれないかぎりボイラーが停止することはなかった。地獄ではすべてが燃やされる。裏切り者、反対分子、抵抗する者などあらゆる種類の浮浪者が。アウシュヴィッツはナチスの収容所のなかでも最も広大で、最も忌まわしく、最も多くの死者を生んだ、最も貪欲なものだった。たった四年間で一三〇万人の男性、女性、子供たちが炉に送り込まれた。おおよそ一日あたり千人で、その九〇パーセントはユダヤ人であった。つまり明け方から暮れ方までの間に、地図上から村が一つずつ、そのすべての家とそのすべての家族とともに消滅したことになる。

まだ辺りは暗く、凍えるほど寒くて、汚れた雪が降り、東からは突き刺すような過酷な風が吹きつけていた。父の犯罪の場に戻る私に罰を与えてくれるような最悪の出迎えを私は望んでいたのでこのもてなしは望むところだったが、そんなことではむろんまったく釣り合うべくもない。死の列車で到着した強制移送者たちには、この到着の瞬間をはるかに残酷なものにするあまたの他の事柄があったのだ。家畜用の貨車にぎっしり詰め込まれて立ったまま何日も運ばれてきた疲労、飢え、寒さ、不潔さ、突然の恐怖、選別という拷問、大音量で奏でられる管弦楽の演奏、過酷な命令、犬の吠え声、兵士の横暴なふるまい、屋外で裸にされる屈辱、頭髪の刈り上げと腕への識別番号の入れ墨、そして何よりも、なんだかわからないが常軌を逸したことがこの地上ですでに起きているという絶望的な感情。すなわち神からも見放された、人類の終末だ。収容所に入っていくそのときは、彼らはまだ人間だったであろうか？　まさにこの場所へ、美しい春の日にデラックス観光バスで乗りつけるなどということは、筋違いも甚だしいことではないのか。私は普通の誰かではなくヘルムート・シラー、ＳＳのハンス・シラーの息子なのだから。そしてここは、ごくまれに銃弾で殺害された幸運な者以外、大部分の者がガス殺された場所、一三〇万人の死者を生み出すのに私の父が加担した場所なのだから。私にとってありえる選択は、父と同様に——もしかしたら何か技術的な問題に頭を悩ましていたかもしれないが——心穏やかに、暖房でぬくぬくした自動車に乗って到着することか、そうでなければ強制移送者さながらに、恐怖と飢えと寒さに打ちのめされ、ぼろ雑巾のようにぐっしょり濡れて、この世に誰もいないかのように独りぼっちで、作戦計画の餌食となり、自分たちに何が待ち受けているのか、とりわけ自分がどうなるのか見当もつかないままここへ到着することだった。自虐の念に酔ったり遊び半分の気持ちで誇張することなく、強制収容所に送られた人々の体験した現実に近づくこと、また、父が行きついた地点をこの目で見ること、それを私は望んだのだ。もちろんこれはありえないことで、いかなる物も人も、私を彼らに千分の一ミリすら近づけてくれはしない。私は自由な身で、自分の意志でここに来たのであり、好きなときに自分で立ち去ることができるのだから。体もしゃんとしているし髪もあれば歯も全部そろっていて、ポケットには自分の身分証があり、事故に遭うか殺人事件に巻き込まれるか不治の病に侵されるか発狂して自殺でもしないかぎり、明日もあさってもその次の日も、そしてそうやって人生の終わりまでずっと、自分が生きているであろうことを承知している。私は強制移送者の身になることはできないし、実験室のモルモットにもゾンダーコマンドにもなれず、虐殺者にもカポにもなれないし、何もできることはない。せいぜい父の頭のなかを想像し、父の足取りを追い、父のたどった怖ろしい行程をみずから進むだけ、あるいはまた、囚人のつもりになって、このうえなく謎めいた、このうえなくむごたらしい死が襲ってくるときに抱いた苦悶を感じてみようとするだけだ。それでも私はここにいる。私にはここに来る義務があったのだ。そしてこれから、行きつくところまで行かなくてはならない。

　私はユダヤ人降車場から延びる死の列車の線路に沿って進んだ。正面遠方には地平線上に視界を遮るように広がる、どの書物にも写真が掲載されているあの建物、その中央に瓦屋根をかぶせた四角い監視塔が入口をまたいで乗っている、赤みがかった、横長の低い建物が見えた。それがアウシュヴィッツ第二、別名アウシュヴィッツ＝ビルケナウ強制収容所だ。門を入ると、整然と並んだバラック群が果てしなく連なっている。大通路の片側には男性のラーゲリが、その反対側には女性のラーゲリが広がり、至るところに監視塔、有刺鉄線、電流を通した柵がある。ここに地獄があったのは間違いない。私のいる地点から遠くないところにそれは存在したのだ。そして現在もなお一切がその場にある。すべてが灰となり、すべてが以前と同じように孤独に包まれている。ここ、ビルケナウでは、〈悪〉はその頂点にまで達した。向かって正面、すなわち東の方にあるのは、鉄の鋳物で書かれたあの有名な標語「働けば自由になる《アルバイト・マハト・フライ》」が入口の門をまたぐように掲げられたアウシュヴィッツ第一収容所だ。壁で囲まれ、かつては厳重な警備が施されていたその区域には、クルップ社*グループの巨大な軍需工場群、DAW（ドイチェ・アウスリュストゥングスヴェルケ）社*の工場、SSの作業場群、総合薬局および兵士と労働者のための医療施設群と収容者医療棟略してHKBを集めた一画がある。そこからさらに北へ三キロほど行った先にはアウシュヴィッツ第三、別名モノヴィッツ収容所がある。霧のかなたの巨大な灰色の建造物群は、絶滅ガスと肥料と洗剤が専門のＩＧファルベン社が使っていた建物である。一九四四年に爆撃を受けその後すっかり取り払われて今はなくなってしまっているので、その建物群は想像しなくてはならない。地面にはその痕跡が残っている。「ブナ」*と呼ばれたこの場所には、同じく爆撃を受けたあと撤去された別の複合産業施設があって、そこでは帝国軍にとってなくてはならない合成ゴムを製造していた。これらの場所で、一万人の囚人たちが地獄のようなリズムで働かされていた。そこから生きて出ることができた者は一人もいないと私は思う。彼らは製造上のさまざまな秘密など多くのことを知りすぎており、また当時最先端の軍事的実験とも間近に接していたのだから。最後の労働者たちはソビエト軍がポーランドに侵攻し始めると大急ぎで抹殺されたが、ソビエト軍の一部隊は、すべてが破壊され一人残らず収容者が移送されてしまう前になんとか間に合うようにと、まさに墓を閉じる間もない速さで収容所に突進してきた。

私はビルケナウ収容所に足を踏み入れると、直観のおもむくままに中を見て回った。これまでに得た知識をできるだけ忘れるように努め、人々が怖ろしい噂で頭をいっぱいにしながら初めてここに入ったときに感じることを味わいたいと思った。それは難しく、不可能なことであった。私は知りすぎていた。あまりにも熱心に学んできたので地図がはっきりと頭に刻みこまれていて、目をつぶっていても動き回れるほどであった。日々の業務に当たっている兵卒さながらに、決められた場所と時間通りに命令を遂行することだけを考えながら、あちこち移動して回ることもできそうだった。その歩みを自分もたどり、当時の兵士と同じように防寒仕様の重いコートをしっかり襟を立てて着こみ、勇ましく駆け回る。けが人を病室から仕事場へと引き戻し、ぼろきれ同然の人間を、フランスのユダヤ人をガス処刑したあの第一ブンカーや第二ブンカーに引きずっていく。ガス室と焼却炉が一体化した四つの超近代的な複合施設、すなわち、絶滅殺戮のまごうかたなき至宝であり、ヒムラーがみずからその設計をおこなったと言われているかの有名な第二、第三、第四、第五の焼却棟のいずれかへその日の活動報告を回収しに行き、運動選手よろしく駆け足でそれをSS隊員たちのいる管理棟の作戦室へ届ける。その間、軽く寄り道をしてカポたちの売春宿に顔を出して何か新たな事件がないか探ったり、少しばかり不健康な好奇心から、カール・クラウベルク教授*や、一卵性双生児のフランケンシュタイン博士ともいうべきおぞましいヨーゼフ・メンゲレ医師*の実験医療施設を、大きなガラス窓越しに覗き見たりしてみる。あるいはまた、ふらりと回り道をして、大尉という階級からして間違いなく所長だったと思われる私の父と同じような化学者たちが、魔法の混合液とシラミ退治用のさまざまな顆粒剤の製造をおこなっていた研究棟へ立ち寄る。要するにどこにでも足を運ぶ。ただ一カ所、けっして近寄らないのは、人類史上かつてない完全な狂気に陥った者たちが、アウシュヴィッツにおいてでさえ常軌を逸脱していると言わざるを得ない拷問や処刑方法の実験にいそしんでいる、あまりにも忌まわしい第一一ブロック*の周辺だ。私は明け方、囚人たちが集められた広場から、平然と、当てずっぽうに一つのグループを選んで、強制労働の場所に連れて行くことができた。

頭のなかで父の行動をなぞることがだんだんできるようになり、まるで生まれ育った場所のようにラーゲリのなかを駆け回れるようにもなった。父の一日の一部始終に想像を馳せた。父さんはメトロノームのように正確で几帳面な人で、生涯ずっと、どんなこともスケジュール通り厳格におこなう習慣を持ち続けていた。というわけで、アイン・デーブ村での私たちの生活は父の時計に縛られていた。遊び友だちがみな、せいぜい太陽の傾き具合とか自分の気分次第で、好きな時に好きな場所へ飛び出していくのに、私だけは柱時計の大きな針を睨み、内心じりじりしながら自由に出かけられる時刻を待ったものだ。

K（焼却炉《クレーマ》）複合施設の前にやってきた。父は第四Kの建設にきっと関わったはずで、おそらくはその稼働開始に携わったのだと思う。とりわけなぜこの第四と言えるか？　日付の問題である。父は一九四三年の一月から七月の間、アウシュヴィッツ＝ビルケナウに在任していた。一方、複合施設群の建設は一九四二年初頭に始まり、四三年末に終わった。私が想像するに、父が到着したとき最初の二棟はすでに稼働していて、三棟目が試験運用と利用開始の段階に入っており、最後の四棟目はまだ基礎工事の段階だったからだ。本当を言えば私には正確にわかっていた。実にたくさんの本や生存者の証言を読み、情報の裏付けは最新万全だからだ。上の時間的理由から私は父が、アウシュヴィッツの初代所長であるあの残忍非道なルドルフ・ヘス親衛隊中佐*の指揮下で働いていたと断言できる。彼はその後、偽名を使ってバイエルン地方に潜んでいたが、連合軍によって発見され、一九四七年にはポーランドの法廷で死刑宣告を受け、彼が情熱を注いで創り上げたアウシュヴィッツにおいて、それもある焼却棟《クレーマ》の前で絞首刑に処せられることになる。一九四三年の夏の半ば、父が新しい任地であるブーヘンヴァルトに向かった頃には、所長はヘスからアルトゥール・リーベヘンシェル*に交替し、さらにそのあとリヒャルト・ベーア*へと代わった。前者は戦後に逮捕され、ビルケナウ収容所の女性ラーゲリの看守長である冷酷残忍なマリア・マンデル*と共に、一九四八年に処刑された。またマリア・マンデルの助手であった、少女の風貌を持つ美人で残虐なイルマ・グレーゼ*、もしかしたら父さんも朝晩かまどのパンが焼き上がる合間にナンパしたかもしれない彼女も、処刑されることになる。一方、リヒャルト・ベーアは終身刑を言い渡されたが一九六三年に獄中で死亡した。〈死の天使〉とあだ名された邪悪きわまりないあのヨーゼフ・メンゲレはあらゆる手段を使って生き延びた。イタリアのフランシスコ修道会のルートを利用してまんまと逃亡し、ペロン政権下のアルゼンチン、それからパラグアイ、ブラジルに潜んで、メンゲレ家の膨大な資産をさらに増やし、のうのうと暮らした。彼が円満な死を迎えるのは一九七九年、六九歳のときで、場所はボリビアのどこか、そのあとには、不死身の超人《スーパーマン》という神話が残った。彼の息子であるしたたかなニューヨークの「寵児《ゴールデンボーイ》*」は「どうしてあなたの父親は自首しなかったのでしょう」と問われて、「私とは関係ありません、彼の決めることですから」と答えたという。もし私がメンゲレの息子だったら、質問をされる前に自分から父を断罪していたであろうし、自分もまたその犠牲になった者の一人として彼を裁く法廷で証言をおこなうことを求めたであろう。

　もっと深く謎の奥へ入り込みたいという本能的な思いに突き動かされてこの彷徨を続ければ続けるほど、一瞬の隙もなく収容所の営みを司っていた冷徹無慈悲な工程が私の頭のなかをぐるぐると激しく渦巻いた。私は自分の知識の囚人となっていたのだ。読んだ本や解説文書に私は溺れていたが、物事は現実にはそんなふうに、単純なかたちではおこらなかったのだ。メカニズムの冷たい論理の裏に、陰険きわまりない死の謎が潜んでいて、それが収容所をきりきりと締め上げていたのだ。偶然という、おぞましくも不当な法が存在し、それが他の場所にも増してここではあらゆる瞬間に収容者につきまとい、一人一人をじっと窺っていた。偶然という掟が、ある収容者にこれこれの雑役や懲罰を余分に課したり、他の者ではなく彼を病気に罹らせたりした。そしてそれはただちに死を意味したのだ。まったく不思議なことに、どうでもよいところでひょっこり起きる無害な些事がたちまち次から次へと連鎖をなし、ついにはとんでもない大惨事へと至って、あのすばらしい正確無比な装置に故障を起こさせ、監督者たちを動顛させ、彼らに屈辱の極致を味わわせ、その反動で烈火のごとき怒りや無根拠なふるまいや止まるところ知らない懲罰の嵐を引き起こす、などということがあるのだ。時間の謎というのもある。時間が無限に広がり、あらゆる意志や希望、悔恨までも消し去ったかと思うと、次には急に縮んで、世界全体を収縮させ、あらゆる動作を急《せ》かせ、ぎりぎりと首を締め上げて、一瞬一瞬を重たくし、一秒一秒を不確かなものにする。さらに天候とその御機嫌のよしあしが、それによる拷問があり、噂とその熱《フィーバー》があった。密集状態とそれによる恥辱が、さらにそこからもたらされる伝染病があった。絶えざる、気も狂わんばかりの飢餓があり、吐き気を生じさせる悪臭があった。道徳心のおそるべき喪失があり、収容者は互いに最悪の敵となった。一人一人が飢えと、生き延びる願望と、狂気との同盟を結んでいたのであり、日常のささいな無数の事柄が、いつなんどきでも悲劇的な様相に転じる惧れがあった。ああ、片方の靴が盗まれることが、冬に丸帽子が見当たらなくなることが、士官にふと向けてしまったまなざしが、一瞬の不注意が、飯盒に入ったひび割れが、足の捻挫、赤痢、腰痛、傷からの感染が、どんな大惨事となることか。のべつ就労状態に置かれ、しかもそれがなんの疑問も呼び覚まさないということが、精神をへとへとに緊張させる。頭のなかには二四時間休むことなく、じくじくと化膿した不安感、答えのない問い、常軌を逸した興奮、子供じみた怯え、蝕むように疼く欲求、不可能な夢、はかない思い出――太陽が存在し天の恵みである昼と夜をみなと分かち合えるような別世界での人生の思い出――などが、怒涛となって渦を巻く。ほんのちょっとしたことが死に結びつき、生活を耐え難いものに一変させる。すべてが予測不能で、どんなことも失敗と暗黒と腐敗につながりえる。だからおそらく、ついには、あのすばらしい正確無比な装置がいつも順調に動いてくれるよう願うまでになったことであろう。もしかしたら神に、どうか自分たちを忘れてくれるようにと、〈野獣〉の気を損ねることが何も起きないようにと、祈りさえしたかもしれない。あの〈野獣〉装置がしかるべく死者を得て、たらふく腹を満たし、そして願わくば自分たちをそっとしておいてくれるように、と。どっぷり浸かってしまうと、人はかえって安息の時をくすね取ることができるものだ。すべてが滞りなく進行していれば、自分の番が来るのを静かに待って、安らかに死んでいけるのだ。

私の頭も謎でいっぱいだ。なかでも、たえず考えから抜けない、きりきりと疼く謎がある。それは救出された生存者の謎だ。一体、収容所のあとでどうやって生きていくことができるのか？　アウシュヴイッツ後の人生なんてあるのか？　私が読んだすべての証言において、とりわけ収容所が解放されたときに——こう言っていいなら——熱々の現場で救い出された人たちは、戦争犯罪人たちに対する初期の裁判に臨んで、誰一人として憎悪や怒りを露わにせず、復讐を望みもしなかったのだ。そんなことは私には到底理解できなかったし、今でも理解できない。それが私の謎だ。裁判官の質問に対して、女たちも男たちも、生存者はみな物静かに、遠慮がちに答えるばかりだった。「私の名はXです。私が到着したのはしかじかの年の、しかじかの月の、しかじかの日で……配属されたのは製造作業場で……はい、収容者がガス殺されているのは知っていました……はい、カポたちに叩かれました……見せしめに立ち合わせられたことも何度かありました……ある日私たちは集合させられ、布の配給切符を一枚盗んだという罪で五人の収容者が処刑されるのを見ました……また別の日には、仲間のYが電気柵に身を投げたのですが、私たちはそれを阻止しなかったという理由でめった叩きに遭いました……彼が自殺したがっているのはみな知っていたのです」。では、あなたは？「はい、私は幸運でした。私が配属されたのはカナダだったのです」。カナダとは何のことか、説明していただけますか？「ラーゲリから離れたところにある、新しく到着した収容者の所持品を選り分ける広大な作業場です。お金はこちら、宝石類はあちらへという具合に。そして仕分けした衣類を大きな塊にまとめると、トラックが駅へ運ぶのです。仕事はきつかったですが、それほどでもありませんでした……、戸外で泥につかり寒さのなかで重労働をさせられていた人たちから見たら、カナダは天国でした」。私は、シャルロット・デルボ*、エリ・ヴィーゼル*、ホルヘ・センプルーン*、プリーモ・レーヴィなど著名な生還者たちの著作をそれこそ何度も何度も読み返したが、ただのひと言も憎悪の文句は見当たらず、復讐の念のかけらもなければ、怒りをぶちまけた表現も一切なかった。ただ経験した日常をできるだけ詳細に語るのみであり、それがまさに彼ら特有の語り口と言えるのだが、彼らの目が見たもの、彼らの耳が聞いたもの、彼らの鼻が嗅いだもの、彼らの手が触れたもの、彼らの背や足を襲った疲労や痛みを、淡々と叙述するのだった。カメラが映像を再現するように、録音テープが音声を再生するように、彼らは語る。虐殺者たちについてこんなふうに言うのだ。「何某、X将校は、これこれと言い、いついつの日いついつの時刻にこれこれをした」。仲間についてこんなふうに言う。「誰それはこう言い、これこれをし、ある朝姿が消え、二度と見かけることはなかった」。このそっけなさは、なぜなのか？ 私にはそれがわからない。怒りはどこに行ったのか？ 憎悪はどこに消え、復讐を望む気持ちはどうしたのか？ すべてを破壊し人間世界全体をはねつけ神を拒絶したいという思い、一目散に駆け出したい、もう何も聞きたくないという思いはどこにあるのか？ このような経験は他に比べようもないもので、百万言を費やしてもこの場所から上がった苦しみの叫びを捉えきることはできない。なのに、偶然世界に降って湧いた光のない一日について話すかのように、まるきり平淡な口調で語るのだ。そういう仕方で〈絶対悪〉を語り、それが自分たちにもたらした計り知れない苦悩について語るのだ。「クーンのやつはどうかしている。隣の寝台には、あさってにはガス室送りになるまだ二〇歳のギリシア人のベッポが、それを自分でもわかっていながら、何も言わず何も考えずにただ電球をじっと見つめて身を横たえているのが、あいつの目には入らないのか？ 次は自分の番だということをクーンは悟っていないのか？ 今日起こったのが、いかなる贖罪の祈りも、神からの赦しも、罪人たちの償いも、要するに人間に可能ないかなることをもってしてもけっして取り返しがつかないおぞましい出来事だったことが、あいつにはわからないのか？　もし私が神だったら、クーンの祈りなど地面に吐き捨ててやる」。*プリーモ・レーヴィの著作『これが人間か』のなかで私が見つけた唯一の怒りの表明がこの箇所だ。彼は、人の祈りも神の赦しも罪の償いも、何ものによっても事態の取り返しがつかないことを確認するだけであり、それで終わりなのだ。私には理解できない。私もまた私なりに生存者であるわけだが、しかし私にはいくら言葉があっても足りないし、自分のなかの怒りや恥の念を言い表わすのにどれだけ力があっても不十分で、心に巣食っている復讐への欲望を押さえつけることは何をもってしても無理であることを悟っている。虐殺者の息子であるのを知ってしまうのは、自分が虐殺者であることよりももっと酷《むご》いことだ。虐殺者自身にはいろいろな正当化の理由があり、彼は立派な文句の裏に隠れて身を護ることができ、否認することもできるし居直ることもできれば、犯した罪をみずから認めることも、あるいはそれを根拠に大臣職を要求することだってでき、そして毅然として絞首台の前に立つことができる。命令を出しておいて隠れていることができるし、逃亡し、身元を変えることができる。新たな正当化の論理をふりかざすことができるし、品行を改めることもできる。なんだって可能なのだ。しかし息子には、父親の犯した罪を数え上げ、生きている間ずっと逃れられない重荷を背負い続ける以外、一体何ができるというのだ？　私は父を恨んでいる。あの国を、父をこんな人間にしたあの制度を恨んでいる。人類を恨み、この世界全体を恨んでいる。まるで父が携わっていたのが無害な業務か賃金目当ての雇われ仕事にすぎないかのように、父がおこなったことに関して冷静にただ事実のみを伝えたあの著名な人々を恨んでいる。彼らは父がわずかに保っていたかもしれない人間性を奪い去り、父を総統《フューラー》の命令に従っただけの無知な機械人形であるかのように描き出したのだ。彼らが父に赦免を下したことを、暴君に当然向けるべき憎悪を父にぶつけず罵倒の言葉を浴びせなかったことを恨んでいるし、彼らのそっけなさに、彼らの節度に恨みを感じている。《ハンス・シラー、おまえは罪人だ、人殺しのなかでも最悪の人間だ、おまえにはへどが出る、憎んでいる、その名前を抹殺したい、おまえなどこの世の終わりまで地獄の火に焼かれ、その顔におまえのせいでガス殺された者たちからつばを吐きかけられればよいのだ！　おまえには生きる権利はなかったのだ、私たちを生むべきではなかったのだ、こんな人生は私の望むものではない、もはや私の生は悪夢だ、消すことのできない恥辱になってしまったのだ。あんたには逃亡する権利はなかったんだ、父さん。ハンス・シラーに呪いあれ！》　私は座り込み、一日のうちに多くのことを見すぎてしまった囚人のように、涙すら涸らしたまま泣きくずれた。

雪は降りやんだ。風もおさまった。突き刺すような寒さも和らいできた。太陽の姿は見えないが弱い陽ざしがいくぶんか温かさを届けてくれる。わずかに一度上がっただけだと思うが、その温かさが生命の息吹のように感じられた。私は虚脱状態から我に帰った。身体のあちこちが痛んだ。伸びをしてまた収容所の散策を続けた。駅に戻ろうと思った。考え合わせてみると、駅こそ収容所で最も重要な、すべてがそこで決定される最も残酷な場所であるからだ。そこが女たちの、男たちの、怯えきった子供たちの、糞尿まみれで眠り込んでいる赤ん坊たちの到着した目的地だった。彼らはそこではまだ街に住んでいたときと同じように服を着ているし、スーツケースや籠や書類カバンやおもちゃを手に持っている。女たちは赤子を胸にしっかりと抱きしめ、指先でその頬を撫でてやり、寒さや陽ざしからわが子を守ってやっている。みな証明書を携え、ポケットには時計や宝石や小銭が入っている。そして上着の襟にはあの黄色い星が付いている。それはたしかに恥ずかしいが、単に自分らがユダヤ人だということを示すものにすぎない。ユダヤ人を好きになれない人もいるらしいが、誰だって世界中の人を好きにならなくてはいけないわけではないから、仕方がない。他には顔かたちに恥辱の印が付いている人たちもいる。ジプシーたち、浅黒い肌の人たち、蒼白な顔色で弱々しい声をした病人たち、そして、成長して大人になることもいつかおしゃれをするようになることもできない、今周りで起こっていることが何なのか、自分の両親に何が強いられているのかを理解できないでいる子供たちだ。この場所、駅のそばに作られたこの「ユダヤ人降車場」と呼ばれるだだっ広い場所で彼らは選別され、引き離され、登録され、入れ墨を入れられ、縞模様の囚人の格好をさせられることになる。そして、誰か――眩暈のするような心配事で疲弊しきった機械仕掛けの神《デウス・エクス・マキナ》たる親玉《ボンツエン》――のかける歩けの号令が、どこかから下されるのを待つことになる。それまで何時間もかかるのだが、一瞬一瞬が永遠の長さだ。年寄り、病人、子供たちは、そこですべてが終わりとなる。彼らには次の日はない。だがそのことを彼らは知らずにいる。たしかに薄々感じ取っている者もいるが、まだ起こっていないこと、自分の目でまだ見ていないことは憶測にすぎず、生きる可能性はあるのだ。しかしながら、ガス室はすでに扉を開けて彼らを待ちかまえ、ゾンダーコマンドたちが足元に武器を携えて、つまり死臭を放つあの手押車と自分たちの堕落を忘れる助けになるあの岩石のごとき沈黙を携えて待機している。数時間後、彼らは煙となって神のまします天へと旅立つ。口をつぐみ、目をふさいだままでいる無慈悲なあの神のもとへ、生まれ落ちた日からずっと祈りを捧げてきたあの神のもとへ。どうしてそんな神を信仰することができるのか？　猫でもネズミでも冷たいヘビでも、何か一匹の動物の方がよっぽど人間に温もりを届けてくれる。生命をもった生き物がやってきて、生き物どうしのふれあいが生まれるのだから。一方、健康に恵まれた男たち女たちにとっては、そこからすべてが始まる。そこで彼らは失うのだ、金輪際取り戻すことのない自分の生活を、尊厳を、思い出を、人間性を。一切合財をだ。この瞬間から彼らは強制収容所囚人「アプゲヴァンデルト」となる。今のところ死はもっと先に訪れるであろうお題目にすぎず、たっぷりと熱心な労働によって自分たちの死に見合うだけの支払いを済ませたときに、ようやくそれは到来することになるのだ。

その女性はビルケナウの入り口に立っていた。背丈の低い、脚がやや外開きに歪んだ老婦人で、首元からバッグを提げ、頭には小ぶりのおかしな帽子をかぶっていた。オーバーはてかっていて、ずいぶん使い込まれたもののようだった。独りきりだった。つま先の前にある何かを凝視して立ち尽くしていた。まるで色褪せた郊外の街で早朝の始発バスを待ちながら風に吹きさらされている年老いたお手伝いさんといった風情だ。彼女は右へ左へと首を回し、それから後ろに向いて、地平線まで伸びているレールや、両側の盛り土や、厚い雲で覆われた空を長い間見つめ、それから再び建物と監視塔をじっと見据えた。そうしたもののあらゆる細部を彼女は点検した。私は彼女のなかで何かが叫びを上げているのを感じた。人々が踏み越え死に向かって行ったこの境界線の前で、彼女は石のごとくに硬直していた。するとやおら、力を振り絞って門の下まで進んで行き、ぴたりとそこで歩みを止めた。私は彼女の呼吸まで止まってしまったかと思った。まるで狂った機械に振り回されているように、彼女の頭は四方八方に向けられた。彼女は恐怖のなかに、アウシュヴィッツの巨大な恐怖のただ中にいた。私はこの哀れきわまりない奇妙な舞踏に、醜悪なるものたちの入り乱れる劇に、すっかり目を奪われていた。その間、辺りを支配していたのはただ寂寥と沈黙だけである。彼女が記憶をまさぐり、何か徴《しるし》や目安となるものを見つけ出そうとしているのが私には見てとれた。彼女は猛烈に考えをめぐらせていた。心のなかでいろいろなものごとをひしひしと感じ、〈悪〉と、そして時間のなかで見失われたその〈悪〉にまつわる無数の謎とに、今、頭のなかで対峙しているように思われた。まるで、遠くで起きている大混乱を本能的に振動で感じ取ってパニック寸前になった動物といったありさまだった。しかし彼女は微動だにしなかった。もはやぴたりと止まったままで、あたかも永遠にそのまま待ち続けることができそうにさえ思われた。そのうちに、彼女はびくんと身を震わせ、あえて苦痛と直面する決心をしたかのように、一歩を踏み出して収容所のなかに入り、そこで再び足を止めた。周囲をぐるりと見渡した後、右の方を向き、背を丸めて小股で進んでいった。彼女が歩いているのはここではない別の世界だった。それは私が書物で学び、彼女を案内してやることもできれば、あらかじめ彼女の反応を予測することもできそうなほど熟知しているあの世界だ。この呪われた場所に彼女はいたことがあるのだと私は確信していた。なぜかはわからないが私には彼女が、私の黒い天空に瞬《また》く星に思えた。

彼女は女性ラーゲリに入っていった。立ち止り、バッグからハンカチを取り出して丸めると目頭をぬぐい、鼻に押し当てた。歩みを進め、最初のブロックの番号、次のブロックの番号、そして次、と読んでいった。足早になってきて、ちょこちょこ、ぎくしゃくしながら、ほとんど駆け足になった。彼女が探している番号はずっと先なのだ。そのうちにふと足を止め、右側のブロックを長いこと見つめ、ようやく入り口の方に歩み寄っていった。三段のステップを上り、取っ手の方に腕を伸ばした。しばし躊躇《ためら》ったあと、取っ手をがちゃがちゃと左右に動かした。ドアには鍵がかかっていた。彼女はすぐに諦めた。ステップの一段目に腰を下ろした。私はずっと眺めていた。彼女はただぼんやりとして、じっと動かなかった。彼女は頭のなかに籠りきっていた、これ以上ない暗黒の場所に。この女性に対する抑えがたい大きな愛着が私のなかに湧き上がってきた。彼女はあまりにもか弱く、あまりにも孤独に思えた。

観察を続けるために私は物陰に身を潜めた。彼女は頭を横にかしげ、ハンカチをもてあそび、膝の上で折りたたんだり、広げたり、くるくる巻いたり、ほどいたりした。考えがどこかずっと遠くに行っているのだなと私は思った。三〇分ほどした頃、彼女は立ち上がり、一つため息をつくと、ガス室と焼却炉のある東の方へと向かった。そこには人がたくさん集まっていた。見学客たちだ。高校生と思われる若者の団体と、老人のグループがいた。それぞれガイドの説明に耳を傾けていた。若者たちは夢中でやたらにシャッターを切り、互いの耳もとに憑かれたように早口で囁き合っていた。もちろん、できることなら叫び出し、率直な質問をぶつけたい気持ちに内心駆られているのだろうが、ここはけっして口を開くことが許されなかった場所であったこと、人々が無理やり連れて来られてガス殺され、焼かれて煙となった場所であることを誰もが理解していた。年寄りたちは言葉を呑みこんだまま、見じろぎもしないでいた。あの老婦人はこのグループに合流した。隣にいた男性とひとこと言葉を交わした。その老人は彼女の両肩を抱き、身をかがめてその額に口づけをした。友愛のしぐさだ。私もこの人たちに交じった。ガイドは滔々と説明を続けていた。その声は好きになれなかった。どうも口調がふさわしくないように思えた。気になったのは、ガイドがまるで本や説明書を読んでいるような調子だったことだ。ガイドはどんな次第で事がおこなわれたのかを述べていた。〈絶滅〉とは、そんなものではない！　そんなことだけではないのだ。大量殺戮というのは最終的な行為だけを意味するのではない。それより他の、もっと重大な、名前のないことがあるのだ。日々営まれ、たちまち慣れてしまう、だが絶対に慣れることのできない悪が、この老婦人の頭に瞬時に思い浮かんだ悪、私がここ数カ月必死で探し求めてきたけれど百分の一ミリも近づくことができなかった悪が。私を最初から突き動かしてきたのは、事の深奥まで至り〈作戦計画〉の中心に達すれば、父を知ることができ、また自分を取り戻せるに違いないという強い思いだった。ところが、いかに知識を積み上げ、いかに知性を働かせ、あるいはいかなる感受性や想像力を駆使しても、〈絶滅殺戮〉を経験する囚人の頭に刻まれるものを掴むことはできないし、生き延びた者たちもそれを私たちに伝えるすべを持たないのだ。私の父は謎であり続け、私の苦悩には終わりがないのだ。

グループは引き返し始めた。私は小柄な老婦人の隣にうまく寄り添っていった。少し言葉を交わした。彼女は強い中欧なまりのある英語を話したが、私にはそれがどこのものだか正確にはわからなかった。彼女はチェコスロヴァキアのブラチスラヴァ*の出身で、一九四八年以来ニューヨークに住んでいるのだと語ってくれた。私の方は自分がフランス人でパリ郊外に住んでいると伝えた。私たちの間にやや打ち解けた雰囲気が生まれたのを感じ取ってから、私は切り出した。「ビルケナウにいらしたのですか？」さっと紅潮した彼女は、こう答えた。

「まあ！　違いますのよ。私ではなく、姉のニーナですの。私はブーヘンヴァルトだったんです……両親とともに」

「ええと……！　あなたのお姉さまが……。お姉さまはここでお亡くなりに？」

「ええ。姉とここで、ビルケナウで一緒だった方がおりましてね、私の友人でもあるその女性が教えてくれたんです……。去年亡くなってしまいましたが」

「ええと……！」

「二人はブラチスラヴァのリセの同級生だったんです。ある日、二人とも家に帰ってこなくて。それから少しあとで私たちも連行されたんです……家族全員が」

「ええと……！」

「で、あなたは？」

「ああ！　私ですか……私は……」

「どなたか御家族が?」

「ええ……私の父が……。父はビルケナウとそれから他のいくつかの収容所にいたことがあって……でも奇跡的に助かったんです。私はそのことをずっと知りませんでした。父は何も教えてくれなかったんです……。私はごく最近……偶然に知ったのです……父が死んだあとで」

「わかりますわ……。お父様を怨んではいけませんよ、こういうことは子供には話せないものです。ほんとうに、とっても難しいことなんですよ、このことを話すのは。同じ経験をした人にだって」

私たちの行き先は二本の通路が交差するところで分かれた。彼女のグループはバスに向かい、私は彷徨をこれから最後まで続けるのだ。バスに乗り込むときに、私はすばやく彼女に近づき、肘をつかまえてこう告げた。

「お赦しを請いたいのです……」

「まあ、何のですの?」

「私は……。あなたは辛い目に遭われた……あなたのお姉さまも、あなたの御両親も……。私にはその責任があると感じているのです」

彼女は多くの苦しみを経験してきた年配者の美しい目で私を見つめ、私の手を取って言った。

「どうもありがとう。感動で胸がいっぱいですわ。誰かが私に謝ってくれるなんて、初めてのことなのよ」

私は身をかがめて彼女の額に口づけをした。友愛のしぐさ、連帯のしぐさだ。その下には私たちを隔てる深淵が横たわっていたのだが。

この出会いは私を大混乱に陥れた。この婦人に嘘をつくなんて、してはならないことだった。彼女の生命を、尊厳を、踏みにじってしまったという、身を焦がすような思いが私を襲った。しかしまた私は、おそらく彼女はとうに喪の作業を終えており、だから死者たちを目覚めさせるのはかえってよくないことだとも、自分に言い聞かせた。本当のところは、私が嘘をついていたのは自分に対してだけだったのだ。私は知っている、いかなる贖罪の祈りも、神からの赦しも、罪人たちの償いも、要するに人間に可能ないかなることをもってしてもけっして取り返しがつかないのだということを。もし私が彼女だったら、ヘルムート・シラーよ、お前の赦しなど地面に吐き捨ててやる。

出発の時だった。もうここには何もすべきことはなく、この場所に私のいる余地はなかった。来るべきではなかったのかもしれない。私はここを穢してしまったのだ。

マルリクの日記　一九九七年二月

一九九六年三月、ラシェルはパリにもどると自宅に引きこもり、そこから一歩も出なくなった。一カ月後の四月二四日、ガレージで自殺した。ラシェルが戻ってきているのを教えてくれたのは、われらが監視員のモモだった。彼は「スーパーのそばでおまえの兄貴を見たぜ、まったくひでえ面だった、ありゃエイズかなんかかよ？」と言った。僕は答えた「ほっとけよ、金持ち連中のお悩みか国際企業のお疲れってとこだろ」って。このとき僕はなんにも気づいていなかったのだけれど、どうもちょっとひっかかって、ラシェルの家を訪ねてみた。なんの気なしに通りかかったというふうを装ってね。まったく仰天した。あんなに美男子で癪なほど洗練されていて、いつもバリバリに元気で、そこいらの社長なんかよりもずっと押し出しのよかったラシェルが、まるで死人同然の体で、隠居老人みたいに背中を丸めて意識も虚ろな状態だった。それまで見たこともない縞柄の奇妙なパジャマを着て、髪はでたらめに徒刑囚みたいな坊主頭に剃ってあった。家はありえないほど散らかっていて、不潔で悪臭がたちこめ、鎧戸は閉めきってあった。監獄さながらだった。ラシェルはソファーの端っこに座っていて、かすかな声でこう言った。「おまえやおじさんたちに会いに何度か団地に行ったんだよ……、また行くから、きっとだ、そのうち行く」ってね。僕は「大丈夫かよ」って訊いた。ラシェルはなんでもないっていうふうに肩をすくめて「大丈夫」って答えた。気づまりな沈黙のなかで冷めたコーヒーを飲んだ。こっそり盗み見てみると、ラシェルは膝に手を置いて、足の先の床をじーっと見つめていた。もしこれが知らないやつだったら、あーあ、俺たちの庭にまたヤク中が一人お出ましってわけか、なんてつぶやいてたとこだ。ラシェルは遠くに行っちゃってた。すっかり頭のなかに籠っちまっていて、ぐるぐると考えめぐらしている言葉が聞こえてくるような気さえした。心のなかで、自分を苛《さいな》むものに直に向き合っちゃってるっていう感じだった。とてもか弱くて、とても孤独に思えた。それから、なんだかとても謎めいていた。胸を揺さぶられる感じだった。そのうちいきなり、なにか切迫した重大なことを告げるみたいな口調で、いつものあの決まりきった、真面目、誠実、正直、勉強ってお説教を言ってよこした。立ちあがって僕は言った。「はいはい、わかってますよ、なんだ、ちゃんと元気みたいだね、じゃあ行くよ」って。そしたら僕をぐいと引き止めたんだ！　初めてだった。ラシェルがしつこく食いさがるなんて。袖をつかんで人を押しとどめたり、無理やりおかわりを皿によそったりは絶対しない人なのに。で、言ったんだ。「私を赦してほしい」って。ちょっとためらってから、さらにこう付け加えた。「おまえにとって私は良いきょうだいではなかったよね、でも私はおまえの兄さんで、おまえのことを何より愛しているってことをけっして忘れないでほしい」、なんてさ。たぶん僕は肩をすくめたんじゃないかと思う、べたべたした愛情ごっこは大嫌いで、そんなのはダサすぎるって思ってたから。ラシェルは繰り返した、「けっして忘れないで……何があっても」と。胸にぐっときて、むかついちまった。僕は立ちあがってふり返りもせずに出て行った。今、苦々しい思いで後悔している。あのときあそこに留まって、ラシェルに話しかけ、事情をたずねて手をにぎってやるべきだったんだ。あの家で寝起きして、そばで見守ってあげるべきだったんだ。僕にはラシェルがもうおしまいになりかかってることがちゃんとわかっていたんだ、そりゃもう絵に描いたみたいだったんだから。でも当時の僕のモットーは、それぞれみんな自分のキンタマがある、俺は俺ので生きていく、だった。言うのも恥ずかしいけど、そのあと二度とあの家に立ち寄らなかった。絶対そうすまいとしてた。むしろラシェルが約束を守らないのに腹を立てていた。兄さんは言ったんだからね、団地に会いに行くからって。だから僕はサキーナおばさんにもそう教えて、おばさんも楽しみにしていたんだ。それから仲間の連中には、なんにもなかったみたいに、会いたいときは連絡するよって言っておいた。まったく最高に融通のきく連中で、人生はその場次第でいいんだし、それでじゅうぶん楽しくやっていけるって思わせてくれる。

ラシェルの日記には自殺のことが三ページにわたって書いてある。ラシェルの意識では自殺ではなかったから、僕のこの言い方は気に食わないだろうけど。この言葉を一度もラシェルは使っていない。罰だとか正義だとかを語るだけだ。それは僕らの父さんと父さんの犠牲者たちにたいする愛の行為だとも述べている。そうではありえないものを無理にそう呼んだり、犠牲者と虐殺者を一つにひっくるめて何かをおこなうのが正しいことかどうか僕にはちょっとわからない。たぶんラシェルの頭のなかで起こったことを本当に理解することは、僕には絶対にできないと思う。きっと自殺した人の誰についてもそうなんじゃないかな。動かなくなってしまった身体を前にして、あっけにとられ、答えのない問いを問い続けるんだ。ラシェルの日記を何度も何度も読み返した今では、自殺へと向かって行くまでの精神的なプロセスはわかったけど、行為そのものはまた別の話で、それは理解というものを超えている。自殺を考えてみるってのはよくあることだし、一番ありふれた誘惑だと言ってもいい。とくに団地じゃ一種のトレンドだ。ある段階から具体的な次元に移っていくということも認める。まずはどうやるかを思案し、凶器をあれにするかこれにするか選び、練習してみる。絶望のあまりこめかみに銃弾を撃ちこむ男のふりをしてみて、仰向けにばったり倒れ、苦しくなってくるまで息を止めてみたりする。でもそこから先、実際に行動に移すってのは、スプーンを口にくわえるのとは全然わけが違う。その瞬間は知りようもないんだ。自殺者本人だって認識できない。ある時点でカチッと切り替わる、すでにそのときにはおしまいだ。銃弾が発射された瞬間にもう本人はいなくなってしまい、弾が自分の身体に到達するさまなんて誰も見ることはできない。ラシェルは、銃を撃ちこむとか毒を呑むとか橋から飛び降りるとか電車に飛びこむといったスピーディーな方法は選ばずに、じわじわと死んでいったんだ。自殺自体が目的ではなかった。ラシェルが望んでいたのは罪を償うことで、だから僕らの父親の犠牲者たちと同じようにガスで死にたいと思ったんだ。まるで父さんから直接ガス殺されるみたいにして。ラシェルは最後の瞬間まで明晰でいられるようにあらゆる手段を尽くしたんだと思う。そうして、自分が死んでいく過程をじっくりと見つめたんだ。それが父さんに代わってラシェルが支払いたいと望んだ代価だからね。収容所の犠牲者たちに償いをするために、そしておそらく、僕のために。僕ら兄弟の背負っている負債の重荷から僕を解放するために。そうさ、だから自殺という言葉はふさわしくない。

言い訳はしたくないんだけど、そのころ団地の生活はゴキゲンなものじゃなかった。そうだったことがあるかって？　あったと思うよ、だって屈託なく暮らしてた時代の思い出があるもの。みんなくよくよせずに、テキトーにあっちへうろうろこっちへうろうろしててさ、それで問題もなかった。もちろん困りごとはなくはなかったけど、月末とかだって乗り越えるのは簡単だったし、にっちもさっちも行かないときでもなんとかごまかして切り抜けるか、飲まず食わずですごすか、つけにしてもらうか、女たちが質屋に駆けこむかして、みんなやりすごしてた。今より気持ちがゆったりしていた気がする。自分たちの人生がけっして抜け出せないどん底だなんてあんまり頭を悩ませたりせず、ただひたむきに生きていた。「明日は晴れるさ」、「共和国万歳、フランス万歳」、「生きていれば希望はある」なんて大きな声で明るく言っていた。あるいは「眠りは食事の代わり」とか「明日の食事は食欲倍増ね」とか「指でもしゃぶってれば気がまぎれるさ」とか「ラマダンだと思えばいい」とか「水を飲んでいい夢でも見ろ」とか言っては大笑いしたものだ。悪夢としか言えなくなってきたら、第一次大戦で塹壕に立てこもった兵士よろしく、「非常時はそれなりに」とか「いずれにせよ人は死ぬ」とか「よそはもっとひどい」とか「人間は死ぬまでは生きている……」と悟りの境地を開陳してみせた。実際しょっちゅう、こんな言葉を耳にしてきた。その大部分は元の戦闘員たちがアフリカから持ちこんだものだけど、こうした言い回しでぶ厚い月末表現集が作れるほどだった。絶望に落ちこんじゃうようなことはなく、今度こそもうダメだというときになると、アラーだの、イエスだの、マリアさまだの、グリオだのを持ち出して起死回生の一発をぶちかました。あのころの団地は幹線道路の外にぽつんとある村みたいなものだった。いいときも悪いときもあり、みんなが助け合うかと思うと殺し合いが起きることもあるけど、結局火を囲んで仲直りするようなところだった。村だからさ、塀をめぐる争いや、近所どうしの喧嘩、子供たちのたわいもない事件、アフリカの奥地にまで遡る無限に入り組んだ家族の物語なんかばかしだけど、それで活気づいてやってたわけだ。めそめそしながら実は陰で糸を操っていたなんていう婆さんたちもいたね。そういう婆さんたちを別にすれば、忍耐強く糸のもつれをほどいていって真実をとり出すことのできる人なんて誰もいやしない。みんなわかったふりをし、たわいもない悪態をつきながら暮らしてた。でも、たぶん幼かったせいで、僕はまっしぐらに突き進んじゃったんだ。絨毯の下をしっかり覗いて、地下室で煙を上げているものの正体はなんなのか、人々の頭のなかでふつふつと発酵しているものはなんなのかを確かめてみる余裕なんてなかった。ともかくそれはちょっとずつ僕らに浸透してきた。それは神秘的な謎と信じがたい暴力に彩られて、啓示による英雄的な行為と地上でも天国でも約束されている豪華絢爛なその見返りの話は、くらくらするような陶酔を味わわせてくれた。最初のイスラーム主義者たちがやってきたときには、僕らは喜んで喝采したものだ。やつらは、本拠地であるあっち、アルジェリアを牛耳っている「暴君」とその手下どもをやっつけるために立ち上がったのだ。手下どもとは、やつらが「不信仰者《タグート》」と呼ぶ人々で、まったく合法的に殺戮と略奪をおこなっている重武装の地方役人《カーイド》たちのことだ。たしかに僕はアルジェでその一端をかいま見た。あのときは、いまにも自分が強制収容所に送られちまうのではとずっとおびえどおしだったし、「劣等人種《ウンターメンシエン》」、つまり人間以下のものとして殺されるにちがいないと観念したもんだ。さてやつらの話だけど、あいつらは古代のカミカゼかとみまがう衣装をまとい、肩から斜めに数珠をかけ、ぼうぼうに髭を伸ばして、眉間にぐっとしわを寄せ、目をぎらぎらとたぎらせながら、足元はオールラウンドのサンダル履きという妙ちくりんな恰好をしてた。アラーを連呼するやつらのラップ風の演説はなかなかイケてたし、田舎司祭みたいにいつも迎え入れてくれるのも、貧しい庶民を救う消防士のような忍耐力も、なかなか悪くなかった。やつらはほんの数人なのに対して僕らは五万といて、しかもみんながやつらの片腕になりたがっていた。僕たちはなんでもやる覚悟だった。やつらはただそれを要求しさえすればよかったのだ。やつらの言うことはアラーが聞き届けてくださり、いつもアラーの励ましがあるのだから。自分の家から一歩出たとたんに僕らは完璧な臨戦態勢に入った。やつらが教えてくれたのは、憎しみを向ける相手を持ち、そいつらの死を願うことがどれだけ興奮を覚えることかということで、おかげで夜も眠れなくなっちまった。聖戦士《ムジャーヒディーン》たちのパーカーにくるまって、夜中も地下室や階段の踊り場でその話をした。貧乏のどん底にいる哀れな人々が、預言者の真実と道徳の再興の両方に対して扉を閉ざし、幸せな愚か者として眠りこけているあいだにね。入門のこの段階になると、聖者に気に入ってもらう秘儀として、苗字も名前もない抽象的な存在に憎悪をぶつけた。具体的にはどんな成分なのかぼんやりしててよくわからないんだけど、なんせ狂信に走りたがってたわけだから、僕らはすべてをかなぐり捨てて一直線だった。それにどうせ暇をつぶすことしかやることは何もなかったんだ。つぶす暇しかねえ。さてその憎むべき存在だけど、僕らはそれをモスクで習ったように「不信心者《クッファール》」と呼んだ。最高の響きだったね、「不信心者」たちよ、「クッファール」よ、「暴君」ども、「タグート」らめ、なんて口にするのは。あと、なんでも好きなようにここに足せるんだ。飼ってる猫でも犬でも、日々の悪夢でもね。ついにジハードの資格ありと認めてもらうと、僕らの前で導師《イマーム》は「クッファール」たちの詰まったカバンを開けてみせ、中の一人一人の名を重々しい声で教えてくれた――こいつはユダヤ人「リフーディー」で、嫌われ者、こいつらのなかでも最低のやつだ。こいつはキリスト教徒「マスィーヒー」で、偽善者、呪われ者だ。こいつは共産主義者「シュユーイー」で、アラーが嫌悪なさる怪物だ。それからこいつらは世俗化したムスリム、西欧化したアラブ人、自由な女、つまりむごたらしい死を与えられるべき堕落した犬ころどもだ。こっちの連中はなんとしてでもぶっ潰すべきホモ、ヤク中、インテリだ。どいつもこいつも僕たちがよく知っている連中だ。多くは、近所の男や女たち、学校の友だち、仕事仲間、地元の店主、リセの教員、テレビに出てくる野郎たちなんかだ。そして突如、フランスが僕らにとって骨の髄まで腐りきった恐怖の権化として出現することになった。まさに劣等人種《ウンターメンシエン》たち、鼻もちのならない有害な私生児どもの寄せ集めってわけだ。フランスはイスラエルやアメリカ、それから自国の民を皆殺しにしてイスラーム教が広がるのを邪魔しようとしているアラブのおぞましい独裁者たちと手を組んでいる。今こそフランスを破壊すべきときだ、なんてことだった。いろいろな助けもあって時間がたつにつれ僕らはそれぞれになんとかかんとか脱け出したけど、熱狂の渦にはまりこんだまんまのやつもたくさんいた。病気《ペスト》がひどくならないうちに治らなかったやつは、金輪際回復の見込みはないんだ。

　これより前の章でいろいろ読んでもらったとおり、ここ数カ月で状況はものすごく悪化してきた。導師《イマーム》の命令でナディアが団地の首領《エミール》によって殺され、そのあと、ボルニュとフリシャに手下のカポたちという新たな一団が登場して以来、団地はすっかり変わってしまった。もはやまぎれもない強制収容所だ。その道はもう始まっていて、じわじわと住民が死んでいくし、塀のなかに閉じこめられ、リストに記載され、監視され、ラーゲリのきまりをたえず思い出させられる。服装、体毛の長さ、するべきふるまい、してはならない事、毎日のような集会、金曜日の全員集合、説教でのトランス、公開での裁判や懲罰。そして締めくくりに死の部隊《コマンド》に動員されてアフガン収容所《キャンプ》に出発するのだ。大量殺戮に至るのに、あと足りないのはガス室と焼却炉だけってとこだ。見渡すかぎり一人だって〈正義の人〉の影はない。ラシェルは説明していないけれど、〈正義の人〉*たちっていうのは、自分の命を賭してゲシュタポと軍警察に追われているユダヤ人をかくまった人たちのことだ。ラシェルはそういう人たちのリストも、また〈作戦計画〉のまっただなかであらんかぎりの手段を駆使し、勇気をふりしぼって、何千人もの無垢の人々を救おうとしたドイツ人の〈正義の人〉のリストも作っていた。そのうちの何人かは、オスカー・シンドラー*、アルベルト・バテル*など、世に知られ尊敬を払われている人たちだ。父さん、どうして父さんもそういうことをしてくれなかったの？　そうしてくれていたらラシェルは今も生きていただろうし、僕らは〈正義の人〉の息子たちってことになったのに。ラシェルは、ホロコーストは人類史上の誤ちで、人間はこんなことがふたたび起きることを絶対に認めるはずがないって繰り返し書いてた。ラシェルは教養があり、知識をいっぱい持ってて、いい加減なことは言わない人なんだけど、ものごとは起きてみないと目に見えないってことを忘れてたように思うんだ。死ぬ直前まで人は生きている、でもその一秒後には、仰天しながら死なれてしまったことを悲しむ者たちが残されてるだけになる。サキーナおばさんはよく言ってた、「昨日と明日のあいだには今日という日があるのよ、そして今日はまだどんなふうに終わるかわからないわ」ってね。それから、ボルトの締め方にものすごくうるさいヴァンサンさんは、僕らの頭の上で両手の指を組みながらしょっちゅう繰り返してたものさ、「その時まではもっていって壊れてから初めてわかるんだ」って。さらにもう一つ、ラシェルは、人間ってものがとりわけやってはいけないことをやってしまうものだってこと、人間ってほんとうに懲りないってことを、ちゃんと認めるのを忘れてた。団地ではこういうことを知らない人なんていないよ。もう手遅れになっちゃってるんだ。すでにイスラーム主義者がどっかり腰を据えて根を張り、僕らのほうはずっぽり罠にはめられちゃっている、両手両脚を縛られてね。たしかに皆殺しにはされないかもしれないけど、僕らが生きる道はふさがれちゃうんだ。もっと悪いことに、やつらは僕らを首領《エミール》には忠実で住人どうしには情け容赦なくふるまう自分たち自身の監視人に仕立てるつもりだ。僕らはカポになるってわけだ。

なんて変わってしまうものなんだろう。へんてつもない村が数カ月のうちにまったく奇妙な場所になってしまった。昔の〈特別Z《ゾーン》〉、それが今じゃ、強制収容所だ。そこにあるべきではなかった一冊の古い軍人手帳を繰ったわずか数分のうちに、ラシェルは歴史の黒い穴のなかに落ちこんでしまった。たった二年のあいだに身体を壊し、正気をなくし、仕事を、友人を、幼いときからの大事なオフェリーを、そして自分の命を失ってしまったんだ。そして僕はほんの一〇カ月のあいだに、天真爛漫な日々から、狂気と怒りでぐちゃぐちゃになり、駈けだして行って世界の端で溺れちゃいたいという気持ちまでが入り乱れた、一時もやむことのない精神的危機状態にはまりこんでしまった。もう何をしたらよいのかわからないし、明日がどうなっているのかもわからない。とても孤独だ。この世に誰もいないかのように独りぼっちだ。父さんも母さんも死に、ラシェルも逝き、アリーおじさんはもうじきで、サキーナおばさんがこの先どうなるのかは見当もつかない。人生はどうしようもない悲しみだらけだ。

仲間たちとは、今や僕らもここをサヨナラして、くたばる場所をどっかよそに探すべきときかもって話し始めている。でもまた、ここでふんばって闘いぬかなきゃとも言い合っている。きっとやってみるだけのことはあるって誓う日もあれば、その翌日にはまったく無駄だって思ったりもする。ピンを引き抜いてケリをつけてくれるような奇跡ってあるのかな。全然わからないんだ。

ラシェルの日記　一九九六年四月二四日

ここ数カ月、時間はとても長く思えた。まるまる一世紀が、恐怖と絶対的な恥辱の一世紀が、私を通り過ぎた。ああ、どれだけ長く、高くついたことか。そう、私は父を知るために、内側から〈絶滅殺戮〉がどんなものだったかを知るために、そしてどのように父がそこに関わっていたのかを知るために、一歩一歩あゆみ、ひとつずつ言葉を重ね、ほんの少しずつ情報を拾い集めていくという代価をまさに支払ったと言うことができる。端から端まで父を追いかけ、父の頭のなかに入りこみ、父の足跡に自分の足跡を重ねてみた。いかなる場所でも、いかなる時にも私は後ろに退かなかった。ガス室の前でも、囚人たちの経験した到底信じがたい日々の前でも、私の心を喰らい尽くすほどの苦しみを前にしても――そして私の心は日を追うごとに果てしなくますますその苦しみの痛みに喰い破られていったのだ。もしも収容所の壁が、囚人たちの幽霊が、〈絶滅殺戮〉に身を浸していく間に私が出会った男性や女性たちが、あるいは私が何度も読み返した書物たちが証言をすることができるなら、きっとこう言ってくれるだろう、「そうだこの男は全力を尽くした、この男は語ってよい、彼は知りぬいている」と。

私は自分が誠実であったと思うし、可能なかぎり賛否両面からものごとを検討するように努めてきた。その結果言えることは、絶対的に黒であるようなものはけっしてないということ、またすべてが雪のように純白などということはありえないほど稀だということだ。父は並外れた装置のちっぽけな歯車にすぎなかったが、その父の責任を私はいささかも減じようとはしなかったし、この盲目の装置がそれを操作する人間たち一人一人の強い意志なくして一瞬でも機能しえたと考えたこともない。私に反対する人もいてかまわないが、その父を持った子として私は彼を直接知っているのだから断言できる、父にはけっして残酷なところはなかったと。彼はただ峻厳で几帳面で頑固だった。また、エジプトやアルジェリアでの冒険から考えると、やや楽観的なところがあった。彼は生きねばならなかった、だからスパイであれ、軍備教導者であれ、何であれ提示されたことを受け入れた。少なくともアルジェリアでは、元聖戦士《ムジャーヒデイド》という栄誉ある称号にふさわしいだけのことをアルジェリア人のためにおこなってきた。村では、尊敬を集めるシャイフであったし、母さんにとっては愛すべき夫、私たちにとっては善き父であった。自分の元からあえて私たちを引き離してフランスに送って勉強を積ませ、ちゃんとした未来を築けるようにしてくれたほどなのだ。野蛮きわまりない襲撃に斃《たお》れ、シャヒードすなわち国家の殉教者に列せられた。アイン・デーブ村にとって、彼は〈正義の人〉なのだ。

人は人生で何も選択しはしない。父は何も選ばなかった。彼はただそこにいただけのことなのだ、汚辱へと、〈絶滅殺戮〉の中心へと至る道の上に。そこから離れることができず、目をつぶってその道を歩み続けるだけで精一杯だった。虐殺者になることを夢見る人など誰もいないし、いつの日か拷問にあって死ぬことを夢見る人もいない。太陽が途轍もない大爆発を散発的に起こすことによってその充満したエネルギーを放出するのと同じように、歴史は人類が堆積してきた憎しみのマグマを時折り大噴出させ、灼熱の風で通り道にあるすべてのものをなぎ払ってしまう。人がたまたまそこにいるか別のところにいるか、逃れていられるか直面するか、強い側にいるかそうでない側にいるかは、まったくの偶然なのだ。私だって、勤勉で静かな生活を送ること以外、自分では何も選ばなかった。なのに結局、私のために立てられたのではない絞首台にいるのだ。私は他の人のために支払うのだ。その人を救いたいから。なぜならその人が私の父で、人間だから。かくして私はプリーモ・レーヴィの、「これが人間か?」というあの問いに答えたい。そうだ、と。どれほど衰弱しきっていても犠牲者は人間だし、どれほど不名誉を背負っていようとも虐殺者もまた人間なのだ。

しかしながら同時に、すべての選択は私たちがしているのだ。しかもあらゆる瞬間において。私たちと生との間にはある契約が存在する。私たちが生に値しないとか、私たちが権力を持ちすぎたと生が判断し、かつ生がそう望んだときには、生は私たちから去る。一方私たちにも特権があり、生が私たちの理想に合わない方向に進み出してどうにもならなくなり、かつそう欲したときには、私たちの方が生を去る。互いに確認し、相互に了解したうえで生と私たちは別れを告げる。むろんそれがどれほど苦しくまた取り返しのつかないことかは承知でだ。死ぬために死ぬ、そうするのは自分の人格と他者の人格を尊重しようとしてのことなのだ。父は自分の道を選んだ。そして生が父に選択肢を差し出したその都度、父は同じ道を選び直した。父は人間一人を殺したのではない。二人殺し、それから百人、次に数千人、さらに数万人殺したのだ。もしかしたら数百万人殺害したのかもしれない。父は憎しみと隷属に浸りきっていて、父の頭に穿たれた穴は底なしだった。そして終局を迎え、すべてを振り返って目を醒ますときが来たら、父は自分の犠牲者たちに背を向けて逃げることを選んだのだ。それは犠牲者たちをもう一度殺すことに等しかった。なんとおぞましいことか。さらに父は生を伝達するという間違いを故意に犯した。遅かれ早かれ真実が表に出て、自分の子供たちが大きな苦しみを抱えるということをわかっていたからだ。ある人物について人間ではないと言うこと、それはその人から責任を剥奪し、そうすることで決済完了としてしまうことである。するとその人には取り返しをつけるべきものはなくなり、いかなる赦しも求める必要がなくなるのだ。ところで神の燦然たる栄光にしても、悪魔の強大な力にしても、根拠もなしに備わっているわけではない。その玉座にふさわしいだけのことをし、しかもそれを続けていくことが必要なのだ。もちろん彼らを王に祀りあげたのは他ならぬ私たちだ。そして、もし要するに人間に可能ないかなることをもってしてもけっして取り返しがつかないのだとしても、少なくともこれだけは自分に課すことができる――支払うこと、なんとしてでも支払うこと。負債を残したまま旅立つわけにはいかない。

　そこでこれから、父と父の犠牲者たちの分の支払いを、私が間違いなく履行することにする。しごく当然のことにすぎない。シラー一家の全滅はこれで避けられるだろう。神――厳かに天をさまよう盲目で唖《おし》のこの何物か――が私の父を赦してくれるように、そして私については、私が神に望むものは何もないことをよく了解していただくようにと願う。そして、父の犠牲者たちがどうか私たちを赦して下さいますようにと願う。これこそ私にとって一番大事なことなのだ。とはいえ私の死は何かの取り返しをつけるものではない。ささやかな愛のしぐさだ。

私の大事なマルリク、かわいい弟よ、もしこの日記を読んでくれたらだけど、私を赦してくれ。本当は君に話して、この重荷を二人で分かち合うべきだったのだと思う。君はまだとても若くて準備が全然できていなかった。だからこうして埋め合わせをしたんだ。この日記を書いたのは私自身のためでもあるけれど、君のためでもあるんだ。強く生きてくれ、しっかり頑張るんだ。君を愛しているよ。サキーナおばさんとアリーおじさんに私からのキスを届けてくれ。オフェリーに会うことがあったら、愛していると伝え、赦しを請うてほしい。

二三時。約束の時間が来た。

完

追記――私の日記が弟であるマレク・ウルリッヒ・シラーのもとに届くよう御配慮をお願い申し上げます。どうか私の望みを叶えて下さい。

訳註

作品の背景を理解する上で有益と思われる用語には、本文中に「*」を付し、訳註を付した。

一〇頁　**〈特別Z〉**――原文ではZUS（「特別注意市街地域《ゾーン・ユルバン・サンシーブル》」）。一九九六年から二〇一四年まで施行されていたフランスの制度で、失業率が高く犯罪が起きやすいなど治安の維持や改善に特別な注意を払うべき地域を指定し、さらに状況の深刻さに応じて五つのランクに分けていた。都市郊外にある移民の集住地区が多く、低所得者用の高層団地が一般的。フランス全土では七五〇箇所あまりが指定されていた。

一六頁　**国民戦線**――フランスの極右政党。アルジェリア独立反対派の右派勢力により一九七二年に創立。フランス人至上主義、移民排斥を掲げる。二〇一八年に党名を「国民連合」に変更。

二〇頁　**戦争状態**――アルジェリア内戦。一九九一年末から二〇〇〇年頃にかけて、アルジェリア政府軍とイスラーム主義勢力との間で展開され、市民にも多数の犠牲者を出した武力紛争。アルジェリア全土にテロが横行し、しばしば「暗黒の十年」と呼ばれる。死者は総計で十五万人におよぶという説もある。一九九九年に新法を作り反政府勢力に広範な恩赦を与えることで、次第に終息に向かった。

二三頁　**GIA**――「アルジェリア武装イスラーム集団」。一九九二年設立。イスラーム政党が大勝した選挙そのものを政府が無効にしたことに反発して組織された軍事組織。一九九〇年代末までに数十の村で皆殺しや大規模な殺戮をおこなうなど、民間人や知識人、また外国人を標的にした凄惨なテロ活動を展開した。

二七頁　**『ル・モンド』、『リベラシオン』、『エル・ワタン』、『リベルテ』**――『ル・モンド』と『リベラシオン』はフランスの代表的な新聞。『エル・ワタン』と『リベルテ』はアルジェリアの代表的なフランス語紙。

二八頁　**ダマスカスへの道**――キリストを迫害していたパリサイ人であったサウロが、ダマスカスへ向かう道の途中で神の啓示を受けて改宗し、使徒パウロとなったという『新約聖書』中の『使徒行伝』九―一以下の逸話を指す。ここでは運命的な出来事を意味し、また人生の決定的な転換点を暗示する。

三〇頁　**ビッグ・ブラザー**――ジョージ・オーウェルの小説『一九八四年』で描かれた、全体主義恐怖政治を敷く、直接には姿を現さない支配者。ここではアルジェリアの政治体制を暗喩している。

三二頁　**セティフ**――アルジェリア北東部の都市。アルジェからは東へ三〇〇キロメートル弱で、やや内陸にある。

三七頁　**カビリー地方**――アルジェの東方に広がる、カビリー人と呼ばれるアマジグ人（ベルベル人）の居住する地域。セティフはそのはずれにある。

四五頁　**解放戦争**――フランスの植民地支配に抗しておこなわれた苛烈なアルジェリア独立戦争（一九五四－一九六二）を指す。アルジェリア革命とも呼ばれる。一九六二年にフランスからの独立を勝ち取る。

四五頁　**抵抗運動**《マキ》――一九五四年一一月一日の武装蜂起以来、ＦＬＮ（民族解放戦線）およびその軍事部門であるＡＬＮ（民族解放軍）が展開したゲリラ的な戦闘。貧弱な武器しか持たない千人規模の素人戦士たちでスタートし、アルジェリア全土を六つの軍管区に分け、最大で九万人ほどの兵を組織したと言われる。

五四頁　**ＳＳ**――ナチスの「親衛隊 Schutzstaffel」の略称。ヒトラー政権下で、警察・軍備・諜報など多方面に渡って国家運営を掌握した組織。強制収容所の管理や経済活動も管轄した。一九二九年よりハインリッヒ・ヒムラーが最高指導者。上層部は国家中枢のエリート集団で、隊員数は末端で終戦時には百万人を超えた。強権・恐怖政治体制を遂行するテロ組織でもあった。傘下に、軍隊とは別の軍事組織として、武装親衛隊を有する。

五五頁　**ブーメディエン**――フワーリー・ブーメディエン（一九二七－一九七八）。アルジェリアの政治家。独立闘争に加わり、一九六〇年からは民族解放軍（ＡＬＮ）の司令官になる。アルジェリアの独立後は国防相、さらに副首相を歴任、のち六五年にクーデターを起こしてベンベラ大統領を追放し革命評議会議長（国家元首）の地位に就く。新憲法を施行して一九七六年に大統領に就任したが任期中に死去。

五六頁　**ボルマン、ゲーリング、フォン・リッベントロップ、デーニッツ、ヘス、シーラッハ**――いずれもドイツ第三帝国の中枢を占め、重大戦犯としてニュルンベルク裁判にかけられた人物たち。

マルティン・ボルマン（一九〇〇－一九四五）、長らくヒトラーの側近で、副総統および親衛隊の最高指揮官を務めた。戦争末期に、敗戦を予想して「ナチス再建計画」を立てていたことでも有名。ニュルンベルク裁判では行方不明のまま、死刑判決を下される。ベルリン陥落時に自殺していたことが後に判明。

ヘルマン・ゲーリング（一八九三－一九四六）、一九二二年にナチスに入党し、一九三二年ナチスが第一党になると国会議長を務める。ナチス政権誕生後政治・軍事の要職を歴任、全ドイツ軍最高位の国家元帥にまで登りつめる。ニュルンベルク裁判ではヒトラーとナチスの擁護を繰り広げ、死刑判決後に服毒自殺。

ヨアヒム・フォン・リッベントロップ（一八九三－一九四六）、一九三二年ナチスに入党後、ヒトラーの厚遇を得てとくに外交面で活躍、外相として独ソ不可侵条約（三九年）や日独伊三国同盟（四〇年）を成立させる。ニュルンベルク裁判の死刑判決により絞首刑となる。

カール・デーニッツ（一八九一－一九八〇）、海軍で活躍し、潜水艦隊司令長官、海軍総司令官を務める。四五年のヒトラー自殺後、第三帝国総統に就任し降伏手続きを進める。ニュルンベルク裁判で禁固一〇年の判決を受ける。

ルドルフ・ヘス（一八九四－一九八七）、ヒトラーに次いでナチ党のナンバー2の地位にあり、第三帝国副総裁や大臣、親衛隊の総指揮官を務めるなど政治家として活躍。一九四一年から英国で捕虜となる。ニュルンベルク裁判で終身禁固刑が確定し、一九八七年にシュパンダウ刑務所内で自殺。ちなみにアウシュヴィッツ＝ビルケナウ強制収容所長の親衛隊中佐ルドルフ・ヘスとは別人。

バルドゥール・フォン・シーラッハ（一九〇七－一九七四）、一九三一年に二四歳で初代「全国青少年指導者」となり、のちヒトラーユーゲントの指揮を任されて急成長させる。ウィーンのユダヤ人追放にも関与。終戦後一時オーストリア内で逃亡していたが投降し、ニュルンベルク裁判で禁固二〇年の刑とされる。刑期満了後八年して死去。

五六頁　**ニュルンベルク裁判**――第二次大戦におけるナチスの戦争犯罪を裁くために一九四五年一一月から翌年一〇月にかけてドイツのニュルンベルクでおこなわれた国際軍事裁判。連合軍（英、仏、ソ、米）の裁判官により二二人の主要戦犯の審理がおこなわれ、一九四六年一〇月一日、一二人が死刑判決を受け、不明のボルマンおよび自殺したゲーリングを除く一〇人の刑が一〇月一六日に執行された。禁固刑の判決を受けた七名の重大戦犯は連合軍が警護するベルリンのシュパンダウ刑務所に収監された。

五六頁　**アドルフ・アイヒマン、フランツ・シュタングル、グスタフ・ワーグナー、クラウス・バルビー**――いずれも第三帝国解体とともに逃亡した重要人物たち。

アドルフ・アイヒマン（一九〇六－一九六二）、第二次大戦中、国家保安本部に勤務しユダヤ人絶滅計画に早くから参与、とくにユダヤ人の移送を指揮する。戦後はドイツに潜伏後、イタリアを経て、アルゼンチンに逃亡。「ナチ・ハンター」で有名なサイモン・ヴィーゼンタールによって発見され、一九六〇年にイスラエル諜報特務庁（モサド）によってイスラエルに連行された。一九六二年に処刑。

フランツ・シュタングル（一九〇八－一九七一）、ナチス親衛隊の将校で、ユダヤ人絶滅作戦に早くから関与、ソビブル（現ポーランド）とトレブリンカ（現オーストリア）の絶滅収容所の所長を務める。戦後逃亡してイタリアへ、バチカンの司教が用意した逃走ルートと赤十字の支援によりシリアへ、さらに三年後にブラジルへ移動した。ナチ・ハンターのヴィーゼンタールによって探し出されて一九六七年にブラジルで逮捕され、西ドイツ政府に渡されて裁判を受けたが、「自分は義務を果たしただけ」だと身の潔白を主張。一九七〇年に終身刑を言い渡され、翌年拘留中に死亡。

グスタフ・ワーグナー（一九一一－一九八〇）、ソビボル絶滅収容所で囚人のガス室送りに積極的に関与し、もっとも悪逆な監守として恐れられた親衛隊士官。終戦時には米軍の捕虜だったが偽名を使って釈放され、バチカンの支援で中東を経てブラジルへ逃亡。一九七八年ヴィーゼンタールの追及により発見されるが、ブラジル政府は身柄引き渡しを拒むものの、戦争中の行状が知れ渡ったために孤立を深めて一九八〇年にサンパウロで自殺。

クラウス・バルビー（一九一三－一九九一）、ゲシュタポ（ナチスの秘密警察）の責任者としてフランスのディジョン、リヨンに赴任する。多数の住民の強制移送、反抗分子の殺害・拷問に関与し「リヨンの虐殺者」と渾名される。戦後、情報工作能力を買われて米軍諜報部に保護されていたが、イタリア経由で南米へ逃亡。アルゼンチンを通って一九五一年からボリビアで家族と暮らすとともにボリビア軍事政権の顧問となる。軍事政権崩壊後、一九八三年にフランスに引き渡され、翌一九八四年からリヨンの法廷で裁かれ終身刑を言い渡される。一九九一年、獄中で病死。

五六頁　**SW**――サイモン・ヴィーゼンタールを指すと思われる。一三六頁の註「ヴィーゼンタール」を参照。

五六頁　**BJ**――「ユダヤ人迫害記録センター」を指すと思われる。潜伏・逃亡を続けるドイツ戦犯を発見し裁くために、ヴィーゼンタールが立ち上げた組織。

五六頁　**Mと呼ばれる最高に危険な組織に属すNという別のグループ**――おそらくMは「モサド」を、Nは「ナカム」を指すと思われる。一三六頁の註「ナカム」「モサド」を参照。

五七頁　**HH**――「ハイル・ヒトラー（ヒトラー万歳）」を意味する隠語表現。

五八頁　**ユルツェン**――ドイツ北部、ハンブルクから南東へ九〇キロメートルほどのところにある小さな町。

五八頁　**絶滅収容所**――「死の収容所」とも呼ばれる。大量殺戮を効率的に行うための強制収容所。ナチス・ドイツにより第二次大戦中に、ヘウムノ、ベウジェツ、ソビボル、トレブリンカ、アウシュヴィッツ＝ビルケナウ、ルブリン＝マイダネクの六つが設けられ、二七〇万人近くのユダヤ人などを殺害した。絶滅収容所の存在は親衛隊の最高機密とされていたが、一九四四年七月にソ連軍がポーランドへ侵攻し、ドイツによる解体・隠蔽が間に合わなかったマイダネク収容所を発見、以後、順次連合軍によって解放されていくことになる。これによって世界は初めてその存在と何がおこなわれていたかを知った。

六〇頁　**国連にだっているし**――とりわけオーストリアの政治家で一九七二年から一九八一年まで第四代国際連合事務総長を務めたクルト・ヴァルトハイム（一九一八‐二〇〇七）が有名。ナチス突撃隊の将校であったことが一九八六年に判明したが、その年から一九九二年まで、旧連合国である西側主要国の非難を浴びながらもオーストリアの大統領を務めた。

六〇頁　**最終解決**――組織的な大量虐殺（ホロコースト）によってユダヤ人をヨーロッパから根絶しようとするナチス・ドイツによる作戦計画である「ユダヤ人問題の最終解決」を指す。一九四一年に決定され、これにより絶滅収容所が建設され、翌年には大量虐殺が始められた。

六〇頁　**ゾンダーコマンド**――直訳すると「特殊部隊」。絶滅収容所でガス殺の補助作業や、とりわけ囚人たちの死体の焼却炉への運搬およびその灰の処理をおこなうという任務につかせられた収容者たちの名称。数カ月で彼ら自身が抹殺され、新たな囚人たちがこの任務についた。

六〇頁　**ショアー**――ヘブライ語で「大災厄」の意。ユダヤ人の被ったホロコーストの悲劇を指す。

六〇頁　**「Vernichtung lebensunwerten Lebens」**――ドイツ語表現、意味は「生きるに値しない命の根絶」。一九二〇年に刊行された法学者ビンディングと精神科医ホッヘによる著作『生きるに値しない命を終わらせる行為の解禁』のタイトルで初めて用いられ、その後ナチス・ドイツの政策においてその優生学思想を表明するフレーズとして用いられた。「生きるに値しない」とされたのは知的障害者、反体制派、同性愛者、混血、ユダヤ人、ロマなど。

八〇頁　**第三帝国**――ヒトラー独裁下のドイツを指す非公式の呼称。一〇－一九世紀の神聖ローマ帝国、一八七一年から一九一八年までのドイツ帝国を引き継ぐものとして、みずからの支配体制の正当性と権威を誇示するためにヒトラーが好んで用いた表現。

八〇頁　**捕虜収容所**《シュタラク》――「シュタムラーガー」の略語。本来は戦争捕虜収容所を指す単語。したがってこの語を用いてユダヤ人などの強制収容所ないし絶滅収容所を指す場合は、その事実を隠ぺいする婉曲語法の役割を果たす。

八二頁　**「マイネ・エーレ・ハイスト・トロイエ、忠誠こそ我が名誉」**――ナチス親衛隊員のモットーとされた標語。

八四頁　**これが人間か**――プリーモ・レーヴィ（一九一九－一九八七）はイタリア人化学者で著述家。ドイツのイタリア支配に対するレジスタンス活動をおこなうなかユダヤ人として一九四三年末に逮捕され、翌年アウシュヴィッツ第三（モノヴィッツ）強制収容所に送られたが奇跡的に生還。この体験の回想やそれにもとづく考察を記した数々の著作で知られる。「これが人間か」は、一九四七年刊行の主著『これが人間か』（邦訳は『【改訂完全版】アウシュヴィッツは終わらない　これが人間か』竹山博英訳、朝日選書、朝日新聞社出版、二〇一七年〔底本初版一九八〇年〕）の冒頭に掲げられている詩。

九二頁　**手下**《カポ》――「カポ」はナチスの強制収容所で、囚人の中から任命された監督役。親衛隊士官の看守の下で他の囚人を監督し、残忍な暴力をふるうことも多かった。親衛隊に協力する裏切り者、残逆な者として語られることが多い。また一般の囚人に比べ、衣食住などに関して大きな優遇が与えられた。

一〇八頁　**「ザ・ヤング・アンド・ザ・レストレス」**――米国CBSテレビで一九七三年以来、現在も放映されている昼ドラマ。内容はホームコメディで、放送回は二〇一二年で一万回を超えた。フランスでも一九八九年以来、現在でもテレビ放映されている。

一一一頁　**カスタフィオーレ夫人**――フランス語圏で絶大な人気を誇る古典的マンガ『タンタンの冒険』シリーズに登場する気位が高く怒りっぽい、太ったオペラ歌手の女性。

一一六頁　**『我が闘争《マイン・カンプ》』**――ヒトラーの著書、一九二五年刊行。一九四五年までにドイツで約一二四〇万部が出版された。戦後、二〇一六年まで七〇年間ドイツでは禁書だった。フランスでは一九七〇年代末に、この書物を歴史的資料と考えるか人種差別扇動の書と考えるかで論争が起き、訴訟問題となったことがある。禁書ではないが、学術目的の参照に限られ、一般に流通しにくい状況が長らく続いてきた。

一二〇頁　**親玉《ボンツェン》**――とくに第一次大戦後、経済的に疲弊の激しいドイツで、利益を独占した社会上層の特権者たちを指す語として用いられた表現。

一三四頁　**第三帝国の狼男**――ナチスは連合国軍要人の暗殺のために「ヴェアヴォルフ（狼男）」と呼ばれる暗殺・テロ専門グループを創設した。ヒトラーユーゲントや親衛隊メンバー五千人ほどで組織され、連合国側にかなりの被害を出したと言われる。

一三五頁　**ペタン**――フィリップ・ペタン（一八五六－一九五一）、フランスの軍人・政治家。第二次大戦中、親独的なヴィシー政権を率いた。

一三六頁　**オデッサ**――「元ナチス親衛隊隊員のための組織」（Organisation der ehemaligen SS-Angehörigen）の略称。一九四六年に元ナチス関係者の逃亡を支援するために結成された秘密組織であるが詳細は不明。スペインや南米への逃亡ルートを確保し、またヴィーゼンタールの調査によれば複数の貿易商社を有し、シリアのダマスカスやエジプトのカイロに支店を有していた。この存在が旧連合国側に知られたのはかなり時間が経ってからであった。なおほかにも類似の地下組織が複数存在し、旧ナチス党員の国外逃亡を支援していた。
一三六頁　**ナカム**——旧ナチス関係者の暗殺を目的としたイスラエルの秘密組織で、とりわけ一九五〇年代に暗躍。名称は「復讐」を意味するヘブライ語。
一三六頁　**ユダヤ人会議**——正式には「世界ユダヤ人会議」。もとは反ユダヤ主義を掲げるナチス・ドイツへの抵抗運動を世界中で展開するために一九三六年に設立されたユダヤ人の国際組織。ニューヨークを本部に世界各国に事務所があり、戦後はホロコーストの生還者の保護や共産圏でのユダヤ人救援運動、ナチスに略奪されたユダヤ人の財産の奪還と賠償要求などを展開してきた。
一三六頁　**モサド**——「イスラエル諜報特務庁」。イスラエルの情報機関で、情報活動や秘密工作を専門とする特別機関。第二次大戦後は逃亡した元ナチス戦犯の捜索もおこなってきた。
一三六頁　**ヴィーゼンタール**——サイモン・ヴィーゼンタール（一九〇八－二〇〇五）、オーストリア人ユダヤ教徒で「ナチ・ハンター」として知られる。第二次大戦勃発後すぐに強制収容所に収容され、親族の多くをホロコーストで失う。戦後、妨害にもひるまぬ執拗で克明な調査により、世界各国、とくに南米諸国に逃れたナチ戦犯を追い、シュタングル、アイヒマンなど有名人物のほか千名以上のナチス党員の犯罪者やドイツの戦犯の拘束に貢献した。彼がウィーンに立ち上げた「ユダヤ人迫害記録センター」では二万人以上の元ナチスに関する情報が蓄積され、逮捕・処罰のために関係当局に提供された。ヴィーゼンタールには『殺人者はそこにいる』『ナチ犯罪人を追う』ほか多くの著書がある。
一三八頁　**スターリンもいれば…**——スターリンはソビエト、ポル・ポトはカンボジア、チャウチェスクはルーマニア、毛沢東は中国、金日成は北朝鮮、アミン・ダダはウガンダの強権的独裁者で、それぞれ大量虐殺や国民に対する苛烈な抑圧をおこなったことで有名。
一四三頁　**移動虐殺部隊**——ナチス・ドイツにとっての敵性分子、とくにユダヤ人の殺害のために組織された部隊。絶滅計画にも深く関与した。
一四四頁　**ヒムラー**——ハインリッヒ・ヒムラー（一九〇〇－一九四五）、ナチスの最高幹部で親衛隊やゲシュタポを統率した。ヒトラーの側近として有名。一九三四年以降すべての強制収容所は親衛隊の管轄となり、ヒムラーの指揮のもとで次々と建設がおこなわれた。戦後逃亡したがすぐにイギリス軍に逮捕され、服毒自殺した。

一四四頁　**ラーゲリ**――ロシア語で「収容所」を指す語。ドイツ語にも取り入れられた。ドイツ語読みでは「ラーガー」。

一五二頁　**ナヴァール**――フランスとスペインとの国境地帯、バスク地方の一部。ここでは辺鄙な田舎の意か。

一五四頁　**ブファリック**――アルジェから南西三〇キロメートルのところにあるアルジェリアの町。空軍基地がある。

一六七頁　**「われらは神を信ず」**《イン・ゴッド・ウィー・トラスト》――アメリカ合衆国における国家の公式なモットーとされる表現。この言葉は一八六四年に初めて合衆国の硬貨に印字され、以後長らく硬貨や紙幣に記されてきた。

一七一頁　**「謎のなかのミステリーで包まれた秘密」**――第二次大戦勃発直後の一九三九年一〇月に、イギリスのウィンストン・チャーチル（当時海軍大佐、のち首相）がソビエト連邦についてラジオで述べた言葉として知られる。ドイツ側と英仏側のどちらにつくのかソビエトの動向が予測できない事態を指して言われたもの。

一七二頁　**アルジェリアが社会主義恐怖政治から抜け出した**――一九八九年二月の新憲法により、複数政党制や結社・思想の自由が定められ、一九九〇年には数々の自由化が進められた。だがその後はイスラーム政党の台頭により一九九二年一月に大統領が辞任、「暗黒の十年」に突入することになる。

一八三頁　**ツィクロンB**――もとはドイツの殺虫剤の商標で、シアン化水素（青酸化合物）を含む。ナチスのもとでこれを大量殺戮のための毒ガスとして開発する試みが一九四〇年頃から進められ、人体実験を経て、一九四一年九月から絶滅収容所での使用が始まった。製造と販売はIGファルベンの子会社がおこなった。

一八四頁　**ネーベ**――アルトゥール・ネーベ（一八九四―一九四五）、ナチス・ドイツの刑事警察（クリポ）の長官で親衛隊員。独ソ戦のために一九四一年に移動虐殺部隊が組織化されると同時に、その四隊のうちの一つの司令官となる。侵攻地・占領地のロシアでユダヤ人や抵抗勢力と目された人々を数万人規模で殺害し、ホロコーストの先駆をなしたと言われる。最期はヒトラー暗殺計画に加担して処刑された。

一八四頁　**IG**《イーゲー》**ファルベン**――第二次世界大戦前のドイツ化学産業を独占した巨大な企業トラスト。一九〇四年に三つの会社が同盟を結び、さらに数社を加えて一九二五年にドイツ帝国の援助を受けて設立、フランクフルトに本拠を置く。一九三二年からナチスに接近し、強制収容所での大量殺戮のための毒ガスを製造、またアウシュヴィッツ第三収容所

（モノヴィッツ）を建設し、収容者を強制労働させた。一九五一年に解散。

一九三頁　**毛沢東の赤い『語録』**……――それぞれ中国の毛沢東の『毛沢東語録』、リビアのカダフィ（カッザーフィー）の『緑の書』、北朝鮮の金日成の『金日成語録』、イランのホメイニー師の通常『緑の小著』と呼ばれる本（邦訳『ホメイニわが革命』）、トルクメニスタンのサパルムラト・ニヤゾフ（「トルクメン人の長」を意味する「テュルクメンバシュ」を名乗る）の『ルーフナーマ（魂の書）』を指す。いずれの人物も国家元首として長期に渡って圧政を敷き個人崇拝を求めた強権的独裁者の面を有し、独自の統治理念や信条を記した本を出版して国民に強制した。

一九四頁　**反抗を企て、暴動を引き起こし**……――ナチスの強制収容所で起きた囚人たちの反乱として有名なものは以下の三件。一九四三年八月トレブリンカ絶滅収容所で囚人たちが武器を奪取し大規模な逃亡を企てるとともに、ほとんどの施設に放火した。逃亡した囚人の多くは殺害されたが、この事件後トレブリンカ収容所は解体された。ソビボル収容所では一九四三年に入って囚人たちの抵抗組織が秘密裡に作られ一〇月に蜂起。護衛兵を殺害し大規模な脱走を試みる。この事件後ソボビル収容所は閉鎖・解体。一九四四年一〇月アウシュヴィッツ＝ビルケナウ収容所では死体処理をさせられていたゾンダーコマンドが自分たちの命の危機が切迫しているのを感じて蜂起。第四焼却炉を爆破し護衛兵数名を殺害するが、蜂起した囚人は全員殺害された。なお米映画『灰の記憶』（二〇〇一年）およびハンガリー映画『サウルの息子』（二〇一五年）はゾンダーコマンドの生活とこの反乱事件を描いている。

二〇〇頁　**ベルクホーフ**――ドイツ南東部バイエルン州の山間部にあったヒトラーの別荘の名。雄大なアルプスを望むこの山荘はヒトラーの好んだ私邸であると同時に、ベルリンに次ぐナチス・ドイツの第二の大本営とされ、周囲には第三帝国の要人の別荘や兵舎などが次々に建てられた。

二〇〇頁　**ヨーロッパの最果てのどこか**……――おそらく「ユダヤ人問題の最終的解決」について一九四一年七月に指示を受け、ホロコーストの最高司令官ともいうべき存在であった親衛隊大将のラインハルト（・トリスタン・オイゲン）・ハイドリッヒ（一九〇四‐一九四二）を指す。一九四一年九月からチェコに赴任。

二〇二頁　**電撃戦**――ドイツによる一九三九年九月のポーランド侵攻や一九四〇年五月のフランス侵攻など第二次大戦初期の軍事展開を指す。機動力を生かした戦闘方法で大きな成果を上げた。

二三六頁　**ホロコースト記念館ヤド・ヴァシェム**――一九五三年にエルサレムに設置されたイスラエル国立の施設。「ヤド・ヴァシェム」はヘブライ語で「場所・名前」を意味し、永遠に名前を刻む場所を表す。第二次大戦中のユダヤ人虐殺に関する歴史博物館、図書館、公文書館、出版所、研究所、美術館など多くの施設を含む。六〇〇万人におよぶという犠牲者一人一人を特定する文書の収集活動が早くから精力的におこなわれてきた。主要な展示施設の一つ「名前の広間」には二〇〇四年の改装以降、六〇〇名の犠牲者の顔写真が虐殺の事実を証明する文書とともに壁に掲げられている。

二四〇頁　**王制に対する軍事クーデター**――イギリス植民地支配の影響も色濃く残るエジプト王国は、第二次大戦後イスラエルとの戦争にも敗れて弱体化し、一九五二年にナセル（ガマール・アブドゥル＝ナーセル、一九一八－一九七〇）やナギーブ（二五八頁「総司令官ナギーブ」の項参照）ら、王国政府打倒をめざす過激な軍人の率いる秘密組織「自由将校団」がクーデターを起こして、国王ファールーク一世を退位・亡命に追いこんだ。翌一九五三年には革命政権により王制を廃して共和国に移行。その後、初代大統領であったナギーブを更迭してナセルが実権を掌握し、一九五六年には大統領に就任。西欧資本主義諸国との対立を鮮明にし、アラブ社会主義体制を確立。外交的には汎アラブ主義を唱えた。

二四四頁　**傭兵部隊《バシ・バズーク》**――オスマントルコ帝国時代の傭兵部隊。残虐で野蛮な行動によって知られ、正規軍とは異なって軍規の支配下にないため、市民に横暴を働き、非道な暴力や略奪行為を繰り返した。

二四四頁　**大量虐殺《ジェノサイド》**――オスマントルコ帝国による「アルメニア人大虐殺」を指す。二〇世紀初頭とりわけ一九一五年から一九一七年にかけて、大部分がキリスト教徒であるアルメニア人が強制移住や虐殺などの迫害を受け、その死者は一〇〇万人から一五〇万人と推定されている。トルコ政府は現在も組織的な大虐殺であったことを認めていない。

二四五頁　**「ジプシーの夜」**――ドイツ軍が劣勢となるとアウシュヴィッツ＝ビルケナウ収容所ではその一区画である「ジプシー収容所」が閉鎖されることになり、一九四四年八月二日の夜に三千人近くのロマ族（ジプシー）の人々が一挙にガスで殺害され灰にされた。その多くは女性や子供であったという。なお、アウシュヴィッツには総計で二万三千人のロマ族の人々が収容され、ホロコースト全体でのロマ族犠牲者は二〇万人から一五〇万人、一説では八〇万人におよぶという。

二四六頁　**何百万ドルもの金、隠した財宝……**——ナチスは巨額に上る資産を隠し持っていて、その内容は、黄金、貴金属や宝石類、美術品、真札・偽札を含め数十億ドル分の通貨などがあり、これらがナチス党員の逃亡や国外のドイツ人企業の経営、ナチス再興のための資金として用いられ、また戦後のドイツにも環流されたと言われる。ほかにさまざまな軍事情報や産業技術がナチス残党の財産としてあり、たとえばこれらを欲する米国には戦後一万人以上のナチス関連者が移住したと言われる。

二四八頁　**ファールーク王**——二四〇頁「王制に対する軍事クーデター」の項を参照

二五五頁　**ナギーブ・マフフーズ**——エジプトの小説家（一九一一－二〇〇六）。カイロの市井の人々の生活を描く多数の作品を発表。代表作は『バイナル・カスライン』を含む「カイロ三部作」（一九五六－五七）。一九八八年にノーベル文学賞を受賞。

二五八頁　**総司令官ナギーブ**——ムハンマド・ナギーブ（一九〇一－一九八四）はエジプトの軍人で、ナセルの自由将校団に加わる。一九四九年から国境軍の総司令官を務める。一九五二年にクーデターで王制を倒したあと、陸軍総司令官に就任。一九五三年のエジプト共和国設立後は初代大統領の座に就くが、翌年ナセルによって解任され失脚する。

二八五頁　**クルップ社**——一九世紀前半に創業したドイツを代表する重工業企業。鉄道事業を背景に鉄鋼財閥として成長し、一九世紀半ばには兵器産業でプロイセンを支え、以後も軍事産業によってドイツ国家に貢献してきた。現在は鉄鋼業のティッセンクルップ社として存続。

二八五頁　**DAW社**——ドイツ装備製造有限会社。一九三九年に設立された、親衛隊が経営する企業。各地の強制収容所で収容者の強制労働によって軍需品（武器弾薬、長靴、軍服ほか）の製造や鉄道および貨車の補修などを手掛ける大企業となった。

二八六頁　**「ブナ」**——ドイツで開発された合成ゴムの名称。転じて合成ゴムの製造プラントがこの名で呼ばれる。さらにモノヴィッツ村の近くに作られたアウシュヴィッツ第三（モノヴィッツ）収容所にはＩＧファルベン社の巨大な合成ゴム・合成石油プラントがあり、この収容所全体が「ブナ」とも呼ばれた。

二八七頁　**カール・クラウベルク教授**——一八九八－一九五七、産科を専門とするドイツの医学教授。アウシュヴィッツ収容所で五〇〇名以上の女性囚人を実験台として用いて不妊・断種のための人体実験をおこなった。生殖器に化学物質を注入することでひどい炎症をおこさせ卵管を癒着させるという方法が用いられた。

二八七頁　**ヨーゼフ・メンゲレ医師**――一九一一－一九七九、ドイツ人医師。アウシュヴィッツ収容所で囚人をもちいた残酷な人体実験を繰り返しおこなったことで知られ、「死の天使」の異名を持つ。加圧実験、毒物や病原菌の注入、生きたままの解剖、結合双生児を人工的に作る手術のほか双子に対する実験などが知られている。戦後は南米に逃亡し、アルゼンチンを経て、パラグアイとブラジルで暮らし、ヴィーゼンタールなどの執拗な追及にもかかわらず逃亡生活三五年を生き延びて、サンパウロの海岸で海水浴中に心臓発作で溺死した。メンゲレを素材にした映画は、『マラソンマン』（一九七六年）、『ブラジルから来た少年』（アイラ・レヴィン作の同名小説を一九七八年に映画化）、『マイ・ファーザー　死の天使』（二〇〇三年）、『見知らぬ医師』（二〇一三年）、『顔のないヒトラーたち』（二〇一四年）など多数ある。

二八七頁　**第一一ブロック**――アウシュヴィッツ＝ビルケナウ収容所の第一一ブロックは収容所内の刑務所の役割を果たし、その前の広場では鞭打ちや両手を縛って吊り上げるなどの刑がおこなわれた。またここの地下では一九四一年九月にツィクロンBを用いた大量殺人の実験がおこなわれ、約八五〇人の捕虜と病人が殺害された。

二八八頁　**ルドルフ・ヘス親衛隊中佐**――アウシュヴィッツ強制収容所の初代所長ルドルフ・フランツ・ヘス（一九〇〇－一九四七）。一九四〇年四月に着任してビルケナウ収容所建設をおこなった。またツィクロンBをユダヤ人大量虐殺に使うことを決定し、一九四一年一〇月から実行。一九四三年一一月に所長退任。四四年中に一時、再度所長に復帰。戦後は逃亡していたが一九四六年四月に逮捕され、ポーランドで裁判にかけられて、アウシュヴィッツの地で絞首刑にされた。

二八九頁　**アルトゥール・リーベヘンシェル**――一九〇一－一九四八。アウシュヴィッツの第二代所長（一九四三年一一月から）。一九四四年五月にマイダネク収容所長に転任。戦後逮捕され、絞首刑とされた。

二八九頁　**リヒャルト・ベーア**――一九一一－一九六三。アウシュヴィッツの所長に一九四四年五月から収容所の閉鎖されるまで在任。その後ドイツ内のドーラ収容所長に就任し、ソ連軍捕虜を大量に絞首刑に処した。戦後長らくドイツ国内に潜伏していたが、一九六〇年末に逮捕。逮捕後も否認を続け、未決拘留中に心臓発作で死去。

二八九頁　**マリア・マンデル**――一九一二－一九四八。親衛隊の女性隊員でアウシュヴィッツ＝ビルケナウ収容所の看守長を務めた。五〇万人もの女性収容者の死を命じたとされる。戦後は逮捕されてポーランドに引き渡され、絞首刑となる。

二八九頁　**イルマ・グレーゼ**――一九二三－一九四五。一九歳でアウシュヴィッツ＝ビルケナウ収容所に配属され、女性看守を務める。のちドイツ内のベルゲン・ベルゼン強制収容所に転任。風貌は美しく天使のようだが残虐な行為で有名。サディスティックな精神異常者であったとも言われる。ドイツ降伏前に逮捕され、一九四五年末に二二歳で死刑。ナチスの全死刑者の最年少者であった。

二八九頁　**寵児**《ゴールデンボーイ》――ヨーゼフ・メンゲレの息子ロルフ・メンゲレ（一九四四－）は母方の姓を用いながらドイツで法律家をしていたが、一九八五年六月にドイツのテレビ番組で身上を明かし、その後アメリカの新聞各紙にインタビューや記事が載った。ロルフは逃亡中の父と二度会ったことや、父親の逃亡ルートなどについて語ったほか、父の犯した罪は自分には無縁であるとの感想を述べている。

二九二頁　**シャルロット・デルボ**――一九一三－一九八五、フランス人女性作家。対独レジスタンス活動を展開してアウシュヴィッツ＝ビルケナウ収容所とラーフェンスブリュック収容所に送られる。収容所体験をもとにした多くの著書がある。

二九二頁　**エリ・ヴィーゼル**――一九二八－二〇一六。現ルーマニアのシゲトでハンガリー系のユダヤ教徒の家に生まれた。一九四四年にアウシュヴィッツに収容され、母と妹はガス室送りとなったが、エリは生き延びることができた。父と共にさらにブーヘンヴァルト収容所に移送されるが父は落命。戦後フランスの孤児院に送られてフランス語を学び、ジャーナリストとなる傍ら、ホロコーストを描いた小説『夜』を一九六七年に出版した。

二九二頁　**ホルヘ・センプルーン**――一九二三－二〇一一、スペイン人の作家。スペイン大統領ほか著名な政治家を輩出したマドリッドの名家に生まれる。フランコ独裁のスペインを逃れて移り住んでいたフランス中部の町で一九四三年にゲシュタポに逮捕され、ブーヘンヴァルト収容所に送られる。収容者たちの反乱にも参加。収容所解放後、パリに戻る。

逮捕・抑留生活や、解放後の社会適応の困難を描いた数々のフランス語の著作がある。
二九四頁　**「クーンのやつは……」**――レーヴィ『これが人間か』の「一九四四年十月」と題された章の末尾にある記述（邦訳、改訂完全版、一六七頁参照）。一九四四年一〇月に収容所内で、ガス室送りの囚人を選ぶ大規模な「選別」がおこなわれ、「選ばれた」者は数日後にそこへ向かうこととなった。引用部は、敬虔なユダヤ教徒であるらしいクーン老人が、この悲劇的な一日の終わりに、自分が「選ばれなかった」ことを高い声を上げて神に感謝したことへの語り手の反応。
三〇一頁　**ブラチスラヴァ**――ウィーンの東にある古都で、現在のスロヴァキアの首都。
三一二頁　**〈正義の人〉**――イスラエルが認定する「諸国民の中の正義の人」を指す。この称号は、みずからの命の危険を冒してまでユダヤ人を守った非ユダヤ人に与えられるもので、メダルと表彰状が授与されるほか、その氏名がホロコースト記念館ヤド・ヴァシェム内の「正義の人の庭園」にある「名誉の壁」に記される。一九六三年の制度創設以来、二〇一八年までに二万六九七三名が認定されており、日本人としてはリトアニアの日本領事館領事代理であった杉原千畝がいる。
三一二頁　**オスカー・シンドラー**――一九〇八－一九七四、メーレン（当時オーストリア領、現チェコ領）生まれのドイツ人実業家。第二次世界大戦中、ドイツにより強制収容所に収容されていたユダヤ人のうち、自身の工場で雇用していた一二〇〇人を虐殺から救った。一九六七年に「諸国民の中の正義の人」に表彰された。
三一二頁　**アルベルト・バテル**――一八九一－一九五二、クライン・プラムゼン（現ポーランド）生まれのドイツ人弁護士。一九三三年にナチスに入党するがユダヤ人に対して好意的で、国防軍に派遣されてからもユダヤ人をかくまったり労働者として保護したりした。一九四四年に病気のため除隊。ナチ時代の過去のために戦後は法律家の活動を禁じられたまま、病没。一九八一年に「諸国民の中の正義の人」として表彰された。

訳者あとがき

本書は Boualem Sansal, *Le Village de l'Allemand ou Le Journal des frères Schiller*, Paris, Gallimard, 2008 の全訳である。なお本書では、著者本人に確認の上、氏名の表記をブアレム・サンサールとした。

RTL＝リール大賞、フランス文学協会小説大賞など欧州のさまざまな文学賞を受賞し、現在、世界二五カ国以上で翻訳されている『ドイツ人の村』は、サンサールの代表作であり、アルジェリア現代文学の生み出した傑作小説と言える。日本の読者のみなさんに、衝撃的かつ痛快な、また深遠にして哀切さに満ちたこの作品をお届けできることは、訳者としてこの上ない喜びである。

サンサールはアルジェリア在住の現代作家で、フランス語によって著作活動をおこなっている。その著作はとくにフランス、ドイツなど国外での人気が高い。日本でもすでに邦訳が出版されている『20

84　世界の終わり』（*2084 : La fin du monde*, 2015. 邦訳、中村佳子訳、河出書房新社、二〇一七年）によって、この作家をすでにご存知の方も多いかと思う。

『ドイツ人の村』の魅力は、まず、手に取った読者が冒頭から感じるであろう圧倒的なドライブ感、謎とサスペンスに満ちた巧みなストーリーテリング、複雑で魅力的な人物造型にあるだろう。そして頁を繰るうちに読者は、ナチス・ドイツによるホロコーストと現代のイスラーム過激派の台頭を類比的に絡み合わせた壮大な歴史観、人間の背負う悪とそれでもなお可能であるはずの善とのあいだの倫理的な問いかけ、現代文明の光と闇といったこの作品の主題に身を浸し、おそらくはこれまで知らなかった数々の事実を発見しながら、現代人としての自分のなすべきことを改めて考えさせられるにちがいない。しかも、これでもかと凄惨な現実と向き合わされつつ読者は、随所で絶妙なユーモアに心を温め、そしてやがて、人間の切なさと愛しさをめぐる感動に何度も胸打たれることであろう。この作品を通じて、物語に魅了されながら学び、考え、そして自分のなかに生きる力が湧くのを改めて感じるという小説ならではの醍醐味を、ぜひみなさんに味わっていただきたい。

本訳書には多くの註を付したが、スピード感にまかせてぐいぐいと読み進むことこそこの作品の楽しみであろうから、訳註は無視していただいて構わない。そもそもこの小説の主人公兄弟の一人であるマルリクは、小学校の途中でドロップアウトした悪ガキとして設定されている。歴史のことなどまるで知らず時事問題にも全く無関心なティーンエイジャーの彼を通して、次第に読者も、ユダヤ人虐殺や元ナチス関係者の逃亡、あるいは一九九〇年代のアルジェリアの内戦状態、またフランスの郊外の移民系住民の状況などについて、うろ覚えの記憶を確認したり、知識を増やしたりすることが自然にできる仕組みになっている。

以下では、この作家に興味を抱いた方のために、その作品傾向や人物について補足情報を提示し、その上で本作の特徴と意義を考えてみたい。

作者サンサールは、まさに反抗の人である。独立後のアルジェリアを支配し続けてきた政権の暴虐と腐敗と無能力ぶりを一市民の立場からたえず批判し、社会を簒奪しかねないイスラーム主義者たちの危険を徹底的に告発してきた。また一貫して進歩的・開明的な精神を堅持し、公平で公正な社会の実現を希求する闘いを続けてきた。こうした姿勢を基軸として、現在までの彼の小説八作と評論三冊は、大きく三種に分類できる。なお、彼の著作のほとんどは、フランスの大手ガリマール社から出されている。

第一はアルジェリア社会の自画像を提示し、蔓延する不正に対する糾弾の声を上げる作品群である。作家サンサールの創作力の源泉は、なんと言っても自分の国アルジェリアの現実を見つめ、批判すべき点、とりわけ隠蔽され続けている負の側面を明らかにすることにある。政府軍とイスラーム救国戦線による暴力の応酬が続いた「暗黒の十年」と呼ばれる一九九〇年代の内戦時代のさなかに筆を執り、刊行したのが、五十歳でのデビュー作『蛮人の誓約』(*Le Serment des barbares*, 1999)であった。続く『いかれた木の狂った子』(*L'Enfant fou de l'arbre creux*, 2000)、『楽園を語ってくれ』(*Dis-moi le paradis*, 2003)、『密出国者《ハツラガ》』(*Harraga*, 2005)も、アルジェリアにおける体制の機能不全とイスラーム主義の横暴を告発しつつ、無力に沈む住民の姿を描いている。また、第一評論『アルジェ局留め——わが同国人への怒りと希望の手紙』（*Poste restante : Alger : lettre de colère et d'espoir à mes compatriotes*, 2006）は、国是とされる「イスラームを国教とするアラブ国家」という公式の国家像がはらむ欺瞞と誤謬を厳しく批判した弾劾の書であり、サンサールの他の評論と同様、現在までアルジェリアでは発禁処分となっている。

作家自身の説明によれば、サンサールは小説第一作の発表後、当局からの非難を浴びたが、海外で文名が上がったため第二作の発表後はむしろ好ポストの打診などの懐柔策に遭い、それでも姿勢を変えずに国内外での発言を続けて二〇〇三年に第三作を刊行すると、理由を提示することもなく罷免され、実質的にアルジェリアにおけるあらゆる職から追放された。以後、日常的な監視を受け、さまざまな脅迫に晒されてきたが、「内側からしかおこなえない闘いがある」との思いから国外移住を退けて自国に留まり、不正、差別、暴力などに抗する言論活動と創作を続けてきた。国内外の自由主義的な人々と連帯し、また国内外を頻繁に行き来しながら、現在もアルジェ近郊のブーメルデースに暮らしている。

サンサール文学の第二の方向性として、より広く世界全体をまなざした上で、全体主義とイスラーム主義の脅威を空想小説の形式を用いて告発していく作品がある。この代表作が言うまでもなく二〇一五年刊行の宗教的ディストピア小説『２０８４　世界の終わり』である。フランスのアカデミーフランセーズ小説賞のグランプリを受賞したことにも象徴されるように、現代世界を襲うイスラームの脅威を鮮明に文学化した作品として、ヨーロッパを中心に大きな話題を呼んだ。最新作の『エアリンゲン列車——神の変身』（*Le Train d'Erlingen ou La Métamorphose de Dieu*, 2018）もこの方向の作品で、舞台とされたドイツ南部の小さな町が、ある宗教的な勢力によって攻囲されたという設定のもとで展開する。すでに評論『アラーの名において統治すること——アラブ世界におけるイスラーム化と権力欲』(*Gouverner au nom d'Allah : islamisation et soif de pouvoir dans le monde arabe*, 2013)でも、世界に広がるイスラームの様々な宗派を分類してその多様性を確認する一方で、とくにイスラームと政治的野望の関係、その本来的な専横性、無差別な暴力との結びつきなどについて分析し警戒を促している。

ただ上記の二種に分類される小説では、現状告発や悪夢的な事象の列挙に作者の筆が熱中するあまり、筋の展開や人物の描出の面での魅力がほとんど犠牲にされているようにも感じられる。サンサールの書きぶりの特徴は、きわどい語彙を多用し、辛辣な言辞を重ねて、世界の裏側をあぶりだすことにあるが、糾弾と皮肉の羅列は読者を倦ませ、かえって虚無感を増幅するに終わるきらいがある。

おそらくサンサールのもっとも貴重な文学的資質は、第三のカテゴリーを形成する作品群に発揮されている。それは、広い意味での人間愛が作品の生命となっているような小説である。そうした作品では、自国と同胞国民への批判的まなざしがたえず愛着に裏打ちされて表現され、現実の闇を直視しようとする意志がみずからを問い直す誠実さによって支えられ、社会に巣喰う全体主義や宗教的過激主義あるいは市民の側の怠惰と諦念など人間のあらゆる誤謬にもかかわらず、人間への希望を捨てない作品群である。その代表作が本書『ドイツ人の村』である。また作者の自伝的要素を多く含む『ダーウィン通り』(*Rue Darwin*, 2011)もこちらに分類されるだろう。さらに、『ドイツ人の村』の前年に出版された第二評論『記憶へのささやかな賞賛——四千一年の郷愁』(*Petit éloge de la mémoire: quatre mille et une années de nostalgie*, 2007）も、アルジェリアの公的な歴史観を覆す点では反体制的文書だが、エジプトに端を発して北アフリカへと移住した先住ベルベル（アマジグ）人を自分たちのアイデンティティの土台として据え直し、さまざまな民族と勢力の流入の歴史の上に今ある自分たちを、壮大な過去の記憶に裏打ちされた一つのゆるやかな人間集団として肯定しようとする試みと捉えることができる。

こうした概観の上で本作に立ち返ってみると、パリ郊外に住むヨーロッパ人とアルジェリア人の混血の二人の若者を主人公とするこの物語が、世界を結び合わせるある新たなヴィジョンに立った作品であることがわかる。そして、一九九四年四月の事件から兄の死までの二年間とそれから一〇カ月ほどの弟の劇的な変貌を再構成した合計三年弱の物語の展開のなかに世界の現代史を凝縮させながら、私たち現代人の誰もに自己を問い直し、もっと知ろうとする意志を持つことを訴えかけ、世界を前進させるために――あるいは世界を後退させないために――傍観者であってはならないことを熱く説く作者の声が聞き取れるように思われる。

本書『ドイツ人の村』が作品として成功している理由を簡単に要約することはできないだろう。それでもいくつか挙げておくとすれば、まず主人公としてマルリクとラシェルの二人を据え、シニカルで知性的な分析と繊細な感受性を兄のラシェルに、毒舌ながらユーモアにあふれた陽気さと破天荒なまでの人間力を弟のマルリクに割り振ったことがある。対照的な二人の日記が重層性とリズムを生み出し、そして冷えびえとしていたように思われる二人のあいだに尊く切ない愛情関係が生み出されていく。マルリクが、モモ、レイモン、五本親指《サンク・プース》、ナンダ＝イディルほかの「仲間」に支えられ、つねに仲間とともに未来への一歩を踏み出すことを考えていることも大きい。小うるさいけれど善意の後見役である「警察のニューウェーブ」ダッド署長や、凡庸ながら賢者のようでもあるサキーナおばさんなど、主人公を取り巻く人々にも味わいがある。他のサンサール作品にはない軽快さと温かさにも彩られたこの作品は、究極の孤独へと追いつめられる人間を描く一方で、人間のつながりへの信頼を手放さない。

こうした親しみやすさとは別に、この作品は人間の倫理をめぐる普遍的な難問に正面から私たちを向き合わせる奥深さを持っている。人は、父親の、あるいは他者の、とりわけ自分が系譜的につらなる先人の罪を背負うべきかという問いは、哲学史上でも絶えず考え抜かれてきた根源的な問いである。言い換えれば、私たち一人一人は歴史の責務をどう背負うべきか、というこの問いは、むろん日本人にとっても無縁ではないし、世界中のあらゆる人にとって無縁ではないだろう。しかもこの有責性は無垢と表裏一体のものとしてこの作品では提示されている。九〇年代半ばのアルジェリアにおけるイスラーム過激派による村民皆殺しの無辜の犠牲者は、歴史上最も醜悪な加害者であった。誰もが犠牲者であると同時に虐殺者であるというアルベール・カミュの命題は、サンサール文学の根幹として受け継がれ、そこから読者を触発するさまざまな人間像や社会分析がこの作品ではふんだんに生み出されている。

ちなみに、国外逃亡した元ナチス将校が治める〈ドイツ人の村〉はアルジェリアに実在し、サンサールは二〇代半ばで、職務上、国民の生活改善のための土地調査を目的として半砂漠地帯に赴いたときに、これを発見したという。

鋭い現代文明批判を展開するとともに深い人間学として成立しえるこの作品は、アルジェリアに特に興味のない読者をも強く惹きつけるだけの力を持っている。そしてアルジェリアに興味のない人こそ、この国を視野に入れて世界の現代史を見直すことに新鮮な驚きを感じるにちがいない。アルジェリアの現政権をナチスに譬えたとして物議をかもし、国内では発売が控えられる状態が長らく続いた本作であるが、むしろこの作品は、世界の人々が他人事扱いし、また十分には目を向けてこなかったアルジェリアの人々の経験を、人類の普遍的な歴史に接続することでせめて忘却の闇から救い出し、広く読者の関心と共感を呼び起こす力を持っていることだろう。

なお、作品でユダヤ人虐殺の悲劇を真正面からとりあげることが、イスラエルを「アラブ世界の敵」とみなす社会においてどれほど勇気のいることであったか、また、それを敢行させたのは作者のどのような信念であったのかを、読者のみなさんには想像していただきたい。

最後にこの作品が良質な啓蒙の書であることを付け足したい。人間の徳とは何か？　道義心とは？　なすべき義務とは何か？　私たちは目を逸らすことで悪に加担してはいまいか？　さまざまな負の側面を抱えながら一人一人の人間がどうやって善に与することができるのか？　面倒な多様性を愛する方法は何なのか？　大衆蒙昧主義としてのポピュリズムや短絡的な排外的憎悪、そして知性の失墜が顕在化する現代社会のなかで、それでも正しく知る努力を続けること、知ったことを他者と分かち合っていくこと、それを何らかのかたちで自分の生き方に結びつけていくこと、といった努力を怠ってはならないという強いメッセージがここには響き渡っている。各国の高校生によるさまざまな文学賞でも選ばれたこの作品を、ぜひ日本の多くの若い方々に読んでほしいと切に願う。

作者の人生については『２０８４　世界の終わり』の「訳者あとがき」でも紹介されているので概略はそちらにゆずりたい。ここでは伝記的な側面から以下の二点のみ押さえておこう。

第一点は、サンサールがアルジェリア現代史の証人と言うべき人生を送ってきたことである。フランスによる植民地支配下の一九四九年に生まれ、解放戦争のなかで子ども時代を送り、一三歳で独立を迎えた。社会主義国として出発した新生アルジェリアで高等教育を受け、エリートとして国の発展に関わりながら半生を過ごしてきた。その間、社会の歪みに巻き込まれ、国家の運営にまつわる矛盾や政権内部の醜悪な実態を目の当たりにした。ラシード・ミムニ（一九四五－一九九五）やターハル・ジャーウート（一九五四－一九九三）など進歩的な知識人・文学者と交流を深めていたが、イスラーム原理主義者による脅迫や暗殺で彼らを次々と失っていくという悲劇に直面する。そしてここ二〇年間、彼自身が創作・言論活動を通じてあらゆる腐敗に警鐘を鳴らし人々に覚醒を訴えてきた。

その彼の前で現在展開されているのが、二〇一九年二月から自然発生的にアルジェリア全土に広がった毎週の市民デモ「ヒラク」（アラビア語で「運動」の意）である。長期独裁を敷いてきた大統領ブーテフリカをついに辞任に追い込んだあとも、市民は硬直した体制そのものの変革を粘り強く求め続けている。よりよきアルジェリアのために闘争することが「自分の人生そのもの」になったと述懐するサンサールは、この動きを、いかにも彼らしく悲観的な警戒心を欠かさずに見守っているが、この国の行く末とそれに刺激されたサンサールの新たな創作が楽しみである。

第二点は、サンサールがとりわけて国際的に開かれた環境で育ち、活躍してきたことである。生い立ち、結婚、職場環境の三つの側面があげられる。まず生育環境であるが、サンサールの母方はフランス的な教養と合理的な精神に満ちた家庭であった。父方は伝統社会に根づいた家系だが、小説『ダーウィン通り』に写し取られているとおり、祖母（血縁上は大叔母）は娼館を出発点にアルジェリア各地のみならずヨーロッパ諸国にまでまたがる一大コンツェルンを経営していた。なお父親はサンサールが五歳を迎える頃に他界し、母親はしばらく後に再婚したのだが、彼の実弟や異父弟妹たちは世界の四方に散らばっている。彼の最初の妻は、サンサールが二三歳のときに社会主義国間の大学交流でチェコを訪問した際に出会ったチェコ人女性であり、二人は二年後に結婚してブーメルデースに住み、二人の女児を設けた。その後、偏向した宗教教育の犠牲となるのを恐れて妻子をチェコに送り出すと、やがて結婚は破綻したが、サンサールはアルジェリアとチェコとの往復をしばらく続けていた。また、長らく勤務場所でもあったブーメルデースは研究学園都市として有名で、とくに八〇年代末までは世界百カ国からの人材が集まっていた。こうした環境で生まれ育ち、家庭を持ち、仕事をしながら、たえず世界のなかで自国を相対化して眺め、自国を出発点に冷戦構造の両陣営とグローバル化した現代世界を見据えてきたサンサールは、国際派のオピニオンリーダーとしての資質を存分に養ってきたと言える。

そのサンサールから本訳書の刊行にあたり以下のメッセージが届けられた。「私の作品が相次いで日本語に訳されるというのは、大変光栄なことです。これを機会に、ぜひいつかあなた方の素晴らしい国日本を訪れて、私の文学について、私の国アルジェリアについて、そして、一年前から開始され、一九六二年の独立以来アルジェリアを支配してきた軍事独裁政権を平和裡に転覆させたヒラクと呼ばれる賞賛措くあたわざる革命運動について、お話させていただきたいと願っています。また、今日あらゆる面で危機に晒されている世界の平和を護るために、さまざまな国籍の作家たちと手を携えて私が続けている闘いについても、聴いていただけたらと切望しています。あなた方の偉大な国に敬意を表しつつ」。作家の希望が実現し、苦悩の人でありながら、どこか素朴な茶目っ気を失わない彼の、情熱あふれるあの独特の話しぶりに、ぜひ日本で接したいと訳者も願っている。

翻訳に当たって、ラシェルの旅の日付に見られたいつくかの不整合な点を、著者本人と原書版元のガリマール社の了解のもとで修正したことを付記しておく。また、ドイツ語の読み方については、現在、ドイツのルール大学ボーフム（比較文学）博士課程在籍中の越川瑛理氏に、丁寧なご教示をいただいた。ここに記して感謝する。仕上げまで遅延に遅延を重ねた翻訳作業を支え、この作品の意味を象徴的に表す素晴らしい表紙写真を見つけて下さった水声社の井戸亮氏に、心からの御礼を申し上げる。

二〇二〇年三月

青柳悦子

著者／訳者について——

ブアレム・サンサール（Boualem Sansal）　一九四九年、テニエト・エル・ハード（アルジェリア）生まれ。作家。アルジェ国立理工科大学卒。工学（学士・修士）と経済学（博士）の学位を取得。専門研究員の傍ら大学教員などを務めた後、産業省の高官となるも、二〇〇三年に罷免される。一九九九年、デビュー作『蛮人の誓約』を刊行後、体制批判、人権擁護、イスラーム過激主義告発の姿勢を貫く旺盛な執筆活動を展開。自由主義者として欧州で高く評価され、ドイツ出版協会平和賞（二〇一一年）、フランス・ライシテ委員会によるライシテ賞（二〇一八年）などを受賞。主な作品には本書のほかに、『ダーウィン通り』（二〇一一年）、『２０８４　世界の終わり』（二〇一五年、邦訳、河出書房新社）などがある。

＊

青柳悦子（あおやぎえつこ）　一九五八年、東京生まれ。筑波大学大学院人文社会科学研究科博士課程単位取得退学。博士（文学）。現在、筑波大学人文社会系教授。専攻、フランス系文学理論、小説言語論、北アフリカ文学。主な著書に、『デリダで読む『千夜一夜』』（新曜社、二〇〇九年）。主な訳書に、エムナ・ベルハージ・ヤヒヤ『見えない流れ』（二〇一一年）、同『青の魔法』（二〇一五年、以上、彩流社）、ムルド・フェラウン『貧者の息子』（水声社、二〇一六年）、ジャック・フェランデズ『バンド・デシネ　異邦人』（二〇一八年）、同『バンド・デシネ　客』『バンド・デシネ　最初の人間』（二〇一九年、以上、彩流社）などがある。

Cet ouvrage a bénéficié du soutien des Programmes d'aide à la publication de l'Institut français.
本書は、アンスティチュ・フランセ・パリ本部の出版助成プログラムの助成を受けています。

ドイツ人の村――シラー兄弟の日記

二〇二〇年四月二〇日第一版第一刷印刷　二〇二〇年四月三〇日第一版第一刷発行

著者――ブアレム・サンサール
訳者――青柳悦子
装幀者――宗利淳一
発行者――鈴木宏
発行所――株式会社水声社
東京都文京区小石川二―七―五　郵便番号一一二―〇〇〇二
電話〇三―三八一八―六〇四〇　FAX〇三―三八一八―二四三七
［**編集部**］横浜市港北区新吉田東一―七七―一七　郵便番号二二三―〇〇五八
電話〇四五―七一七―五三五六　FAX〇四五―七一七―五三五七
郵便振替〇〇一八〇―四―六五四一〇〇
URL : http://www.suiseisha.net

印刷・製本――モリモト印刷

ISBN978-4-8010-0245-6
乱丁・落丁本はお取り替えいたします。